ÚLTIMO NATAL EM PARIS

Um romance da Primeira Guerra Mundial

HAZEL GAYNOR & HEATHER WEBB

ÚLTIMO NATAL EM PARIS

Um romance da Primeira Guerra Mundial

Tradução
Fernanda Veríssimo

Principis

© Hazel Gaynor and Heather Webb

© 2022 desta edição:
Ciranda Cultural Editora e Distribuidora Ltda.
Esta é uma publicação Principis, selo exclusivo da Ciranda Cultural

Título original
Last Christmas in Paris: A Novel of World War I

Texto
Hazel Gaynor
Heather Webb

Editora
Michele de Souza Barbosa

Tradução
Fernanda Veríssimo

Revisão
Fernanda R. Braga Simon

Produção editorial
Ciranda Cultural

Diagramação
Linea Editora

Design de capa
Edilson Andrade

Imagens
Grischa Georgiew/Shutterstock.com;
Neirfy/Shutterstock.com;
freepik /freepik.com

Dados Internacionais de Catalogação na Publicação (CIP) de acordo com ISBD

G287u	Gaynor, Hazel
	Último Natal em Paris: um romance da Primeira Guerra Mundial / Hazel Gaynor; Heather Webb; traduzido por Fernanda Veríssimo. - Jandira, SP : Principis, 2022.
	320 p. ; 15,50cm x 22,60cm.
	Título original: Last Christmas in Paris: a novel of world war I
	ISBN: 978-65-5552-679-0
	1. Literatura inglesa. 2. Carta. 3. Romance. 4. Natal. 5. Amadurecimento. I. Webb, Heather. II. Veríssimo, Fernanda. II. Título.
2022-0277	CDD 820
	CDU 82/9.82-31

Elaborado por Lucio Feitosa - CRB-8/8803

Índice para catálogo sistemático:
1. Literatura inglesa : Romance 820
2. Literatura inglesa : Romance 82/9.82-31

1ª edição em 2022
www.cirandacultural.com.br
Todos os direitos reservados.
Nenhuma parte desta publicação pode ser reproduzida, arquivada em sistema de busca ou transmitida por qualquer meio, seja ele eletrônico, fotocópia, gravação ou outros, sem prévia autorização do detentor dos direitos, e não pode circular encadernada ou encapada de maneira distinta daquela em que foi publicada, ou sem que as mesmas condições sejam impostas aos compradores subsequentes.

SUMÁRIO

Prólogo 11

Parte Um – 1914 15
    Paris 47
Parte Dois – 1915 51
    Paris 156
Parte Três – 1916 159
    Paris 216
Parte Quatro – 1917 219
    Paris 262
Parte Cinco – 1918 267
    Paris 300

Epílogo 305
Agradecimentos 307
Uma carta de amor às cartas 309
Pesquisando a Grande Guerra 313
Fatos interessantes sobre a Grande Guerra 317
Orientações de lorde Kitchener para as tropas britânicas 319

*Para nossa agente, Michelle Brower,
com gratidão, admiração e amor*

"Talvez sem dor, quem sabe um dia
Verei o ano velho passar
E canções de Natal outra vez ouviria
Ainda que você não as possa escutar"

– Vera Brittain, trecho de *Talvez*

PRÓLOGO

Richmond, Londres,
15 de dezembro de 1968

    A vida mudou para sempre sem ela; sem a sensação de tê-la por perto. As horas passam vazias enquanto espero ouvir seus passos suaves na escada e aguardo que sua risada anime estes quartos sem vida. Quando fecho os olhos, posso fazê-la surgir; o aroma de seu perfume, o toque suave de seu dedo na minha bochecha, aqueles olhos intensamente azuis olhando para mim. Mas é tudo ilusão. Truques que escondem a verdade de sua ausência.

    Eu me esforço para levantar da cadeira, segurando minha bengala como um membro adicional, e vou claudicante até a janela. Salpicos de neve caem do céu cinza claro, acumulando-se em nichos ao longo do rio, buscando abrigo das famintas águas do Tâmisa que inundam o riacho atrás da casa. Um barquinho balança ao ritmo suave da corrente e me faz lembrar do vigor com o qual eu remava quando jovem, desesperado para impressionar. Eu ainda a vejo, sentada à margem do rio, a saia presa atrás dos joelhos, rindo e jogando uma pedra que vai mais alto e mais longe do que qualquer outra, faz um grande arco, desce em um ângulo perfeito e me lança um jato d'água ao bater no rio.

Eu a vejo em todos os lugares. Em tudo. Como é possível que ela não esteja aqui?

Toco o colar em meu bolso e lembro como ela adorava citar as palavras da srta. Brontë. *Não sou pássaro; e nenhuma rede me agarra: sou um ser humano livre com uma vontade independente.*

Como fui tolo.

– Sr. Harding? – Margaret está à porta. Seu impecável uniforme de enfermeira me faz atravessar os anos e voltar ao barulho e ao cheiro dos hospitais de campanha e dos postos de emergência, a tudo o que foi um dia. – Está na hora, Thomas. O carro está aqui.

Respirando com dificuldade, descanso meu rosto contra a janela, saboreando o gelado do vidro contra minha pele. Meu olhar vagueia pelas casas vizinhas, o velho e soturno Tâmisa e a vista além da colina em direção a Londres. Só eu sei que essa é a última vez que olho para os lugares que mais amo. Os médicos me disseram que não tenho muito tempo. É uma realidade com a qual estou conformado, mas que escondo daqueles que ficariam perturbados se soubessem a extensão real da minha doença – inclusive a minha enfermeira.

– Minhas cartas estão embaladas, Margaret? – eu pergunto.

– Estão todas na sua mala, como pediu.

– Todas? A carta lacrada também? – Não consigo dizer "a última".

– Sim, Thomas. Todas elas.

Eu assinto com a cabeça. Quantas eram no final? Muitas dezenas. Tanto medo e esperança capturados em nossas palavras, tanto desejo e perda – e amor. Ela sempre disse que sua guerra foi travada com palavras; sua caneta e sua prosa eram as únicas armas que ela, como mulher, podia empunhar. Ela achava importante manter um registro de toda a correspondência, guardando as memórias daqueles anos com tanta determinação e cuidado quanto qualquer exposição no Museu Britânico. Sempre me irritou o fato de que um frágil pacote de sentimentos em papel tenha sobrevivido à guerra enquanto tantas pessoas foram perdidas, mas agora estou feliz por tê-lo. Agora, estou pronto para reviver aqueles dias, para ler nossas cartas uma última vez em Paris, como ela desejava. Penso na carta lacrada: *Para ser aberta em Paris, na véspera de Natal.* Eu me pergunto o que mais ela pode ter a dizer.

Margaret espera pacientemente enquanto atravesso a sala. Ela sabe que sou um velho tolo e teimoso e que iria reclamar se ela me oferecesse ajuda. Ela olha para a janela e franze a testa.

– Tem certeza de que Paris é uma boa ideia, sr. Harding? A neve está caindo forte.

Eu desfaço sua preocupação.

– Paris é sempre uma boa ideia – eu respondo. Minha respiração já está pesada quando chego à porta. – Especialmente no Natal – eu vacilo ao dizer as palavras. Palavras que um dia foram dela. – E porque eu prometi.

– Eu nunca fui. – Margaret dá um sorriso largo. – Espero ver a Torre Eiffel.

Murmuro baixinho que seria difícil não a ver e me viro para dar uma última olhada na sala, momentos e memórias escondidos sob os lençóis que cobrem os móveis e que sempre transformaram nossa casa de Londres em um mausoléu temporário nesta época do ano.

– Se alguma cidade foi feita para a neve, essa cidade é Paris.

Ela acena com a cabeça e estende um braço hesitante.

– Para Paris, então, sr. Harding! A todo vapor!

Seu entusiasmo juvenil me lembra um velho amigo, e sorrio enquanto enlaço meu braço no dela.

– Para Paris – eu digo. – Espero que esteja tão bonita quanto a minha lembrança.

Margaret fecha a porta atrás de nós, e eu digo um adeus silencioso a todos aqueles que amei e perdi e a todos os presentes preciosos que a vida me deu. Se entendi bem, Paris ainda pode ter um último presente guardado para mim.

Mas, primeiro, devo voltar ao início de nossa história, ao início de uma guerra que nenhum de nós queria, uma guerra que disseram que acabaria no Natal.

Tenho o primeiro maço de cartas guardado no bolso e, enquanto o avião anda pela pista, desamarro a fita vermelha e começo a ler...

PARTE UM

1914

"Foram convocados das encostas.
Foram chamados dos vales,
E o país os encontrou prontos
Para o veemente chamado aos homens."

– Ivor Novello, *Mantenham acesas as lareiras*

De Thomas Harding para seu pai
10 de setembro de 1914

Oxford, Inglaterra

Caro Pai,

Escrevo do Corpo de Treinamento de Oficiais em Oxford. Tomei a decisão – entrei para o Exército. Quero poder servir ao nosso país nestes tempos conturbados e provar que sou um cidadão honrado, assim como o senhor o fez durante a Guerra da África do Sul. O senhor retornou como herói, e desejo fazer jus ao seu legado, pelo menos desta forma. Há aqui uma sensação real de aventura, uma sensação de que se alistar é a coisa certa a fazer. Tantos estudantes se inscreveram para servir com os *Bugshooters* que foi preciso acelerar o processo de inscrição. Chega de mirar em moscas no campo de Christ Church! Agora o negócio é sério.

Estou incomodado com a forma como nos despedimos na última vez que o vi. Dois homens adultos, especialmente da mesma família, não deveriam resolver as coisas aos gritos. Sei que quer que eu assuma a direção do jornal, mas somos pessoas diferentes, Pai. Espero que um dia compreenda minha paixão pela academia. Tornar-me professor de uma das universidades mais prestigiadas do mundo não é motivo de zombaria, embora eu saiba que o senhor discorda. Ao assumir um papel ativo na guerra, pelo menos não vou decepcioná-lo. A guerra nos torna todos iguais. Não foi isso que o senhor disse certa vez?

Will Elliott também se alistou. Na verdade, estaremos no mesmo regimento. Achei que o senhor ficaria feliz em me ver junto com meu melhor amigo. Todos acreditam que a guerra terá um fim rápido. Devo estar de volta no Natal, e então poderemos conversar novamente. Estou certamente ansioso por uma vitória rápida e uma comemoração natalina.

Envio meus melhores votos, Pai. Pensarei no senhor na batalha.

Seu filho,

Thomas

De Evelyn Elliott para Will Elliott
12 de setembro de 1914

Richmond, Inglaterra

Querido Will,

Mamãe me contou sobre seu alistamento. Eu não esperava nada menos e escrevo para que você saiba como estamos todos incrivelmente orgulhosos. O Exército britânico terá sorte em tê-lo. Finalmente, você terá a oportunidade de trazer suas próprias medalhas para adicionar à coleção da família. Papai está inchado de orgulho, como tenho certeza de que você pode imaginar, embora ele ache que você não vá chegar muito perto da ação. Ele acredita que tudo acabe antes mesmo de você chegar ao campo de treinamento. Embora eu saiba que você está ansioso para fazer sua parte, espero que Papai esteja certo.

Ouvi dizer que Tom Harding também se alistou. Vocês dois sempre foram inseparáveis, e, se deve ir à guerra, fico feliz em saber que seu melhor amigo estará com você. Se as batalhas fossem de inteligência e intelecto, o

Exército britânico não poderia desejar dois recrutas melhores, embora eu não consiga imaginar Tom Harding avançando para a batalha com rifle e baioneta. Suspeito que ele gostaria muito mais de escrever uma tese sobre a batalha do que de participar de fato. Fique de olho nele. Você sabe como ele pode ser teimoso às vezes.

Papai ainda está furioso com a suspensão das duas últimas partidas do campeonato de críquete do Condado, especialmente com Surrey prestes a vencer novamente. Ele diz que setembro sem críquete é como dezembro sem neve – simplesmente não parece certo. Pobre Papai. Acho que ele se sente abandonado com todos os homens mais jovens indo para a guerra.

Escreva algumas linhas de vez em quando, combinado? Você sabe como Mamãe se preocupa.

Sua irmã,

Evie

De Will Elliott para Evelyn Elliott
15 de setembro de 1914

Oxford, Inglaterra

Querida Evie,

Muito obrigado pelo voto de confiança – Tom e eu estamos muito empolgados, embora essa não seja bem a palavra certa. Josh e Dean também estão aqui, assim como Bill Spry; quase todo o Colégio, decididos a vencer o inimigo. Aqueles repolhos alemães vão ser esmagados.

Seja boazinha com Mamãe e Papai enquanto eu estiver fora. Não apronte nenhuma daquelas travessuras de que você tanto gosta, está ouvindo? Eu não estarei aí para salvá-la.

Com meus melhores votos,

Will

De Evelyn Elliott para Thomas Harding
1º de outubro de 1914

Richmond, Inglaterra

Caro Thomas Archibald Harding,

(Sinto muito – não pude resistir à oportunidade de zombar um pouco mais do seu recém-descoberto nome do meio. Como diabos você manteve isso em segredo por todos esses anos?)

Estou realmente sem ação. Faz menos de uma hora que você, Will e o resto dos meninos se foram, e já me sinto entediada e inquieta. Tanto é verdade que já estou na escrivaninha de Will, escrevendo minha primeira carta para você. Afinal, prometi escrever logo, e você sabe o quanto odeio quebrar uma promessa (você ainda vai se arrepender por reclamar que não tem parente feminina para lhe escrever). Você sabe que tenho uma tendência terrível ao entusiasmo excessivo, e temo que esta guerra possa revelar minhas piores melhores intenções. Você algum dia vai me perdoar por fazê-lo cair no rio Cherwell com meu excesso de remadas? Se eu alcançar o correio a tempo, ainda nesta tarde, é perfeitamente possível que minha carta chegue ao seu campo de treinamento antes de você (e dou-lhe total permissão para dizer que é de sua namorada e causar inveja a todos).

Você não ficará surpreso em saber que invejo você e Will, partindo nessa grande aventura, assim como morri de inveja quando você voltou para Oxford após as longas férias. Parece que sou sempre aquela que diz adeus e fica para trás, mas vivo na esperança de que um dia serei eu a partir para algum lugar emocionante. Suponho que uma garota pode sonhar.

Que grupo adorável foi se despedir de vocês, não? Algumas das mulheres ficaram inconsoláveis, mas mantive minha compostura, assim como Mamãe. Estamos incrivelmente orgulhosos de todos vocês e mal podemos esperar para vê-los retornar como heróis – embora, com toda a honestidade, vocês parecessem mais um grupo de solteiros nervosos indo para seu primeiro chá dançante do que uma tropa de soldados indo para a guerra. Não tenho dúvida de que você vai encarnar o personagem assim que tiver um rifle na mão. Envie uma fotografia, se puder. Gostaria de ver Thomas *Archibald* Harding como um soldado de verdade.

Alice diz que vou ter de achar um modo de me divertir enquanto vocês estiverem fora. Estou pensando em começar um novo *hobby*. Golfe, talvez. Ou talvez eu espane a bicicleta de Will e me junte ao clube de ciclismo das damas locais. De qualquer maneira, dizem que a guerra terminará no Natal, e então só terei de me preocupar em sobreviver a mais uma cansativa tarde de carteado com Mamãe e as amigas dela.

Se você tiver tempo para responder, entre o treinamento e o polimento das botas, seria bom saber onde você está e o que está fazendo. Já que não posso ir com vocês para a França, terão de me levar com suas palavras.

Sua amiga,

Evelyn Maria Constance Elliott

De Evelyn para Will
1º de outubro de 1914

Richmond, Inglaterra

Caro Will,

Acabei de escrever cinco páginas para Tom Harding – quatro a mais do que pretendia – e agora estou ficando sem tinta e sem palavras, então, por favor, me perdoe por ser breve.

Estou sentada à sua escrivaninha e gostaria de informar-lhe que ela está muito mais feliz com sua nova ocupante. Recebe muito menos socos, ranger de dentes e tinta derramada. Você se foi há menos de duas horas, e devo dizer que já me sinto totalmente em casa aqui no seu quarto. A vista para o jardim é adorável. Engraçado eu nunca ter apreciado isso antes. Agora posso ficar aqui, ociosa, absorvendo a vista sem pressa, sem nenhum irmão mais velho para me expulsar. Posso até dormir na sua cama, Will. Talvez eu dê uma boa vasculhada em suas gavetas. Eu me pergunto que segredos terríveis poderia descobrir!

Espero que seu campo de treinamento seja confortável, ainda que nada comparáveis a seus clubes de Londres. Não se preocupe. Você estará novamente jantando e dançando no The Savoy antes de o ano terminar. Não faça nenhuma tolice, Will, eu sei o quão impetuoso você pode ser, e, por favor, mande uma mensagem assim que puder – se não para mim, pelo menos para Mamãe. Poupe-me de aguentá-la infeliz com aborrecimentos evitáveis. Por favor. Eu perdoarei seus segredos mais terríveis se você puder escrever uma pequena carta para casa de vez em quando.

Cumpra seu dever e volte logo.

Desejando-lhe tudo de bom e viagens seguras pela frente,

Evie

De Thomas Harding para Evelyn
5 de outubro de 1914

Surrey, Inglaterra

Querida Evie,

Ri quando recebi sua carta, assim que chegamos. O serviço postal é mais rápido do que imaginávamos. E, para sua informação, sou, sim, um Archibald e ficaria feliz em melecar você com sorvete se estivesse aqui. Divirta-se, Evelyn Maria Constance Elliott, mas não se esqueça da casa na árvore ou do esterco de cavalo e de sua bonequinha de pano. Posso ser um bom soldado agora, mas ainda sou capaz de travessuras e de vingança!

Parece que vamos treinar e aprender as táticas aqui no acampamento em Mytchett por quatro semanas e depois embarcar para o *front*. Todo o regimento está entusiasmado e cheio de energia; estamos todos ansiosos para ver ação de verdade. Já aprendi as ordens de marcha, primeiros socorros básicos e combate corpo a corpo. Seu irmão e eu concluímos que o treinamento não é tão diferente de lutar com Robbie Banks. Aquele turrão estava sempre procurando briga no *pub*. Estou ansioso para chegar aos momentos mais interessantes. Will está transbordando de ansiedade. Você sabe como ele pode ser.

Você pediu uma ideia de como é o acampamento, então aqui vai. O clarim dá o toque da alvorada e nos tira da cama bem no início do dia. "Dia" é modo de dizer, claro – é tão cedo que acordamos horas antes do amanhecer, ainda escuro como breu. Mesmo assim, ninguém reclama de uma ou duas horas de sono perdidas, não quando estamos indo para a guerra. Nós nos vestimos, comemos e fazemos alguma variação de treinamento até o meio-dia, quando há uma pausa rápida para almoço, após o qual temos mais treinamento até as quatro ou cinco da tarde. Depois somos livres para ir à cidade se quisermos, embora não todos os dias. Quase sempre ficamos no salão de bilhar ou jogamos cartas, fumamos, etc. Como sou tenente, procuro evitar me envolver em qualquer traquinagem com os soldados rasos. Bem, não com muita frequência, de qualquer maneira. Na verdade, passo muito tempo no meu beliche sozinho. Não gosto de admitir, mas sou grato pelo tempo que passei no Corpo de Treinamento de Oficiais em Oxford (não diga isso a Will, ele vai me dar uma bronca). Ter algum treinamento, embora pouco, certamente é melhor do que nada. De qualquer forma, os soldados rasos estão mesmo no último degrau, coitados. Eles serão os primeiros impactados pelos ataques. Se eu estivesse entre eles, trabalharia sem parar para conseguir subir na vida.

É tudo por ora. Estou sendo chamado para a mesa de jogo.

Sinceramente,

Tenente Thomas *Archibald* Harding

De Evie para Thomas
15 de outubro de 1914

Richmond, Inglaterra

Caro Thomas Archibald,

Você respondeu! Que alegria ver sua carta no correio da manhã. Muito mais agradável do que os convites educados para chás ou do que a rejeição bem menos educada que recebi à minha última tentativa de publicar um artigo no *Times*. Talvez eu deva enviar o próximo com um pseudônimo masculino. Se funciona para a romancista que escreve como George Eliot, então há de funcionar para mim. Evan Elliott soa bem, não acha?

Brincadeiras à parte, às vezes gostaria de ser um garoto para poder conhecer mais do mundo. Até mesmo a perspectiva do campo de batalha é mais atraente do que ficar aqui sentada esperando por uma proposta de casamento. "Os meninos vão para a faculdade e para a guerra. As meninas se casam bem." Foi o que disse Papai quando reclamei dessa injustiça hoje cedo.

Falando em casamento, Mamãe verifica diariamente as listas de vítimas em busca de notícias de Charlie Gilbert. Ela se apega à esperança desesperada de que ele me faça uma proposta quando retornar, enquanto eu torço para que ele se apaixone por uma linda garota francesa e esqueça tudo sobre a paixão dele por mim (que, como você sabe, eu sempre desencorajei com entusiasmo). O pobre e chato Charlie. Ele não é mau rapaz, mas você sabe como ele é – e como eu sou. Casar com Charlie seria como casar com um relógio quebrado. Como as horas se arrastariam...

Seu treinamento se parece muito com a vida nos dormitórios da escola. Eles não acordavam vocês com um clarim lá também? Ou era um gongo? Esqueci. Imagino você e Will se divertindo com os outros garotos. Você certamente parece estar de muito bom humor e pronto para partir. Imagino que a espera seja terrivelmente frustrante. É como esperar pelo Natal – muita expectativa, mas ainda nada de neve ou de pacotes sob a árvore.

Por falar em Natal, você acha bobo da minha parte ainda ter esperança de que possamos ir a Paris, como planejamos com tanto entusiasmo depois de alguns copos de xerez a mais? Papai diz que a cidade está cheia de refugiados e que, apesar da vitória dos aliados no Marne, ela pode voltar a ser atacada pelos alemães. Se conseguirmos, Alice Cuthbert irá junto para completar um quarteto. Ela é muito divertida, e você sabe como ela gosta de Will. (Lembre-o disso, por favor. Eu ficaria muito feliz em ver os dois juntos.) Dizem que Paris é incrivelmente bonita na época do Natal e vai ser o revigorante ideal para vocês, depois de meses lutando, e para mim e Alice, depois de meses de tédio. Vamos combinar que iremos se pudermos.

Ça va être merveilleux! Todas aquelas horas curvadas sobre meus livros de francês podem ser finalmente úteis.

    Tenho notícias excitantes: agora sou membro do *Richmond Lady Cyclist's Club*, o clube de moças ciclistas. Por enquanto, só caio. Mas as garotas garantem que todas tiveram dificuldade para controlar as bicicletas no início e que devo continuar praticando. Eu preferiria montar um cavalo selvagem, para ser honesta, mas vou persistir e tentar novamente amanhã (você sabe como posso ser teimosa!). Se algum dia eu dominar a arte de andar de bicicleta, tenho planos de pedalar até Brighton para fazer uma visita a Alice. Recentemente, li sobre as façanhas de Tessie Reynolds em *The Lady* e agora me pego planejando correr o país em duas rodas. Não conte a Will.

    Espero que esta carta chegue antes de vocês partirem. Papai diz que você não poderá revelar onde está depois de deixar Mytchett, para evitar que as informações caiam em mãos inimigas. Ele diz que todas as cartas do *front* serão censuradas antes de chegarem aqui, então tome cuidado para não revelar quaisquer segredos ou você será levado à corte marcial antes de conseguir puxar o gatilho ao menos uma vez.

    Posso enviar algo antes de você embarcar? Mamãe disse que você provavelmente ficaria grato por um tabaco decente. Ela está convencida de que todos vocês estão vivendo na miséria. Envio a melhor marca que pude encontrar, no caso de ela estar certa.

    Amigavelmente,

Evie

De Will Elliott para Evie
20 de outubro de 1914

Surrey, Inglaterra

Cara escrivaninha,

    Não se deixe enganar pelos encantos de Evie. Ela é bagunceira e pressiona a caneta com força demais. Vai destruir você em poucas semanas.

Transmita meus agradecimentos pela carta (embora tenha metade do tamanho da que ela enviou ao meu amigo Tom) e assegure a todos em casa que estou bem de saúde. Não há muito o que relatar do campo de treinamento, exceto que estamos ansiosos para chegar ao *front*, dar um fim nisso e voltar para casa o mais rápido possível para recuperar o que é nosso por direito, incluindo as escrivaninhas.

Comporte-se, Evelyn.

Seu parceiro de escrivaninha,

Will

De Thomas para Evie
25 de outubro de 1914

Surrey, Inglaterra

Cara Evelyn Elliott,

Garanto-lhe, você fica muito melhor como mulher do que como homem. Já posso imaginar Evan Elliott de salto e saia, andando de bicicleta como um demônio. Dei uma boa risada com a imagem. Mas, com toda a seriedade, continue enviando seus artigos. Você é uma escritora e tanto. Não deixe que eles a desencorajem.

A vida no acampamento está indo muito bem. Fico feliz por estar aqui e muito orgulhoso de marchar, mesmo que isso signifique deixar para trás a difícil situação em que se encontra o jornal do meu pai. Falarei mais sobre isso em outro momento.

Gosto muito de suas cartas. Ainda que, por enquanto, eu seja apenas mais um sujeito jogando pôquer – e não exatamente um heroico representante de nosso país –, chegará o momento em que ficarei muito feliz ao receber notícias de casa. E você é a garota certa para fazer isso. Então, obrigado.

Falando em casa, seus cavalos foram levados para algum lugar? Will se preocupa com Shylock e Hamlet. Vimos as cargas partir – centenas deles, ou milhares, na verdade. Fomos informados de que estão confiscando todos os cavalos e os enviando ao *front*. Seu irmão cometerá traição se levarem os cavalos dele. Você sabe como ele os ama. Se forem para a batalha... Bem, não vamos falar disso. Faça o que puder.

Você certamente sabe que os Aliados estão contendo o ataque inimigo, mantendo Paris relativamente segura por enquanto. O governo, no entanto, está sendo precavido e mudou-se para o sul, para Bordeaux. Então, minha amiga, parece que o Natal em Paris ainda pode ser uma ideia bem boa, mesmo sem meia garrafa de xerez no estômago. Talvez estivéssemos brincando quando falamos sobre isso, mas garanto que não há momento como o presente. Além disso, sempre gosto de me distrair naquela época do ano. Desde que minha mãe faleceu, nunca mais senti o mesmo "espírito natalino" e todo o resto. O último Natal que passei com ela foi em Edimburgo, quando eu tinha doze anos. Nevou, e tivemos uma grande festa com o resto da família. Depois disso, meu pai nunca mais me deixou passar o Natal na Escócia. Ele ficou muito magoado e zangado quando ela o deixou, e com mais raiva ainda por eu gostar da companhia da outra metade da minha família. Eu deveria ser grato por ter passado tantos verões lá antes que ela morresse. Estou planejando visitá-los depois que tudo isso acabar. Sempre pensei na Escócia como minha outra casa, sabe?

Droga, Evie. Agora não é hora para esses pensamentos, é? Só deveria ter em mente a ideia de servir com honra.

Por enquanto, levanto um brinde ao reino (!) e faço uma saudação fraternal (é possível que eu tenha bebido um pouco demais).

Sinceramente,

Tenente Thomas Archibald Harding

De Evie para Thomas
31 de outubro de 1914

Richmond, Inglaterra

Caro Tenente Thomas Archibald Harding,

(Presumo que o título formal seja um requisito agora.)

Obrigado por sua carta. É curioso como algumas poucas linhas, acompanhadas por uma xícara de chá e uma fatia de torrada, podem proporcionar tanta alegria. Espero que minhas cartas sejam recebidas com o mesmo entusiasmo. É um espanto que elas o encontrem entre tantos homens aí no acampamento. E obrigado por suas amáveis palavras sobre minha escrita. Você está certo. Vou perseverar. Suponho que haverá muito sobre o que escrever com tanta coisa acontecendo no mundo.

    Charlie Gilbert enviou uma carta na semana passada (não vou aborrecê-lo com os detalhes românticos). Ele está em algum lugar da França e soa terrivelmente soturno, embora Charlie sempre tenda a exagerar, de modo que tomo as palavras dele com certo ceticismo, especialmente porque todos os jornais falam de vitórias e de como os homens estão entusiasmados. Ele diz que todos estão animados com as notícias sobre as bem-sucedidas campanhas de recrutamento e estão ansiosos pela chegada das novas tropas.

    Will também enviou uma pequena mensagem. Ele reclamou da vacinação contra a febre tifoide, que o deixou um pouco enjoado. Ele mandou uma fotografia de seu regimento. Devo dizer que vocês dois estão incrivelmente elegantes em seus uniformes. A fotografia agora está em lugar de destaque sobre a lareira. Estamos imensamente orgulhosos.

    Você pede notícias daqui. Receio que não há muitas; a única novidade é que meu ciclismo melhorou. Lançar-me às ruas com o cabelo ao vento dá uma maravilhosa sensação de liberdade. Não sei por que não aprendi a fazer isso antes. Encontrei um pequeno volume maravilhoso na biblioteca de Papai, um manual para moças ciclistas chamado *Handbook for Lady Cyclists*. A autora, Lillias Campbell Davidson, dá o seguinte conselho sobre o traje adequado para passeios de bicicleta: "Use o mínimo possível de anáguas e faça vestidos de flanela, simples e sem babados ou pontas soltas, para não prender na bicicleta". Preferiria usar calças masculinas, mas Mamãe nunca mais falaria comigo.

    Além da descoberta de rotas de ciclismo, há um terrível alvoroço entre as debutantes da próxima temporada e as mães delas, preocupadíssimas com a falta de acompanhantes adequados para os bailes da primavera. Por favor, faça a gentileza de enviar alguns sujeitos decentes de volta para casa. Você está no comando, não é? Se falhar, vou considerá-lo inteiramente responsável pelas esperanças frustradas de toda uma geração de moças e de suas costureiras.

Agora outro assunto, os cavalos. Ah, Tom. De fato, é horrível. O Exército realmente requisitou qualquer animal que não seja aleijado, e Shylock e Hamlet partiram para servir como cavalos de guerra. Fiz o possível para impedir, insistindo que ambos tinham sido estragados de tanto amor e torrões de açúcar e que não tinham nenhuma aptidão para a batalha, mas meus protestos não foram ouvidos. Papai diz que todos devemos fazer nossa parte – até os animais. Não sei como dizer a Will. Ele ficará com o coração partido. Talvez você pudesse contar a ele. Seria mais fácil ouvir isso de um amigo do que descobri-lo nas palavras secas de uma carta. Mamãe organizou para a *Royal Society* uma arrecadação para o Fundo de Prevenção da Crueldade contra os Animais, específico para cavalos doentes e feridos no *front*. Estou feliz em ajudar. É uma pequena maneira de me sentir útil, ao menos.

Imagino que vocês logo partirão para se juntar aos que já estão lutando. Com esse grande número de reforços, tenho certeza de que logo terminaremos com isso. Os postos de recrutamento estão lotados. É um enorme orgulho.

Escreva sempre que puder e peça a Will para fazer o mesmo.

Sua amiga,

Evie

P.S.: Lamento saber que você tem pensado em sua mãe e na Escócia. Suponho que a perspectiva da guerra deva fazer com que seus pensamentos voltem às coisas que você amou e perdeu. Nunca estive em Edimburgo. Ouvi dizer que o castelo é bem impressionante, mas não se pode dizer o mesmo da culinária escocesa.

De Thomas para Evie
1º de novembro de 1914

Surrey, Inglaterra

Cara Evie,

 Não tenho muito tempo, porque estamos partindo! Iremos para a França amanhã, ao amanhecer. Não tenho certeza de quanto tempo vai demorar para estarmos a postos no continente, mas os homens estão muito animados. Nossa grande aventura está finalmente começando!
 Will manda um beliscão fininho e um tapinha na sua cabeça (afinal, ele é seu irmão mais velho, não é?). Sugiro que você use óculos quando andar de bicicleta. Não há nada pior do que um olho cheio de insetos mortos.
 Deseje-nos sorte.
 Sinceramente,

Thomas

De Thomas para seu pai
1º de novembro de 1914

Surrey, Inglaterra

Caro Pai,

 Embora não tenha recebido uma resposta sua, queria que soubesse que partiremos para a França amanhã. Vamos desembarcar em Brest e lá tomaremos um trem. Fomos avisados para não dar detalhes de nossa localização, já que a inteligência francesa eliminará qualquer informação que considere um risco para nossa segurança. Escreverei novamente da França. Espero que deixe para trás nossas diferenças e me apoie, Pai.
 Quanto ao treinamento, o senhor me conhece, tento animar as tropas quando posso. Mas admito – apenas para o senhor – que estou preocupado com o que enfrentaremos no *front*. É fácil se deixar levar pela camaradagem

e pelas lendas de coragem antes de enfrentarmos uma artilharia pesada e o cano de uma arma. Suponho que o senhor saiba disso muito bem. Às vezes ainda me sinto como o menininho no seu colo, desejando já ter crescido. Suspeito que em breve vou crescer muito.

    Seu filho,

Thomas

De Evie para Alice Cuthbert
5 de novembro de 1914

Richmond, Inglaterra

Querida Alice,

    Algumas linhas para dizer olá à minha mais querida amiga e para contar como estou infeliz.

    Perdoe-me por estar melancólica, mas você é a única pessoa a quem posso dizer isso. Para todos os outros devo parecer animada e confiante, mas, veja, os meninos deixaram o campo de treinamento e foram enviados para o *front* há alguns dias, e uma parte de mim está terrivelmente preocupada com eles. Eu sei que não deveria e que os jornais estão cheios de notícias encorajadoras sobre todas as nossas maravilhosas vitórias e nossos bravos soldados, mas Charlie Gilbert escreveu recentemente, e as palavras dele me perturbaram (ele não me pediu em casamento, se é isso que você está pensando). Ele diz que a guerra é muito diferente do que ele imaginava e que há nela muito pouco cavalheirismo ou heroísmo, independentemente do que noticiam os jornais. Ele diz que os homens estão tão animados quanto possível, mas todos rezam para que o alistamento seja obrigatório, pois precisam desesperadamente de reforços. Não posso deixar de suspeitar que as coisas não estão indo tão bem quanto os jornais nos fazem crer. As listas de vítimas ocupam mais espaço a cada dia. Serei boba em me preocupar? Por favor, diga que sim. E, se sou boba por me preocupar, você não precisa ser. Eu sei o quanto você queria dançar com Will no baile de Natal de Mamãe, então devemos acreditar que isso ainda vai acontecer.

O problema é que tenho tempo demais para pensar nas coisas. Não consigo imaginar como é a guerra ou onde estão os meninos. Quando estavam em Oxford, era diferente. Eu conhecia as torres da cidade e a Biblioteca Bodleian. Passei tardes preguiçosas de verão navegando no rio Cherwell. Agora, parece que eles estão nos confins da Terra – em algum território desconhecido do qual nada sei. E não posso deixar de sentir um medo terrível.

Não posso nem espairecer com uma cavalgada, porque os cavalos também foram enviados. Pedi a Mamãe que me permitisse ser voluntária em alguma função – ouvi dizer que as mulheres estão se envolvendo de todas as maneiras: trabalhando nos ônibus, servindo como funcionárias do Departamento de Guerra, entregando correspondências – mas ela não quer ouvir falar disso. Ela diz que a melhor coisa que posso fazer para ajudar é entrar em seu grupo de tricô. Não consigo pensar em nada pior. Você sabe como sou inútil com agulhas de tricô. Talvez se eu as fincasse no olho de alguém ela me deixaria trabalhar nos ônibus. De qualquer forma, tenho certeza de que – como dizem – tudo acabará em breve e poderemos voltar a pensar em coisas mais felizes. No Natal, por exemplo. Ainda adoro a ideia de Paris e espero que você esteja falando a sério quando disse que iria. Tudo é sempre muito mais divertido quando você está junto, Alice.

Escreva logo. Me anime. Envie algo maravilhoso ou chocante para ler. Conte-me sobre o último jovem infeliz que se apaixonou perdidamente por você.

Com muito amor,

Evie

P.S.: Agora sou uma ciclista. Diversão incrível. Você deveria tentar.

Último Natal em Paris

De Evie para Charlie Gilbert
10 de novembro de 1914

Richmond, Inglaterra

Caro Charlie,

Algumas linhas para agradecer por sua última carta. Você soa um pouco triste. Deve ser terrivelmente difícil estar aí, mas todos aqui estão esperançosos de que em breve tudo esteja acabado.

Não se preocupe em escrever com tanta frequência. Sei que deve ser difícil encontrar tempo ou palavras. Concentre-se em permanecer em forma e saudável e em levar seus homens à vitória.

Estamos todos muito orgulhosos e enviamos os melhores votos às tropas. Sinceramente,

Evelyn

De Thomas para Evie
20 de novembro de 1914

Em algum lugar na França

Querida Evie,

Estou na França agora e acho que ficaremos estacionados por algum tempo; assim posso escrever novamente com as últimas novidades. As coisas ficaram um tanto agitadas depois da minha última carta. Precisaram mandar nosso regimento ao exterior imediatamente e encurtaram nosso treinamento, que agora continua aqui. Estou sendo preparado para operar metralhadoras, e Will está sendo treinado como granadeiro. Devo dizer que pela primeira vez me sinto um homem. Acabaram as meninices em Oxford. Tenho responsabilidades para com minhas tropas e gosto de estar no comando.

Ainda não criei coragem para contar a Will sobre os cavalos. Acho que, no fundo, ele já sabe. Quanto a Charlie Gilbert, presumo que ele ainda goste de você. Acho que você é um pouco dura com ele. Ele é um sujeito decente e há opções piores. Se esta guerra acabar com todos nós, talvez você não tenha muita escolha de qualquer maneira. Eu sei que ele é a primeira escolha de sua mãe como noivo "adequado", mas, como sou o último a dar ouvidos a meu pai, suponho que não posso dar palpite sobre seguir conselhos familiares, posso?

As coisas estão tensas aqui em ▮▮▮, mas isso era de se esperar. Não estamos mais brincando de guerra, agora é para valer. Meus dedos do pé estão encharcados e doendo, mas continuo animado. Tudo está indo rápido agora. Ainda há esperança de que tudo acabe no Natal, e aí poderemos nos entregar aos planos parisienses de *vin chaud* e *boeuf bourguignon*.

Sinceramente,

Tenente Thomas Harding

De Evie para Thomas
25 de novembro de 1914

Richmond, Inglaterra

Caro Thomas,

Bonjour, mon ami! Que alívio ter notícias suas – e de Will, cujo bilhete chegou no mesmo dia (vocês podiam usar o mesmo envelope!). Espero que a travessia não tenha sido muito agitada. Se Will já enjoa no Tâmisa, imagino no Canal da Mancha. Cumpram a missão e voltem logo, por favor. Todas as reportagens nos jornais são muito positivas e repletas de vitórias aliadas e de boas notícias. Os censores eliminaram algumas linhas de sua última carta, mas entendi a maior parte e fico feliz em saber que estão todos animados. Envio também um cachecol de tricô. É minha primeira tentativa, então, por favor, perdoe a forma um tanto incomum. Se não pode mantê-lo aquecido, pelo menos pode fazê-lo rir. Minha próxima tentativa será de meias, prepare-se!

Tenha cuidado.

Bonne chance!

Sua amiga,

Evelyn

De Evie para Will
25 de novembro de 1914

Richmond, Inglaterra

Caro Will,

Bonjour! Algumas palavras para informar que sua irmã, Evelyn, fixou residência permanente em seu quarto. Ela fica horas ao lado do fogo, escrevendo cartas aqui, ali e acolá. Ela diz que assim evita o tédio do tricô e tem certeza de que você achará suas cartas muito mais reconfortantes do que meias malfeitas.

Ela também passa muito tempo olhando pela janela. Observou as andorinhas migrarem em uma noite tranquila de outubro e agora espera o retorno delas. No momento, ela observa os tordos e os chapins azuis. Às vezes, ela os desenha nas margens do papel de carta. Ela tinha esquecido o quanto gosta de desenhar. Até que ela tem certo talento.

Ela também me pede para dizer-lhe que os cavalos foram levados para a guerra e implora que você não fique arrasado. Eles são os mais maravilhosos animais e serão a montaria perfeita para a batalha. Todos nós devemos fazer a nossa parte, e ela sabe que você terá tanto orgulho dos cavalos quanto ela tem de você. Ela insiste que você cuide bem de si mesmo, porque ficou terrivelmente afeiçoada a seu único irmão agora que ele e suas implicâncias incessantes estão longe.

Ela também incluiu aqui algumas folhas de papel de qualidade, que ela espera que você preencha com notícias animadoras de vitórias e de seu retorno iminente.

Com o maior carinho,

A Escrivaninha

P.S.: Evie também se afeiçoou à sua velha bicicleta (que ela batizou de Ferrugem). Você riria ao vê-la zunindo pelas ruelas. Ela ainda fica respingada quando encontra uma poça d'água, mas tem muito talento na direção.

De Alice Cuthbert para Evie
1º de dezembro de 1914

Brighton, Inglaterra

Querida Evie,

Saudações, minha querida. Eu tinha acabado de voltar de um dia de caça ao faisão (a temporada vai terminar em alguns dias, e você sabe como eu gosto de manusear uma arma) quando vi seu envelope na minha caixa de correio. Infelizmente, estava totalmente encharcado. Minha colega de quarto nunca traz a correspondência, ou pendura o casaco, ou sacode o guarda-chuva eternamente molhado antes de entrar e jogar tudo no sofá. Eu deveria ter pensado melhor antes de convidar Margie Samson para morar comigo. Eu estava desesperada, como você sabe. Não existem muitas "meninas respeitáveis" de boas famílias que permitem que suas filhas vivam sozinhas. (Não que eu jamais tenha esperado por permissão para fazer qualquer coisa.)

Tente não se preocupar muito com nossos meninos na guerra. Eles serão perfeitamente treinados, farão o trabalho deles e logo estarão em casa. Vamos comemorar loucamente quando retornarem. Aposto que seu irmão está bonito como sempre no uniforme dele. Só de pensar, meu coração dispara.

Estarei em Richmond na próxima quarta-feira; farei contato. Vamos dar uma escapada para umas comprinhas de Natal? Estou sem namorado no momento. É a hora de fazermos algumas travessuras.

Alice

De Evie para Will
7 de dezembro de 1914

Richmond, Inglaterra

Querido irmão,

 Como vai você? Por favor, mande notícias, mesmo que só consiga enviar um daqueles horríveis cartões-postais do serviço militar. Saber que você está seguro e de bom humor já será conforto suficiente. Ou envie algumas linhas nas cartas que Tom escreve. Ele e eu nos tornamos bons amigos por correspondência nos últimos meses.
 Costumo entrar no seu quarto, esperando vê-lo esticado na cama como um gato preguiçoso. Há uma estranha sensação de vazio aqui, como se as paredes sofressem com a sua ausência. Sei que você é um homem muito reservado e sem dúvida odiará pensar que sua irmãzinha tem acesso irrestrito ao seu quarto, mas, quando estou pensando no que dizer a você, aqui parece ser o lugar certo. Que bobagem ter de *pensar* em alguma novidade para compartilhar. Sinto falta da espontaneidade da conversa. Sinto falta de vê-lo; de ouvir sua voz. As cartas são tão difíceis de escrever quando há tanto a dizer – e nada a dizer. E o silêncio entre as respostas é uma agonia.
 Mamãe está estranhamente obstinada, organizando inúmeras arrecadações de fundos e encontrando trabalho onde não há nenhum. "Não ficaremos ociosas enquanto os homens estiverem fora" tornou-se seu lema pessoal desde que nos despedimos de você. Tenho a sensação de que esta guerra ainda pode ser mais perigosa para aqueles de nós deixados sob o comando de mães inquietas do que para vocês, soldados, sob o comando de seus generais.

Afinal, parece que não vai acabar no Natal, não é? Você fará muita falta à mesa de jantar, embora ninguém vá sentir falta de suas piadas horríveis.

Bem, vou encerrar antes que comece a encher as páginas com carinho demais. Alice Cuthbert manda lembranças. Ela veio a Richmond na semana passada e me arrastou até Londres para fazermos algumas compras. Ela é de fato revigorante. Ela insistiu que nos distraíssemos com um chá na Fortnum & Mason, embora nenhuma de nós tivesse entusiasmo para isso. Tudo fica sem gosto quando tomado com uma dose de culpa e preocupação. Você vai mandar umas linhas para ela, não vai? Ela espera ansiosa por isso.

Desejo a você um *Joyeux Noël* de longe.

Sua querida irmã,

Evie

P.S.: Envio tabaco e um bolo de Natal da nossa cozinheira. Ela colocou uma dose extra de conhaque, especialmente para você. Dentro do bolo há uma moedinha de prata que vai lhe trazer toda a sorte do mundo. Mais do que tudo, espero que a sorte e a fortuna o tragam para casa muito em breve.

De Evie para Thomas
8 de dezembro de 1914

Richmond, Inglaterra

Caro Thomas,

Olá de novo! Como você está? As notícias nos jornais são muito boas, o que nos anima, mas preferiríamos que não houvesse notícia alguma e que todos estivessem em casa novamente. Achei que você se divertiria em saber que, a três semanas do Natal, temos uma crise em nossas mãos. Uma raposa entrou nas cabanas de Allenbury e serviu-se de nosso jantar natalino. A pobre Mamãe está fora de si. Sinceramente, acredito que ela ficou alguns centímetros mais baixa desde que ouviu a notícia. E não somos a única família a ficar sem ganso; praticamente metade de Richmond está na mesma situação.

Último Natal em Paris

Eu me pergunto se você vai comemorar o Natal. Comemorar parece a palavra errada. Suponho que ocasiões alegres como Natal e aniversários não tenham lugar no *front*, embora parte de mim espere que chegue uma ordem para que a luta pare, pelo menos no dia de Natal. Nosso pequeno plano de passar o Natal em Paris parece um sonho bobo agora, não é? No próximo Natal, quem sabe?

Como estão seus dedos do pé? Você disse que eles estavam incomodando em sua última carta, embora eu nunca possa ter certeza se você está falando a sério ou inventando. Esse é o fardo de ter um irmão que era popular na escola: ter que tolerar as implicâncias incessantes de seus perversos amigos. De qualquer forma, enviei-lhe algumas meias (mal tricotadas por meus dedos atrapalhados, que prefeririam estar desenhando ou escrevendo a estar enrolando lã em agulhas irritantes). Todo mundo está tricotando para as tropas atualmente. Meias, chapéus, luvas. A nação inteira parece mover-se ao som do *clique claque* de agulhas de tricô. É tudo o que nós, mulheres, podemos fazer para ajudar, para desespero daquelas entre nós que não foram abençoadas com dedos ágeis e mão firme. Espero que os cubos de caldo e o tabaco que envio compensem as "meias".

A cozinheira enviou um bolo. Ela insistiu, embora eu lhe dissesse que você nunca gostou muito de bolo de ameixa. Ela vinha preparando as frutas há semanas, então não pude recusar. Além disso, li nos jornais que a princesa Mary está arrecadando fundos para enviar um pacote de Natal para as tropas britânicas. Você deve escrever para me dizer se recebeu um. Precisa de mais alguma coisa? Ouvi dizer que o pó para piolhos é útil, embora estremeça só de pensar nisso. É verdade?

Alice Cuthbert esteve aqui recentemente. Foi maravilhoso vê-la novamente, mas rápido demais e só me fez desejar que ela morasse mais perto. Eu ficaria grata com uma dose diária do bom humor dela. Lamentamos o adiamento de nossos planos para um Natal parisiense e decidimos caminhar pela Regent Street para olhar as vitrines das lojas. Elas estão muito bonitas, decoradas com bandeiras e símbolos patrióticos e votos festivos aos nossos bravos soldados. Fiquei com um nó na garganta.

Bem, preciso encerrar. Temos que encontrar um ganso, ou o Natal será cancelado. Por favor, mande lembranças para aquele meu terrível irmão. Só recebemos algumas cartas dele, e todas muito breves. Talvez você possa dar-lhe algumas instruções sobre como escrever cartas. Você tem um talento especial para isso.

Com todos os votos de boas festas e lembrando que estamos extremamente orgulhosos e pensamos em vocês com frequência. Mais frequentemente do que você imagina.

Sua amiga,

Evie Elliott

P.S.: As ruas estão geladas demais para andar de bicicleta. Meu fiel corcel, Ferrugem, foi colocado em um estábulo para o inverno. Minha corrida louca para Brighton terá que esperar até a primavera.

De Thomas para Evie
10 de dezembro de 1914

Em algum lugar na França

Querida Evie,

Lamento não ter escrito nas últimas semanas. Muita coisa está acontecendo aqui, com a chegada de novas tropas, e minhas responsabilidades mudaram.

As meias que você tricotou são engraçadas! Perfeitas em seu azul e branco de Oxford, mesmo que as listras estejam um pouco tortas. Imagino que a srta. Needham teria batido nos nós dos seus dedos cada vez que errasse um ponto. Ela nunca precisou de uma boa desculpa para bater nos dedos de ninguém. Que governanta chata e malvada vocês tinham. Will e eu enchíamos as galochas dela com areia, lembra? Fazíamos a travessura e fugíamos pela varanda dos fundos, rindo tão alto que toda a casa podia nos ouvir. Ela nos perseguia a toda velocidade, com uma vassoura, enquanto corríamos para a beira do rio como coelhos. Ela nunca nos pegou. Talvez secretamente ela quisesse que fugíssemos. Ela sempre tinha um brilho nos olhos quando gritava com a gente.

    Quanto aos seus pobres dedos, sei bem o que é uma dor aguda como uma agulhada. Passamos três dias nas trincheiras esta semana, sem dormir, com apenas alguns pães velhos como companhia. O frio era entorpecente, Evie. Eu mal conseguia carregar minha arma, o que não é bom quando o inimigo está tão perto que você pode ouvi-lo ofegar de medo ou vasculhar seu estoque de balas. A guerra não é como eu esperava que fosse. É uma aventura, sem dúvida, mas não esperava que fosse destruir minha visão fácil das coisas, ou que me faria sentir saudades de casa e da simplicidade que considerava natural, como a solidão do meu quarto ou uma xícara de chá escaldante logo cedo pela manhã. Sonho em sair com meu barquinho, na enseada atrás da casa, e ver passar as sementes de dente-de-leão, flutuando pela superfície da água. Parece que foi há tanto tempo.

    Diga à cozinheira que o bolo dela foi o melhor que já comi. Há poucos prazeres hoje em dia, e agradeço o carinho. E o tabaco! Vou racionar até o Ano-Novo, se conseguir. Um presente e tanto. Por falar em tabaco, todos recebemos o presente de Natal da princesa Mary: uma lata com um saquinho de tabaco e material para escrever cartas. Também havia uma carta assinada por ela sob a tampa. Foi generoso da parte dela se dar a tanto trabalho pelos soldados. Estamos todos muito gratos por essas pequenas lembranças de casa.

    Seu irmão está se tornando um problema entre as enfermeiras do hospital de campanha daqui. Ele parece estar de olho em uma enfermeira francesa. A pobre moça vai chegar ao Ano-Novo de coração partido, sem dúvida. Mas não diga que eu lhe contei. Você sabe o quão reservado ele é sobre as garotas dele. Acho que eu mesmo vou visitar a enfermeira nesta semana, mostrar a ela meus assustadores dedos do pé (que estão um pouco melhores por causa das meias que você mandou).

    Fico pensando em nossos planos para o Natal e tento não desanimar. Continuo torcendo para que a guerra termine nas próximas semanas e que eu esteja em casa para desfrutar de alguma alegria natalina. Adoraria ver seu lindo sorriso e lembrar que ainda há muita felicidade esperando por nós.

Sinceramente,

Tenente Thomas Harding

P.S.: Anexo uma mensagem de Will. É possível que tenha lesionado o pulso ao escrevê-la.

De Will para Evie

Querida Evie,

Não sou muito de escrever, como você sabe, mas tentarei usar o papel de carta que você enviou. Às vezes passamos longas horas sem fazer nada, então suas cartas são uma distração bem-vinda. Não diga a Papai, mas tenho saboreado a coleção de charutos cubanos dele. Antes de partir, peguei todos os que pude encontrar. Achei que um homem na guerra precisaria de um conforto entre as batalhas.

Você não deveria passar tanto tempo em casa, especialmente no *meu* quarto. Não é bom para você. Você nunca foi do tipo preguiçoso. Menos cartas e mais ciclismo. Eu insisto.

Seu irmão amoroso,

Will

P.S.: Por favor, transmita meus cumprimentos a Alice. Diga a ela que vou levá-la para dançar quando voltar.

De Evie para Alice
13 de dezembro de 1914

Richmond, Inglaterra

Querida Alice,

Notícias terríveis. Charlie Gilbert está morto. Morto em ação. Papai viu o nome dele na lista de vítimas ontem. Eu fiquei muito perturbada e Mamãe está arrasada. Pobre Charlie. Ele não me tocava o coração nem me instigava intelectualmente, mas era um bom homem. Eu não queria me casar com ele, Alice, mas nunca desejei que morresse. E agora quase não consigo dormir de tanto me preocupar com Will, Tom Harding e os outros rapazes. Qualquer morte é uma lembrança dos perigos que enfrentam. A morte de alguém que poderia muito bem ter se tornado seu marido – tudo é terrivelmente perturbador.

Meu Deus, Alice. Como isso aconteceu conosco? Conosco? Por favor, venha me visitar novamente em breve. Preciso desesperadamente de sua inesgotável alegria.

Evie

De Evie para Thomas
15 de dezembro de 1914

Richmond, Inglaterra

Caro Thomas,

Sinto ter passado tanto tempo sem escrever. Você deve ter ficado sabendo sobre o pobre Charlie Gilbert. Foi morto em ação. Bombardeio, creio eu. Receio ter reagido muito mal à notícia. É difícil pensar em você e Will nas trincheiras, encurralados nos abrigos enquanto eu durmo confortavelmente. Você vai me achar boba, mas dormi no chão ontem à noite, apenas com um cobertor fino para me aquecer. Uma mente perturbada e um chão duro e frio não são os melhores companheiros de cama, mas pretendo fazê-lo novamente esta noite. Todas as noites, até vocês voltarem para casa. Não vai demorar muito agora, vai?

Imagino que você também tenha ouvido falar sobre o bombardeio de Scarborough. Dezessete vidas inocentes perdidas. Mulheres e crianças entre elas. Os jornais relatam noventa minutos de bombardeios dos navios alemães. Que coisa horrível. O Departamento de Guerra já tem cartazes dizendo: "Lembre-se de Scarborough e aliste-se hoje". As pessoas estão com raiva, Tom. E com razão.

Às vezes, quando acordo de manhã, finjo que era tudo um sonho e que Will está tomando café da manhã lá embaixo e você está para chegar com algum plano estranho de sair para beber sidra em Somerset. Eu nem gosto de sidra, mas beberia do mesmo jeito.

Pelo menos você ainda tem tempo para pensar em amor e romance – ou pelo menos meu irmão tem. Gostei de saber que ele está se tornando um incômodo entre as enfermeiras. As pobres moças não terão chance contra os avanços amorosos dele. Essa garota francesa é bonita? Nada como um sotaque estrangeiro para tocar o coração de um homem – ela deve ser totalmente irresistível. Com que rapidez Will esquece os flertes dele com Alice. Você pode lembrá-lo do ditado "longe dos olhos, perto do coração". Alice ainda espera receber notícias dele, mas não vou dizer uma palavra a ela sobre esta enfermeira (ela tem nome?). Você promete me manter informada sobre quaisquer desenvolvimentos românticos?

Em notícias menos românticas, finalmente temos um ganso. Não tão grande quanto Mamãe gostaria, mas um ganso. Ela se esquece (ou nega) que temos várias bocas a menos para alimentar neste ano. Eu nem a lembro disso. Ela fica triste com a menor menção à guerra. Nenhum de nós pode realmente acreditar que vocês vão passar o Natal fora, até porque nos prometeram que tudo já estaria acabado. Lá se foram nossos planos parisienses.

Junte-se a mim e sonhe acordado, Tom, pode ser? Veja, lá estamos nós passeando ao longo da Champs-Élysées, maravilhados com o Arco do Triunfo enquanto gordos flocos de neve caem de um céu tranquilo. Lá estamos nós, observando os artistas em Montmartre, com a enormidade majestosa da Sacré-Coeur atrás de nós. *C'est si beau*. E olhe para nós agora, entortando nossos pescoços para conseguir visualizar a impressionante altura da Torre Eiffel. São trezentos degraus até o topo, sabe? Aposto corrida com você!

Meu coração bobo se apega a esses pensamentos mais felizes. Mas não é apenas o charme da capital que me atrai para a França. Você vai achar bobagem, mas parte de mim anseia por estar mais perto da guerra. Eu preciso *FAZER* alguma coisa, Tom. Qualquer coisa que não seja ficar aqui sentada pensando e me preocupando.

Tome cuidado e, se não nos falarmos antes, tenha o Natal mais feliz possível. Estaremos pensando em vocês em todas as horas do dia e em nossos sonhos.

Joyeux Noël.

Sua,

Evie

De Thomas para Evie
20 de dezembro de 1914

Em algum lugar na França

Querida Evie,

Sentado aqui em meu *bunker*, completando a interminável papelada para meus superiores, sonho com ostras e champagne, castanhas torradas polvilhadas com açúcar, e um fogo crepitante. Eu nunca fui de dançar, mas daria minha mão direita para estar na festa de Natal da sua mãe agora. No ano passado, só dancei duas vezes – uma com você e outra com sua mãe, não sei se você lembra – e logo fugi atrás de outro uísque. Você usava um vestido azul-turquesa e brilhava como as guirlandas da árvore. Não demorou para que o calor do salão de baile me fizesse correr para o jardim. Você me encontrou lá e compartilhamos um cigarro ao lado das roseiras. Você lembra? Eu lhe dei meu paletó para aquecê-la. Foi quando encontramos seu irmão encolhido atrás dos arbustos com Hattie Greenfield. Will e as mulheres dele!

A enfermeira francesa de Will se chama Amandine Morel. Uma linda garota francesa com nome de uma flor de amêndoa – uma oportunidade perfeita para má poesia. Tenho que admitir que invejo a distração que ele encontrou. Estou bastante melancólico. As batalhas continuam, independentemente da estação ou dos esforços.

    Meu pai finalmente escreveu. Ele parece desapontado que eu não volte para casa no Natal, o que me alegra um pouco. Na última vez que o vi, tivemos uma discussão terrível e não nos falamos desde então. Suponho que as poucas palavras dele agora já sejam um progresso. O que acontece, Evie, é que tenho pouco interesse em dirigir o *London Daily Times*. Não é o tipo de trabalho que eu me veja fazendo – não estou interessado em ir atrás de histórias para ganhar algum dinheiro ou me tornar um repórter famoso. Nem me importo com *status*. Francamente, não vejo por que não podemos contratar outra pessoa para fazer isso, ou repassar para outros parentes próximos, mas Papai não quer nem ouvir falar disso. Ele nunca entendeu minha paixão pela literatura e, no entanto, é exatamente isso o que ele faz, pelo menos no sentido mais básico – compartilhar histórias com o público. Talvez eu seja ingênuo em pensar que podemos resolver essa diferença entre nós.

    Perdoe-me o sentimentalismo. Tenho certeza de que esse não é o tipo de coisa que você esperava ler em minhas cartas. Paris terá que esperar até o próximo ano, se ainda estiver de pé. Tenho certeza de que tudo estará acabado até lá. Esta guerra não pode durar muito mais tempo.

    Pense em mim quando cortar aquele ganso. Estarei pensando nele e em uma grande colherada de molho.

    Feliz Natal, querida amiga.

    Sinceramente,

Thomas

PARIS

15 de dezembro de 1968

Paris me recebe como uma velha amiga, de braços abertos e alegre. Enquanto nosso táxi navega pelas ruas sinuosas, sento-me em silêncio e vejo a neve cair de um céu tingido de rosa. A cidade nunca esteve mais bonita.

Depois da longa viagem, é com alívio que vejo a silhueta familiar do prédio de apartamentos na Rue Saint-Germain, nossa casa parisiense, nosso cantinho da França, como ela o chamava.

Quando Margaret finalmente acredita que estou confortável e aquecido e não corro nenhum perigo imediato de cair da varanda, ela sai para descobrir a cidade por si mesma. Invejo o prazer de ver tudo pela primeira vez – passear pela Place de la Concorde, descobrir as delícias locais, absorver tudo com a exuberância da juventude. Mesmo assim, sou grato pela solidão que sua ausência proporciona; um momento a sós com minhas memórias. E que riquezas elas oferecem.

Cochilo um pouco, sonhando com caminhadas sob a chuva no Jardin du Luxembourg, sorrindo enquanto ela ri e sacode o cabelo para se livrar da umidade. São sonhos agradáveis onde ainda sou jovem e vibrante, totalmente encantado por ela, e ela ainda está aqui e não tão recentemente roubada de mim. Isso torna o despertar insuportável, mas eu preciso acordar.

Margaret retorna cedo demais, com um baque surdo da pesada porta da frente, trazendo consigo o aroma cortante do frio e o cheiro de castanhas assadas. Ela fala sem parar e com grande entusiasmo sobre as barracas do mercado e as confeitarias, as luzes ao longo do Sena, a beleza de tudo.

– Ah, sr. Harding, como tudo é romântico! – Ela se entusiasma enquanto sacode o lenço de bolinhas que tinha sobre a cabeça. – Não admira que a chamem de cidade das luzes. *J'adore Paris!*

Eu me esforço para sorrir. Eu conheço o romance desta Cidade das Luzes; sei como ela pode roubar seu coração tão facilmente quanto o olhar da pessoa que você mais adora no mundo.

Flocos de neve salpicam os fios castanhos do cabelo de Margaret e decoram os ombros de seu casaco. Suas bochechas brilham com aquele tipo raro de excitação que só se sente em Paris nesta época do ano. Ela tem os braços carregados de guloseimas e pacotes de Natal que ela coloca na mesa da cozinha, descrevendo cada um de seus prêmios: fatias de queijo, *beignets* açucarados e *biscuits* de amêndoas, sabonetes de rosas feitos ao exuberante estilo francês e um feixe de azevinhos amarrado com uma fita. Mas é o apimentado aroma do *vin chaud* que aguça os meus sentidos e me faz ver, nas chamas do fogo, a mulher cujo sorriso podia animar meus piores dias. Lá está ela, segurando uma taça de vinho quente em suas mãos, seu olhar fixo no meu, o rosto brilhando de vida.

Meu coração bate dolorosamente. O ritmo irregular da dor.

– Ah! Eu quase esqueci. – Margaret tira uma carta da bolsa. – Isso estava na caixa de correio lá embaixo. Presumo que seja de Delphine. O senhor foi esperto em pedir que ela enviasse sua resposta para cá. Não teria mais nos encontrado em Londres.

Concordo, pego a carta e reconheço, no envelope a caligrafia de Delphine. Querida Delphine. Ficarei muito feliz em vê-la novamente. Abro o envelope com cuidado e desdobro o papel perfumado que estava lá dentro.

Último Natal em Paris

14 de dezembro de 1968

Caro Tom,

 Estou muito feliz em saber que você virá a Paris para o Natal, embora deva admitir que estou um pouco preocupada com a longa viagem. Eu não aconselharia a vinda, mas sei que você já está decidido e não mudará de ideia, então direi simplesmente que estou ansiosa para revê-lo.

 Sei que será especialmente difícil para você estar aqui neste ano, mas não seria o mesmo sem você. Faremos o melhor possível e vamos encontrar aquele *vin chaud* de que você tanto gosta.

 Ligarei para o apartamento em alguns dias para verificar se você chegou em segurança.

 Com o mais caloroso afeto,

Delphine

 Minhas mãos tremem enquanto dobro a página e a coloco de volta no envelope. Tantos rostos distantes e memórias ganham vida, como chamas teimosas que não querem apagar.

– Está tudo bem, sr. Harding?

Eu faço que sim com a cabeça e me viro para minha enfermeira.

– Sim, Margaret. Mas minha xícara parece estar vazia. Um pouco mais de *vin chaud*, talvez?

Ela hesita. Eu sei quais são os pensamentos que passam por sua cabeça: e a medicação dele? Um pouco mais de vinho será boa ideia?

– Parece uma pena desperdiçá-lo – eu insisto.

Ela sorri e enche minha xícara e a dela e a levanta para um brinde.

– *Salut, monsieur Harding. Joyeux Noël.*

– Feliz Natal, Margaret.

Seguro a caneca quente na mão e deixo Margaret admirar seus pacotes enquanto pego o próximo maço de cartas da escrivaninha ao meu lado.

1915. Ela era tão meticulosa em sua organização... Mais um ano da guerra. Mais um ano da nossa história.

    Antes de continuar lendo, eu olho pela janela. Silenciosamente, faço uma promessa para as nuvens de neve que enchem o céu e desejo um Feliz Natal àqueles mais caros ao meu coração...

PARTE DOIS

1915

"Se eu morrer, pense isto de mim:
Que há um canto de um campo estrangeiro
Que será para sempre Inglaterra."

– Rupert Brooke, *O soldado*

De Evie para Thomas
1º de janeiro de ~~1914~~ 1915

Richmond, Inglaterra

Prezado Tenente Harding,

Bonne année! Ainda não consigo me acostumar com seu título oficial. Muito diferente do jovenzinho Tom Harding, de quem me lembro atirando nos pardais do jardim. Muita coisa está mudando, Tom. Mal consigo me lembrar de você e Will como pequenos desordeiros de calças curtas, correndo entre os canteiros de flores com suas zarabatanas. Como poderíamos imaginar que esses jogos infantis se tornariam tão reais?

E aqui estamos em 1915 e devo desejar-lhe um Feliz Novo Ano, embora não possa encontrar muito com que ficar feliz enquanto a guerra avança e chega cada vez mais perto de casa. Houve mais bombardeios aqui – na véspera de Natal, você acredita? Lemos sobre isso nos jornais. Felizmente, ninguém ficou ferido ou morreu desta vez. Um jardineiro da igreja foi jogado da árvore que ele estava podando. Pobre rapaz. A guerra parecia tão distante no início, mas não mais. E se começarem a lançar bombas sobre Londres? Apresse-se e acabe logo com eles, certo?

Alice me diria para ser mais positiva – e está certa. Eu espero que as minhas cartas o animem e o façam sorrir e lembrar-se de casa, e não há melhor hora de olhar para a frente do que no primeiro dia de um novo ano. Doze meses inteiros e imaculados estendem-se diante de nós como uma resma de papel em branco esperando para ser preenchida. Digo sempre a Mamãe que pare de olhar para trás e de pensar no que foi ou poderia ter sido (ela ainda chora à menção de Charlie Gilbert e da proposta de casamento que ele levou para seu túmulo de soldado). Lembro a ela constantemente que tudo o que podemos fazer – o que *devemos* fazer – é sonhar com tempos melhores e com bailes no The Ritz.

    Que gentil você se lembrar do vestido que usei na festa de Natal do ano passado. Eu tinha esquecido completamente. Usei-o novamente neste ano, em sua homenagem, embora ninguém tenha me oferecido uma tragada em um cigarro, ou um paletó, ou me dito que eu estava encantadora sob o luar de inverno. Fiz você corar, Tom? Você esqueceu como seus elogios fluíam tão facilmente quanto o vinho?

    Eu só implico com você porque não tenho mais nada para fazer.

    Em outras notícias, temos uma infestação de ratos. Eu os ouço correr por trás das paredes e pela chaminé. Estremeço ao ouvir o arranhar das horríveis patinhas deles. Mills colocou armadilhas, e posso dizer que não há nada mais desagradável do que o *paf* e o *crac* que elas fazem ao serem acionadas. É de revirar o estômago. Tanto assim que estou em busca de um bom caçador de ratos. Não gosto muito de gatos, mas deve ser preferível a esse som terrível. Coloquei um aviso na vidraça dos correios e aguardamos uma resposta.

    Enquanto estava lá, tive uma conversa bem interessante com a gerente do correio. Ela me disse que, como os homens partiram, estão procurando mulheres para ajudar na separação e entrega da correspondência. Claro que Mamãe vai se recusar a aceitar que eu me candidate a tal cargo, mas creio que poderia fazer o trabalho, e muito bem. Afinal, tenho minha bicicleta e daria qualquer coisa para sair de casa e ficar longe da contínua vigilância de Mamãe. Ela diz que nunca vou encontrar marido se não começar a cuidar mais da minha aparência. Com Charlie fora de cena, ela está em busca de um substituto adequado para meu futuro marido. Tenha cuidado, Thomas. Ela ainda pode considerá-lo como último recurso!

Espero que o Natal tenha sido suportável por aí. Esperamos por tanto tempo e ele passa tão rápido. Fizemos o possível para manter as coisas alegres aqui, mas é claro que sentimos a ausência de amigos e familiares ao redor da mesa, e foi difícil aproveitar as festividades. É curioso, mas procuramos não falar muito sobre a guerra. Desenvolvemos um estranho tipo de código: "Como eles estarão? Sabe... por lá." "Alguma notícia... de lá... sabe?". Não dizemos "guerra". Não dizemos "França" ou "Bélgica" ou "Alemanha". Nossas palavras desaparecem no meio da frase, é como se houvesse um grande buraco no chão onde caem nossos pensamentos e medos não ditos, perdidos para sempre. Que desapareçam!

Honestamente, Tom, eu me sinto como um vestido não usado, pendurado frouxamente no armário, sem propósito, formato ou forma. Só o que faço é colar avisos na vidraça dos correios e me preocupar com os ratos. Talvez eu vá ler sobre cuidados e tratamentos para os dedos dos pés, para poder ser enfermeira voluntária e me juntar a você e Will por aí. Qualquer coisa é melhor do que andar de um lado para o outro aqui em Poplars. A casa é como um necrotério. Mesmo. É insuportável.

Já disse que tenho a surpresa mais maravilhosa para Will quando ele chegar em casa? Encomendei um retrato de Hamlet e Shylock e miniaturas encrustadas em um par de abotoaduras. São tão lindos... Eu esperava que estivessem prontos para o Natal, mas o artista pegou uma febre e só os entregou agora. Vou mantê-los aqui para surpreender Will com um presente de boas-vindas.

Tome cuidado, Tenente Harding, e não se preocupe. Não vai demorar para que você volte a ser o velho e simples Tom Archibald Harding, flutuando preguiçosamente em seu barquinho ao longo do Tâmisa em direção a Teddington Lock ou Hampton Court. As garças ficarão em posição de sentido na margem do rio e o saudarão por tudo o que fez pelo rei e pelo país. Devemos nos agarrar a esses sonhos com todas as nossas forças.

Para citar William Blake: "A Terra dos Sonhos é melhor, Bem acima da luz da estrela-d'alva."
Com os melhores votos,

Evelyn Maria Constance Elliott

P.S.: Envio mais meias. Acho que estou melhorando.

Do sr. Charles Abshire para Thomas
2 de janeiro de 1915

Londres, Inglaterra

Caro Thomas,

Saudações, meu rapaz. Escrevo em nome de seu pai. Não quero alarmá-lo, mas ele tem estado bastante indisposto nas últimas semanas, e a recuperação tem sido difícil. Continuarei a escrever por ele quando solicitado e cuidarei das coisas no *London Daily Times*, quando possível. Como você sabe, minhas funções já são numerosas com a contabilidade, mas por agora continuarei fazendo o melhor que puder. Se a saúde de seu pai não melhorar nas próximas semanas, posso chamar seu primo, John Hopper, para ajudá-lo a administrar o escritório. Você acha que seria aceitável?

Por favor, tome cuidado na França. Estamos ansiosos para recebê-lo em casa.

Atenciosamente,

Charles Abshire

De Thomas para Evie
4 de janeiro de 1915

Em algum lugar na França

Querida Evelyn Maria Constance Elliott,

Feliz Ano-Novo, embora já não pareça tão novo assim. Eu soube dos ataques. Ficamos indignados aqui no *front*, embora um francês nos tenha colocado em nossos devidos lugares bem rapidamente. Jogando a ponta de um cigarro no chão, ele disse: "Vocês sofrem alguns ataques aéreos e estão com raiva. Nós perdemos nossas casas e famílias, a beleza de nosso país, nosso orgulho. Perdemos tudo! Quando esta guerra terminar, vocês encontrarão alguns prédios destruídos, e nós encontraremos a desolação. *Rien de tout!*"

Ele está certo. O que os franceses perderam e continuam perdendo criará um grande abismo. A reconstrução para eles pode continuar pelo resto de nossas vidas. A observação do francês aconteceu pouco antes que chegasse seu último pacote. Dei um tapinha no ombro do sujeito e ofereci a ele um dos preciosos pares de meias que você mandou (espero que não se importe). Ele sorriu tristemente e agradeceu. Ele os usa como luvas. Estamos todos juntos nisso, não há dúvida.

Falando em meias, obrigado! Por cada par delas. Não posso expressar como fiquei feliz em vê-los. É de pés secos que mais sinto falta. Mas tenho sorte, por ser tenente. Eles mudam minha posição com mais frequência do que os soldados rasos. Pobres coitados. Tenho que admitir, eu me sinto culpado e melancólico quando perco um homem. Com apenas cerca de cinquenta sob meu comando, sinto intensamente a ausência de cada um e imagino a carta chegando à casa da família dele, anunciando que ele se foi. É uma coisa terrível.

As afeições de seu irmão por Amandine não diminuem. Na verdade, ele parece muito sério em relação a ela. Achei que ele passaria adiante com rapidez, mas não o fez. Você sabe como ele é. Um lampejo de sorriso e aqueles olhos azuis são suficientes para nocautear todas as garotas que estejam por perto. Eu, em contrapartida... Um ruivo gigante de peito largo não é o que a maioria das garotas gosta, não é? O meu azar é ser uma réplica de meu tio – o homem mais detestado na família. Mas também tenho o cérebro dele, pelo menos. Já é alguma coisa, eu suponho.

Você esperava que parássemos de lutar no dia de Natal. Bem, para minha surpresa e de todos os outros homens, meu comandante estabeleceu uma trégua naquele dia. Rastejamos para fora de nossas tocas, os alemães também, e dividimos um ou dois biscoitos enviados de casa, ou um cigarro. Evie, baixar as armas e apertar a mão dos alemães como camaradas – não consigo descrever como foi incrível. Lá estava eu, compartilhando algumas horas com os homens responsáveis por tantos danos. Imagine a confiança que foi preciso para entrar desarmados na terra de ninguém e confraternizar com o inimigo, mesmo que por pouco tempo. Sentir-nos como homens de novo nos deixou um pouco tontos.

A noite toda foi agradável, se é que posso usar essa palavra para um Natal na guerra. Uma forte geada congelou parte da água, tornando minha posição na lama mais suportável. Ao cair da noite, sem a incessante chuva, consegui até ver as estrelas e a lua. E você não vai acreditar, mas cantamos canções de Natal. Imagine. Um bando de soldados imundos, alemães e ingleses, fazendo serenatas uns para os outros com canções natalinas. E tudo isso depois que o general Smith-Dorrien nos advertiu contra confraternizar com o inimigo. Eu lhe pergunto: como posso odiar um homem quando sinto o cheiro do café da manhã dele ou o ouço gritar de angústia a poucos metros de distância? Foi um alívio e uma muito necessária possibilidade de me comportar como na vida real, longe desta guerra.

Estranhamente, agora me pergunto: "vida real" é o que acontece em Londres? Carros congestionando as ruas, pessoas correndo, senhoras cuidando de seus jardins e comprando chapéus novos, homens bebendo um bom uísque depois de uma partida de bilhar no clube. Ou a realidade é aqui – dura e indescritível? Sangue e carne e toda essa morte sem sentido. Foi especialmente brutal em ▓▓▓.

Sinto muito, Evie. Eu não deveria falar sobre isso com uma moça. Por alguma razão, no entanto, você me faz querer ser sincero.

Você diz que está inquieta e ansiosa para colaborar, mas eu odiaria vê-la aqui no *front*. É perigoso, atinge a alma da gente, e quem puder ficar protegido deve fazê-lo. Eu quero a irmã do meu melhor amigo o mais longe possível disso tudo. Por que você não escreve? Lembro o quanto você gostava de poesia. Lembro que o volume de William Blake estava em farrapos na última vez que o vi, de tanta leitura. Ninguém nunca entendeu meu amor pela literatura tanto quanto você, Evie. Sinto muito a falta da minha biblioteca. Leia o suficiente por nós dois! Talvez você possa me enviar algum material de leitura também. São longas as horas em que ficamos parados, esperando ordens.

Também estou com saudade do meu pai, acredite ou não. Ele está muito doente e desta vez está com dificuldade para se recuperar. Espero que não seja algo muito sério.

Aguardo ansioso sua próxima carta.

Sinceramente,

Tenente Thomas Archibald Harding

P.S.: Will vai adorar os retratos. Ele sempre fala neles quando vemos cavalos caindo em batalha. Meu pobre amigo sofre com a perda de animais tão lindos.

P.P.S.: Dê uma olhada no envelope. Você verá que coloquei o selo em um lugar específico. Muitos companheiros aqui estão usando a "linguagem dos selos" ao mandarem cartas para casa. Uma mensagem extra para decifrar, por diversão. Você descobriu o que estou dizendo para você?

De Thomas para seu pai
16 de janeiro de 1915

Em algum lugar na França

Caro Pai (aos cuidados do sr. Charles Abshire),

Fiquei muito triste em saber de sua doença, mas o senhor é teimoso, e não tenho dúvidas de que logo recuperará a saúde de sempre.

Agradeço pelas notícias de Abshire e fico feliz em saber que ele está cuidando das propriedades e do jornal enquanto você está doente. Talvez devêssemos seguir a sugestão dele e trazer o primo John a bordo, se o senhor não se recuperar logo. Não gosto muito do sujeito, mas ele faria um bom trabalho, pelo menos temporariamente. Com o mundo em guerra, imagino que as prensas não parem nunca. Há muito para relatar, embora um tanto seja censurado, pelo que ouvi dizer. Há um sujeito aqui com o nome de ▮▮▮ que envia suas reportagens para Fleet Street. Ele diz que tem de contrabandeá-las para fora. Ele tem escrito de ▮▮. O senhor o conhece?

Descanse e se recupere logo, Pai.

Seu filho afetuoso,

Thomas

De Evie para Thomas
14 de fevereiro de 1915

Richmond, Inglaterra

Caro Tom (espero que aceite essa informalidade),

Em primeiro lugar, minhas desculpas por não escrever há algum tempo. Tenho sofrido com um resfriado terrível e acabei ficando de cama e tendo de beber um suspeito caldo restaurador que a cozinheira garantiu que curaria o próprio diabo. Para ser honesta, funcionou.

Lamento muito saber que seu pai não está bem, mas ele é um homem vigoroso. Tenho certeza de que ele vai se recuperar rapidamente, não se preocupe.

Não posso negar que tenho sido uma paciente terrível. Irrequieta e irritante, ansiosa para tirar a Ferrugem da hibernação e pedalar pelas ruas. Mamãe disse que todos estão maravilhados por me verem bem e de pé novamente. É surpreendente descobrir que posso incomodá-la tanto acamada quanto acordada.

Para me punir, ela convidou sua tia Josephine para jantar na próxima semana. O filho mais velho de Josephine – seu primo, John Hopper – deve acompanhá-la. Temo que alguma coisa esteja sendo tramada. Terei de me comportar da pior maneira possível e me apresentar como uma esposa inviável. Você não gosta muito de Hopper, se bem me lembro, embora eu o tenha achado agradável quando o conheci brevemente.

Notícias horríveis sobre mais violentos bombardeios. Desta vez em Great Yarmouth e King's Lynn. Quatro pessoas mortas e mais de uma dúzia de feridos. O estrago foi feito por zepelins. Apavora-me a ideia deles flutuando silenciosamente sobre nós enquanto dormimos, como monstros no escuro. Li uma reportagem que sugeria que eles estavam sendo lançados de uma base secreta na Inglaterra. Não tenho vergonha de dizer que estou com medo, embora Papai me assegure que eles não chegarão a Londres – apenas às cidades costeiras. Mesmo assim, não consigo dormir. Acordo com qualquer barulho e corro para a janela para verificar se há zepelins lá no alto. Suspeito que essa seja a causa de minha doença. Mais preocupação do que doença.

Usei meu tempo acamada, no entanto, para voltar a me familiarizar com aquele volume de Blake que você mencionou. Que engraçado você se lembrar disso. Ele escreveu coisas tão maravilhosas… "Tigre! Tigre! Brilho puro, Embrenhado no mato escuro, Que mão ou olho criaria Tua feroz simetria?" E encontrei sublinhadas estas linhas de "Segredo do Amor": "Nunca tente revelar o teu amor, Amor que nunca poderia ser revelado; Pois o suave vento se move, silencioso, invisibilizado". Nem me lembro de qual amor não correspondido eu me lamentava na época. Tolices de uma colegial romântica. Ainda assim, ler esses versos sentimentais me dá esperança de que o amor e a bondade vençam no final. Vejo acontecer tantos casamentos precipitados – homens que esperam escapar do *front* e garotas que usam seus votos de casamento como escudos para proteger seus amados. Eu me pergunto se o amor verdadeiro e honesto pode florescer em tempos de guerra ou se nós todos apenas nos agarramos desesperadamente à ideia do amor, como homens agarrados à ideia da vida enquanto se afogam. O que você acha, Tom? Está aí algo para refletir quando estiver acordado à noite, sem conseguir dormir.

Fiquei muito feliz com a notícia da breve trégua no dia de Natal. Você pode realmente sentir o cheiro do café da manhã do inimigo? Vocês estão assim tão perto? Eu os imaginava a quilômetros de distância, não praticamente vizinhos. Que coisa horrível. Não posso imaginar o terror no qual vocês vivem, mas sei como você é corajoso e como seus comandados têm sorte em tê-lo. Suspeito que você os mantenha em forma e bem apresentáveis – além de fazê-los aprimorar seus conhecimentos sobre Tchekhov e xadrez, sem dúvida. Você vai liderá-los bem, Tom. Eu sei que vai, mesmo com mal tricotadas meias e dedos do pé em frangalhos.

Os ratos são mesmo um incômodo terrível? Ouvimos rumores sobre como as infestações incomodam os homens nas trincheiras. Você se lembra daquele rato que encontramos na pilha de lenha naquele verão, na casa da vovó Kent? Eu gritei tão alto que você e Will correram ao meu resgate com zarabatanas! Que heróis impetuosos.

Nossa própria infestação está sob controle graças a Tennyson (o novo gato). Ele veio muito bem recomendado e posso confirmar que ele faz jus à recomendação. Tem um ar selvagem, com metade de uma orelha faltando, mas estou começando a gostar muito dele. Talvez todos devamos nos apegar a alguma coisa em tempos tão perturbadores. Às vezes, sinto que posso ser levada pela brisa como uma pequena semente, se não me agarrar a algo sólido, permanente e imutável. Não é de se admirar que vamos todos à igreja todos os domingos. Há certo conforto na sensação de permanência daquelas paredes centenárias e de um vigário que é quase tão velho quanto elas.

A "linguagem dos selos", seu espertinho! Claro que eu conhecia, mas nunca imaginei que você se importaria com uma coisa dessas! Sua mensagem foi "não me esqueça". Impossível, Tom. Eu o conheço há tempo demais para isso! Enviei uma mensagem de volta. Preste atenção no envelope.

Bem, vou me despedir. Estou com cãibra de tanto escrever e tenho que me preparar para um almoço de caridade (outra arrecadação de fundos). Depois vou até Londres para ouvir um discurso de Emmeline Pankhurst. Ela e a irmã começaram o movimento sufragista antes da guerra, você se lembra dela? Elas fizeram uma pausa nas atividades militantes e estão concentrando seus esforços em galvanizar as mulheres da Grã-Bretanha para ajudar no esforço de guerra. Estou intrigada pelo que ela tem a dizer.

Espero convencer Mamãe a ir comigo sob o pretexto de comprar um chapéu novo. Tenho esperança de que, se ela ouvir outras pessoas falar com veemência sobre a necessidade de as mulheres fazerem a sua parte, ela concordará ao menos em discutir o assunto comigo.

Escreva logo. Eu odeio os dias e as semanas que passam sem notícias suas ou de Will. Nunca tive que esperar por nada em minha vida. Não sou muito boa nisso.

Sua amiga,

Evie Elliott

P.S.: Espero que goste das luvas (apesar da falta de dedos). É meu novo empreendimento de tricô. Lembrei que você tem mãos bem grandes, embora seja difícil imaginar que sejam *suficientemente* grandes para encher esse novo modelo. Espero que sejam úteis para você, ainda que só pela lã desfiada, para a qual tenho certeza de que você encontrará um uso inteligente.

De Evie para Will
15 de fevereiro de 1915

Richmond, Inglaterra

Meu querido Will,

Mamãe insiste que eu lhe escreva novamente. Ela mal consegue pegar na caneta para escrever ela mesma. Fica muito perturbada e acaba com uma daquelas dores de cabeça. Recebemos notícias frequentes de Tom e assim sabemos que você está vivo e bem, pelo menos. Mas, por favor, mande um recado para Mamãe. Ela se preocupa tanto, e você sabe como os nervos dela são frágeis, mesmo nos bons momentos. Escreva algumas linhas, ainda que você não ache tempo para escrever para sua irmãzinha favorita, que sente muito a sua falta e que às vezes entra no seu quarto sem nenhum motivo, só para se sentir de alguma forma mais perto de você. Pensamos em você todos os dias, e você está sempre em nossas preces. Tenha cuidado, irmão, e lembre-se de que estamos todos muito orgulhosos de você.

Sua irmã sempre amorosa,

Evie

P.S.: Tenho o presente mais maravilhoso guardado para você quando voltar para casa!

De Thomas para Evie
25 de fevereiro de 1915

Em algum lugar na França

Querida Evie,

Peço desculpas pela demora em responder, mas as coisas andaram corridas aqui. Há poucos momentos nos quais consigo relaxar de verdade, quase sempre quando caio em um sono exausto, incapaz de aguentar mais um momento sequer.

Estou aliviado em saber que você está segura. Abomino a ideia dos malditos alemães atacando Londres. Você pode entender agora como é aqui, pelo menos um pouco. Cuide-se bem, minha amiga. Você precisa ter coragem pelos outros quando os zepelins chegarem. Sua família e amigos precisam de seu espírito forte para ajudá-los.

Quanto a falar de amor, nunca pensei que você fosse tão cínica. Paul Humphreys realmente partiu seu coração, não? Existem muitos romances construídos sobre bases sólidas. Veja a Rainha Vitória e o Príncipe Albert. Ela manteve seu luto por décadas. Romeu e Julieta? Eu sei que esse você já leu pelo menos uma dúzia de vezes. E quanto a seus pais? Nunca vi um velho casal tão apaixonado. Você se lembra do dia em que estávamos jogando cartas? Eles entraram no escritório e nos escondemos debaixo de um cobertor atrás do sofá. Quando eles começaram a se beijar, corei tanto que cada sarda do meu rosto parecia queimar. Pensando nisso, onde estava Will naquele dia? Às vezes ele desaparecia para Deus sabe onde.

O que dizem sobre os ratos nas trincheiras é verdade. Eles são maiores do que qualquer um que eu já tenha visto em Londres, que parecem charmosos camundongos em comparação. Esses são roedores bem alimentados, praticamente do tamanho de um cachorro pequeno. Os homens os usam para praticar tiro ao alvo. Eu sei o quanto você gosta de caçar, ou não mencionaria atirar em coisas nojentas, mas a verdade é que você nunca se assusta facilmente, não é? Eu posso vê-la agora, o cabelo escuro voando para fora do seu chapéu, de arma nas mãos. Você certamente foi feita de um molde diferente de outras garotas, exceto, talvez, sua amiga Alice. Tudo o que sua pobre mãe queria era uma moça da alta sociedade. Você deu a ela bem mais que isso – ainda bem.

Você está escrevendo de novo? Espero que sim. Quais são as novidades da cidade? Conte-me sobre a sra. Pankhurst e o almoço. Imagino bolos, compotas e biscoitos, fatias de presunto e uma enorme quantidade de cenouras na manteiga. Meu estômago ronca só de escrever essas palavras. Quando eu voltar para casa, só o que vou fazer é comer. Vou ficar gordo como um porco e aproveitar cada minuto.

Acho que devo perguntar sobre o jantar com John Hopper. Sua mãe gostou dele como você suspeitava? Ele é bonitão, mas tome cuidado. A reputação dele com as moças não é boa. Tenha cuidado, Evelyn.

Obriguei seu irmão a escrever. (Veja a carta em anexo.)

Seu amigo,

Tom

P.S.: Meu conhecimento dos selos é limitado, para dizer o mínimo, mas seu irmão me garante que a posição deles no seu último envelope significa que você pensa em mim. Eu espero que sim!

De Will para Evie

Querida favorita (e única!) Irmãzinha,

Por favor, mande meu carinho a Mamãe. Diga a ela que estou tão seguro quanto possível no *front*. Por sorte, nos próximos três dias estarei longe da ação e ficarei em um alojamento em uma cidade local. Ansioso para tomar banho e ficar apresentável, desfrutando de um pequeno momento de vida normal. Mesmo as pequenas realizações são importantes nos dias de hoje. Não sei por quanto tempo ainda posso manter uma cara feliz. Estou com saudades de casa e de você.

Seu irmão,

Will

De Alice para Evie
26 de fevereiro de 1915

Brighton, Inglaterra

Querida Evie,

Eu me diverti muito com você no último fim de semana – sempre me alegra ver seu rosto, e fiquei feliz em vê-la de pé, recuperada da gripe. Realmente, deveríamos tentar nos ver com mais frequência. Afinal, Brighton não é na lua, nem Richmond. Qualquer uma de nós pode pegar o trem quando quiser e, em pouco tempo, estaríamos juntas. Não temos desculpas. Não mais!

Continuando nossa discussão, acho importante nos envolvermos no esforço de guerra de alguma forma. Não tenho interesse especial em ser enfermeira. Não fui feita para isso. Desajeitada demais, para começar. Sem dúvida, mataria mais homens do que os salvaria. Mas deve haver algo que possamos fazer para ajudar, mesmo que seja aqui, trabalhando nas fábricas de munições. Vamos pensar juntas, certo? Talvez eu me inscreva no Departamento de Trabalho. Vamos ver se surge alguma coisa.

Obrigado pelo convite para andar de bicicleta no mês que vem, mas você me conhece, prefiro ser atropelada por uma a ter de fazer esse esforço. Mas não tenho dúvida de que você é adorável pedalando sua Ferrugem. Em vez disso, estou aprendendo a dirigir e sou ótima motorista! Se minha mãe soubesse, ela teria um ataque. Billy Peters, um amigo de meu pai, teve a gentileza de me ensinar em troca de alguns jantares com ele. Assim animo um pouco o velho chato! E todos saem ganhando, você não acha?

Com todo o meu amor,

Alice

De Evie para Will
28 de fevereiro de 1915

Richmond, Inglaterra

Querido Will,

Que bom receber notícias suas. Eu sei que deve ser muito difícil, mas por favor tente manter a mente forte, ainda que seu corpo esteja maltratado e ferido. Você, Will Elliott, já tem um coração de leão. Agora deve desenvolver o temperamento de um touro, para achar o equilíbrio. Você *pode* aguentar tudo isso. Eu sei que pode.

Mamãe ficou muito aliviada ao receber sua mensagem. Ela pediu que eu o lembrasse de que estamos todos muito orgulhosos. Você serve ao Rei e à Nação – que glória poderia ser maior? Sei que você terá dias pesados, mas eu o conheço. Quando isso tiver acabado, você vai ser grato pela vida boa e longa que terá pela frente e não pensará nos dias difíceis que ficaram para trás. Além disso, sinto chegar a primavera, trazendo dias mais claros e quentes para nos animar. Tudo parece pior no inverno. Fique de olho nas primeiras flores de primavera. Talvez as tulipas? Elas crescem na França? Pense nas tulipas, Will, e mantenha a fé em você mesmo. Você comanda seu próprio destino. Não é o inimigo que comanda. É você.

Tenha cuidado. Vou escrever novamente em breve. Pergunte a Tom se há algo que eu possa enviar para deixá-lo mais confortável.

Sua irmã, que o ama,

Evie

De Evie para Thomas
1º de março de 1915

Richmond, Inglaterra

Querido Tom,

Não deixe para amanhã o que pode fazer hoje! E é assim que, finalmente, a primeira carta do mês é minha! Talvez haja mesmo pequenas vitórias em tempo de guerra.

Já é março. Você e Will partiram há seis meses. Meio ano. Parece meia vida. Quanto tempo ainda teremos que aguentar, Tom? Quanto tempo até o inimigo ser derrotado e vocês voltarem para a Inglaterra, vitoriosos? Talvez vocês consigam pedir uma licença logo? Seria maravilhoso vê-los. Penso em vocês sempre que vejo os soldados no trem, com seus uniformes ainda incrustados de lama. Alguns estão em casa de licença, outros estão em recuperação, e todos estão ansiosos para voltar a seus irmãos no *front*. Eles me parecem tão estranhos. Quase como fantasmas. Tão diferentes dos homens saudáveis que partiram no verão passado.

Pelo menos podemos nos animar com a melhora no clima. Ferrugem, a bicicleta, saiu da hibernação! Aproveitei o dia agradável de ontem e saí para um passeio longo pelo parque de Richmond. Fazia tanto tempo que tinha esquecido como era bonito. Pedalei até o topo do monte e apreciei a vista através dos campos de Petersham, ao longo do Tâmisa até a cidade. Tudo parecia tão pacífico e me senti tão segura sentada lá em cima. Imaginei que podia enxergar até a França e acenei para todos vocês e mandei meus melhores votos com a brisa. Espero que você saiba o quanto pensamos em vocês todos; e com qual frequência fazemos uma pausa durante o dia para refletir e orar pelo retorno de vocês.

    A sra. Pankhurst foi maravilhosa. É uma mulher formidável, e as palavras dela me sacudiram. Ela falou da necessidade de apoiar o governo e aceitou pausar a campanha dela pelo voto das mulheres de modo a concentrar-se no nosso envolvimento no esforço de guerra. Ela e a filha dela, Christabel, estão em campanha para a conscrição obrigatória. É difícil não a apoiar quando você a ouve falar ao vivo. Com cada nova notícia sobre as numerosas mortes no *front* e com o escritório aberto pelos pacifistas da SCC (Sociedade Contra a Conscrição) em Fleet Street, está difícil saber o que pensar. Papai diz que a operação da SCC é uma desgraça e que será derrubada.

    Você também perguntou sobre meus escritos. Sim, eu recomecei. Parece que só o que faço agora é escrever, de um modo ou de outro. Escrever me conforta, mas me irrita ao mesmo tempo. Derramo emoções em meu diário, escrevo poesia e, ainda assim, nada muda. Posso expressar toda a raiva e o medo e a esperança dentro de mim, posso usar as palavras mais belas da língua inglesa ou escrever uma sequência de pensamentos bobos – nada faz a menor diferença. No final das contas, elas são apenas palavras no papel. Não importa o que eu realmente pense desta guerra, não posso pará-la.

    Levei meu diário ao monte Richmond nesta manhã e li minhas palavras em voz alta, gritando ao vento, imaginando que elas eram ouvidas em Londres e impressas nos jornais, de modo que todos soubessem o que acho desta guerra. Está nos enlouquecendo a todos, Tom. Disso eu tenho certeza.

    Quanto aos exemplos de amor verdadeiro que você citou em sua última carta, vou admitir minha derrota. Quem poderia duvidar dos infortunados amantes de Shakespeare? Você tem toda a razão. Não devo me tornar cínica. Devo acreditar na bondade inerente das pessoas. Não na maldade que as leva à guerra.

    Como vai o seu pai? Espero que esteja melhor.

Cuide-se, meu amigo.
Escreva o mais rápido que puder.

Evie

P.S.: Eu me esqueci de contar sobre o jantar com seu primo. Não sei por que você implica com Hopper. Ele foi perfeitamente agradável (tenho certeza de que Mamãe aceitaria que eu me casasse com ele amanhã), e gostei imensamente da companhia dele. A verdade é que sinto tanto a falta de companhia masculina que teria, provavelmente, gostado de um jantar com o jardineiro. Você é muito duro com ele. Sinto informar que não tenho nada de mau a dizer sobre ele.

De Will para Evie
10 de março de 1915

Em algum lugar na França

Querida Irmãzinha Favorita,

Você nem precisou me pressionar para que eu escrevesse. Imagino que eu mereça outra surpresa só por isso.

Tenho uma novidade explosiva e não podia mais esperar para contá-la – uma coisa que você nunca pensou ouvir, aposto. Estou apaixonado por uma bela moça francesa chamada Amandine Morel. Ela é enfermeira no hospital de campanha próximo às trincheiras de reserva, então a vejo com frequência. Não consigo pensar em outra coisa! Eu sei – enlouqueci!

Não conte a Mamãe. As coisas têm a sua ordem, e a guerra bagunçou tudo. Ainda não estou pronto para qualquer grande decisão, mas achei que você gostaria de saber que nem tudo é sombrio e triste por aqui. Diga a todos que os amo.

Seu,

Will

Último Natal em Paris

De Evie para Alice
14 de março de 1915

Richmond, Inglaterra

Minha querida Alice,

 Ótimo, como sempre, receber notícias suas e, sim, você tem toda a razão, *devemos* achar um modo de nos envolver no esforço de guerra. Quanto mais ela se estende, mais me sinto inútil. Hoje resolvi fazer algo a respeito e fui pedir informações nos correios – e adivinha quem é a nova carteira?! Muito em breve, Ferrugem e eu estaremos voando por Richmond para distribuir a correspondência. Estou animadíssima. Com todas as cartas que escrevo e recebo, sei bem como apenas algumas linhas podem ser importantes. Ser responsável pela sua entrega segura a entes queridos, a mães e amantes ansiosos – me faz tremer de orgulho. Começo na semana que vem. Imagine você, Alice. Eu, carteira!

 É claro que o resultado foi uma briga terrível com Mamãe. Ela acredita firmemente que uma família como a nossa deve estar acima de tarefas tão subalternas. Sinceramente, Alice, tive vontade de esbofeteá-la. Papai é bem mais compreensível e me deu sua bênção. Ele se orgulha de que eu queira ajudar no esforço de guerra e prometeu convencer Mamãe. Espero que consiga. Ela é quase tão turrona quanto eu quando está de mau humor, e eu detesto quando brigamos.

 Mudando de assunto, sinto dizer que meu irmão está encantado com uma menina francesa – uma enfermeira. Ele escreveu para me contar tudo e diz que está apaixonado. Eu sei que você ficará um pouco chateada com a notícia, mas eu também sei que você já não tinha esperança de que ele pensasse em você como algo mais do que uma amiga – e com razão. Eu amo meu irmão, mas tenho certeza de que há um marido muito mais apropriado para você em algum lugar, e você conhece Will quando ele decide alguma coisa – é bem possível que se case com essa garota antes do final do mês.

Falando em casamento, John Hopper (o primo de Tom Harding) foi um cavalheiro perfeito em um jantar recente. Mamãe não para de falar nele, e eu me pego pensando nele mais do que deveria. Confesso que flertei com ele – parece que a falta de companhia masculina tem mexido com a minha cabeça. Eu não sabia que ele vinha trabalhando incógnito para o governo. Ele disse que preferiria estar nas linhas de frente, mas se esforçou para explicar como a guerra também pode ser travada no *front* doméstico. O coitado já foi abordado várias vezes pelo movimento pró-alistamento, o *White Feather Brigade*, ainda que ele use seu distintivo militar. Ele fica muito frustrado com a situação.

Diga-me se você se inscreveu no Departamento de Trabalho. Eu prefiro que você não trabalhe com munição. É um trabalho extremamente perigoso. Você não consideraria enfermagem? Não penso em ninguém mais próprio para isso. Você é sempre tão maravilhosamente animada. Um de seus belos sorrisos já seria suficiente para apressar a recuperação dos soldados. Boas maneiras podem ser tão importantes quanto qualquer remédio. Você promete pensar no assunto? E por favor tenha cuidado com Billy Peters e o caminhão dele (ainda que eu deva admitir que imaginá-la ao volante, voando pela fazenda dele, me faz sorrir).

Muito amor,

Evie

De Evie para Will
14 de março de 1915

Richmond, Inglaterra

Querido Will,

Ora, ora. Eu certamente não esperava ler *aquelas* palavras quando abri sua carta, mas devo dizer que estou extremamente feliz em saber que você achou um tempinho para romance no meio deste horror. Esta Amandine deve mesmo ser uma garota especial para ter conseguido, ao contrário de tantas outras, roubar o coração de Will Elliott! Mande uma foto, por favor. Eu gostaria muito de saber um pouco mais sobre essa feiticeira francesa.

Agora sem brincadeira, estou feliz por você, Will. Sei que a guerra está longe de ser o lugar ideal para se apaixonar, mas o amor verdadeiro não se importa com tempo ou lugar. Vai acontecer onde e quando tiver de acontecer, por mais improvável que pareça. Então, meu querido rapaz, libere seu coração. Estou transbordando de felicidade por você.

Algumas notícias de casa. Vou me tornar carteira, decidi! Vou pedalar por Richmond entregando as cartas dos soldados. Começo na semana que vem. Como você pode imaginar, Mamãe está inconformada e envergonhada. A própria filha trabalhando! Ela está convencida de que ser carteira vai acabar me levando a ser soldado nas linhas de frente. Por favor, mande umas linhas em minha defesa. Seria muito importante.

Cuide-se, Will. Da cabeça e do corpo. Espero que essa Amandine Morel não o estrague. E não se esqueça da sua irmãzinha. Eu nunca digo isso, mas você sabe que o amo muito.

Sua,

Evie

De Thomas para Evie
15 de março de 1915

Em algum lugar na França

Querida Evie,

Os Idos de Março trazem azar. Eu nunca gostei desse dia, com sua reputação de perigo iminente, e hoje foi justamente isso – um dia de infortúnio. Evie, foi horrível, ainda que esta palavra não seja suficiente para descrevê-lo.

Mais da metade de meu pelotão foi dizimada. Um projétil estourou no perímetro de nosso campo base, causando um terrível incêndio que destruiu grande parte de nossos suprimentos. Quando um grupo de atiradores alemães nos atacou, Will avançou como um soldado espartano e respondeu à bala. Eu corri para auxiliá-lo com mais uma meia dúzia de homens. Nós os despachamos rapidamente, mas, ao voltarmos para o campo, outro projétil explodiu. Joguei-me sobre Will com balas zunindo sobre nossas cabeças. Foi muito pior do que os tiros disparados de canhões de campanha, Evie. Não darei mais detalhes.

Seu irmão foi irresponsável, mas heroico. No total, conseguiu arrastar e salvar doze homens. Os carregadores de maca correram para ajudar (Will insistiu para que tratassem dos outros homens primeiro), enquanto eu limpava uma ferida feia na perna de Will. Ele está bem, em recuperação agora, não se preocupe.

O tempo para em momentos como esse. Você se move neles como em um sonho. Ao relembrar, é difícil acreditar que era você naquela situação. Penso em quando chegar a minha hora. Será uma dor excruciante ou só a vida se esvaindo lentamente? Mantenho uma última carta no bolso da jaqueta – muitos o fazem, por precaução. Frequentemente penso em quem a lerá primeiro. Terão as palavras qualquer sentido quando eu estiver no chão e for apenas uma memória?

Nestes momentos me arrependo de não ter escrito um testamento. Foi bobagem não me preocupar com meu destino. Meu pai estava muito bravo quando parti. Ele disse que me excluiria do testamento. Será que a ambição de ser um acadêmico ainda fará sentido para mim nos últimos dias de meu pai? Será errado seguir os sonhos de juventude, principalmente quando este sonho era também rebeldia contra os desejos de um pai? Ou é realmente o que quero, valendo a pena abdicar da relação com meu pai – e de minha herança? São coisas sobre as quais reflito depois de meses enfrentando o inimigo.

Último Natal em Paris

Meu pai ainda não está bem e não parece estar se recuperando. Abshire disse que o primo John tem perguntado sobre o *London Daily Times*. Ainda não o consultamos sobre a ajuda dele. Papai teme que Hopper vá tentar comprar o negócio, o que seria o fim do empreendimento familiar. Ele acredita que Hopper venderia o jornal por um bom cheque e nos deixaria com os restos. Não sei o que fazer. Ainda que não queira administrar o jornal, não posso permitir que o trabalho duro e a alegria de meu pai sejam vendidos, ainda mais por um parente.

Preciso voltar para casa. Preciso proteger o que pertence aos Hardings e decidir o que fazer no futuro. Não consigo expressar como é difícil estar longe e não poder ajudar. Desespera-me não estar perto de meu pai. Tenho estado muito preocupado, apesar de nossas diferenças.

Sobre assuntos mais amenos, fico feliz que você esteja pedalando agora que o tempo melhorou. Posso imaginá-la voando sobre rodas, de chapéu e lenço, com as bochechas rosadas. E você voltou a escrever! Ótimo! Você sempre parece mais feliz quando consegue colocar seus pensamentos no papel. É engraçado como você e eu nos apaixonamos por literatura e escrita separadamente, ainda que ao mesmo tempo. Somos almas gêmeas, minha amiga.

Falando de literatura, encerro a carta com as palavras de meu amigo mais antigo, Shakespeare, de um dos poucos livros que trouxe comigo, *Henrique IV*. (Talvez devesse ter trazido algo mais animado.)

> *Ó guerra! filha do inferno,*
> *Que os céus raivosos têm como ministro,*
> *Atire nos peitos gelados de nossos pares*
> *O carvão ardente da vingança! Que não escape soldado algum.*
> *Aquele que verdadeiramente se dedica à guerra*
> *Não ama a si próprio; nem aquele que ama a si próprio*
> *Merece por essência, e sim apenas por circunstância,*
> *O nome de corajoso.*

Sinto muito pelo tema pesado desta carta. Foi um dia pesado. Richmond – e você – parecem tão, tão longe.

Seu,

Tom

P.S.: Quanto à sra. Pankhurst, apesar de admirá-la, não posso dizer que concordo com a insistência dela em desonrar homens que escolham não ir à guerra. Se eu tivesse a oportunidade de fazer tudo de novo, não sei se me alistaria tão rapidamente.

De Evie para Thomas
25 de março de 1915

Richmond, Inglaterra

Querido Tom,

Obrigada por sua carta. Devo dizer que fiquei terrivelmente preocupada. Saber que você e Will estiveram no meio da ação encheu-me de terror. Foi horrível? Você temeu por sua vida? Nossa, Tom, não consigo imaginar. Você é o melhor amigo que Will poderia querer. É uma bênção que ele o tenha a seu lado. Ele ficou muito ferido? Tento não pensar nisso, mas imagino o pior. Ele nunca conseguiu lidar com a dor. A agulha mais fininha já fazia com que saísse gritando. Pobre de vocês. Sinto-me totalmente inútil.

Hoje é dia da Anunciação, e os narcisos já estão muito bonitos ao sol desse início de primavera. Sentir o calor da brisa e ver as noites mais claras certamente ajuda. Espero que você também sinta o sol no rosto. Torço para que o tempo mais agradável também anime seu pai e o ajude na recuperação. Tente não se preocupar com o jornal. Tenho certeza de que as coisas vão se ajeitar assim que você estiver de volta e puder falar cara a cara com seu pai. Vocês são duas mulas teimosas.

Falei de seu problema com Papai (sutilmente, para que ele não ficasse muito intrigado). Ele conhece Hopper bem e acha que ele tem boa cabeça para os negócios. Papai disse que o colocaria a bordo o mais cedo possível se o negócio fosse dele. Certamente, pelas conversas que tive com Hopper em jantares recentes, acredito que ele seria uma opção sensata como gerente temporário. Que outra escolha você teria? Se as relações são realmente frias, seu pai não precisa ficar sabendo da extensão real do envolvimento de Hopper, precisa? Se servir de ajuda, posso pedir a Papai que dê uma passada no escritório para ver como estão as coisas. Ele vai ao clube em Londres todas as quartas-feiras. Posso pedir que ele ache alguma desculpa para fazer uma visita.

Se eu pudesse encontrar com você para um chá da tarde ou para um passeio pelo parque de Richmond, essa conversa seria muito mais fácil. Você tem alguma possibilidade de conseguir licença?

O *London Daily Times* tornou-se minha fonte preferida de notícias nos últimos meses. Os jornais maiores pintam um quadro da guerra muito diferente do que você descreve em suas cartas. Os editores querem que acreditemos que tudo está bem e que não temos nada além de vitórias e concertos beneficentes para as divisões. O editor de vocês ao menos parece disposto a contar algumas verdades sobre o que está acontecendo aí.

Quanto ao alistamento, tenho certeza de que você teria feito a mesma escolha – é o que fazem os jovens corajosos como você. Acredite, você não ia querer estar na mira da brigada feminina pró-guerra, a *White Feather Brigade*. Elas fazem críticas duras e, com o passar de semanas e meses e o aumento das mortes, tenho dificuldade em simpatizar com rapazes em forma que andam pela rua em roupas civis. Alguns alegam não terem passado no exame médico, mas a maioria se recusa a lutar por questões morais. Tenho certeza de que em breve teremos a conscrição obrigatória, Tom. Há uma sensação palpável de que isso não acabará tão cedo. Enquanto durar, só posso rezar para que você e Will e todos os nossos amigos e primos fiquem o mais longe possível dos piores perigos.

Tente não ter pensamentos pesados, Tom. Faremos uma fogueira com suas últimas cartas quando você voltar; iremos acompanhar as fagulhas subirem como vaga-lumes e beber um bom vinho. Pense nisso e em como estaremos agradecidos quando chegarmos à vitória. Pense nas muralhas de Dover dando-lhe as boas-vindas. Pense no seu barco no Tâmisa. Pense em estar em Paris no Natal. Pense em todas as coisas que você ainda não fez, toda a vida que você ainda tem a viver. Tanta coisa, Tom. Tanta. Não deixe a morte entrar. Impeça que ela se aproxime. Feche as tragédias de Shakespeare.

> *Venha, voaremos nas asas da candura*
> *Para onde a pérgula se assenta e se pendura*
> *Venha, mansamente repousar*
> *Entre as folhas verdes e o frescor do ar*

(alguns versos de Blake)

Por favor, não deixe de escrever. Estou cada vez mais dependente de suas palavras.

Tenha cuidado, meu amigo.

Evie

P.S.: Creio que o Departamento de Guerra implementou uma proibição das pequenas câmeras VPK, para impedir que as imagens caiam em mãos inimigas. Você ainda tem a sua? Se puder, mande uma foto sua com Will, antes que a câmera seja confiscada. Eu adoraria ver seus rostos mais uma vez.

De Evie para Will
25 de março de 1915

Richmond, Inglaterra

Querido Will,

Tom escreveu contando de seu envolvimento em uma ação e de seu ato de heroísmo e na consequente ferida na perna. Fiquei muito angustiada quando soube. É bem do seu feitio pensar nos outros antes de você mesmo. Correr direto para o perigo quando outros estariam correndo na direção oposta. O Exército britânico tem sorte de ter você, Will, e nós temos sorte de tê-lo em nossos corações.

Mande notícias sobre sua recuperação assim que possível. Espero que sua doce Amandine esteja a seu lado para dar-lhe coragem e cuidar de você.

Por favor, tome cuidado.

Sua irmã amorosa,

Evie

De Will para Evie

```
POSTAL DE SERVIÇO
NADA deve ser escrito neste lado exceto a data e a assinatura
do remetente. Frases não autorizadas serão apagadas. Se
qualquer coisa for adicionada, o postal será destruído.
Estou bem
Fui internado no hospital.
        {doente} e estou melhorando
        {ferido} e devo ter alta logo
Estou sendo mandado para a base
Recebi sua
        {carta data-da    25 de março 15
        {telegrama
        {pacote
Mandarei carta assim que possível.
Não recebi carta sua
        {recentemente
        {há muito tempo
Apenas assinatura      Will Elliot
Data                   31 de março 15
[Selo deve ser pré-pago em qualquer carta ou cartão endereçado
ao remetente deste cartão]
```

De Thomas para Evie
1º de abril de 1915

Em algum lugar na França

Querida Evie,

Não deixe para amanhã o que pode fazer hoje! (escrevi primeiro!)
É Dia dos Bobos aqui na base, mas não consigo achar motivo para riso. Um de meus soldados achou que seria engraçado encher meu chá – se é que se pode chamá-lo disso – de areia. Fiquei furioso, gritei com ele e com os outros todos. Nunca vi um grupo de homens correr tão rápido. Não é coisa de deixar furioso, mas a guerra faz isso com um homem.
Agora que me queixei, vejo que tenho, sim, motivos para ficar alegre – suas cartas. Eu não deveria admiti-lo, mas, como não sei o que o futuro me reserva, não vejo problema em ser honesto. Quando o carro da correspondência aparece na estrada, qualquer que seja o terreno esburacado em que estamos, caminho até a barraca e vou entrando com ar de quem não dá a mínima, evidentemente, mas secretamente rezando para encontrar um envelope com perfume de violeta e sua caligrafia elegante. Quando o vejo, sinto como se tivesse ganho um prêmio. Procuro por cartas de meu pai também, mas elas nunca vêm. Só recebo, ocasionalmente, mensagens de Abshire. Ele é um sujeito calado, as cartas dele são mais como telegramas escritos de maneira abreviada, com frases secas. Mostra um pouco a personalidade dele, você não acha? Enfim, ele não escreve bonito como você.
Quanto aos jornais, ao voltar vou garantir que eles imprimam a verdade. Posso ver que você se importa com isso, e respeito sua opinião. Pelo menos o nosso jornal é melhor do que os outros neste quesito – por ser uma publicação menor, não somos tão cobrados quanto os jornalões como o *Mail* e o *Times*, ainda que Abshire tenha contado que o *Globe* foi suspenso por duas semanas por ter publicado notícias falsas sobre o pedido de demissão de Kitchener. As relações entre Kitchener e o Gabinete

podem estar estremecidas, e Asquith talvez reduza as responsabilidades do homem, mas não irá dispensá-lo completamente. Tanta coisa é censurada agora que me surpreendo por ainda conseguir lhe passar qualquer notícia. De que serve um jornal se a verdade é maquiada? Suspeito que ainda teremos problemas nessa área. Precisamos ficar de olho em como esse tipo de censura se desenvolve.

Ah! Jantares com John Hopper! Sujeito de sorte. Ele sempre foi, ainda que não merecesse. Vou deixar isso para lá, por enquanto.

Vou levando, Evie. Não se preocupe. Não há mais nada que possa fazer. Sinceramente,

Thomas

P.S.: Will anexa uma carta.

P.P.S.: Espero que você goste da foto. Tive que subornar meu oficial superior com a minha ração de rum para conseguir tirá-la.

De Will para Evie

Querida Evie,

Não preocupe sua cabecinha com meu ferimento. Fiquei bem em alguns dias. Amandine cuidou muito bem de mim, limpando e trocando a ferida e melhorando meu humor. Ela também contrabandeou doces e tabaco para mim, e o que mais um sujeito pode fazer quando está de cama, sem ação, a não ser se apaixonar ainda mais perdidamente? Viu? Nada com o que se preocupar. Novo em folha.

Ouvi dizer que estamos indo para ▮▮▮▮ ou um pouco a leste, daqui a duas semanas. Você poderia mandar outro par de luvas antes de partirmos? As minhas estão se desfazendo.

Seu irmão querido,

Will

De Evie para Will
16 de abril de 1915

Richmond, Inglaterra

Querido Will,

    Que alívio receber notícias suas e saber que você está bem o suficiente para marchar em frente. Incluo aqui novas luvas e meias para a jornada. Sua bela Amandine vai poder ir junto com vocês ou deve ficar para trás?

    Os censores pegaram sua carta, de modo que não sei exatamente para onde estão indo. Só espero que não seja mais próximo ao *front*. Ouvimos falar de um número horrível de mortos perto das cidades belgas de Ypres e Armentières. Os alemães ainda se mantêm em Menin, e parece que têm tido sucesso sobre os aliados neste momento. Meu Deus, Will. Como chegamos a isso? Rezo com todas as minhas forças para que você esteja em algum lugar seguro, no campo ou nos alojamentos, e longe das linhas de fogo.

    Na Inglaterra só se fala da morte do parlamentar e segundo-tenente Gladstone, cujo nome apareceu na lista de vítimas. Ele estava nas trincheiras há menos de uma semana. Atingido pela bala de um atirador quando olhava por cima do parapeito justamente para localizar o tal atirador. Papai diz que foi uma morte sem sentido e resultado tanto da inexperiência quanto do azar. Conforta-me saber o quão experiente você já é e como não faria algo tão impensado e bobo.

    Tom mandou uma fotografia de vocês dois. Tão bonitos, ainda que você esteja um pouco magro.

    Tenha cuidado. Continuamos incrivelmente orgulhosos de todos vocês.

                                                         Evie

Último Natal em Paris

De Evie para Thomas
18 de abril de 1915

Richmond, Inglaterra

Querido Tom Harding (Tenente),

    Devo me desculpar pelo excesso de perfume em minhas cartas. Criei o hábito de molhar as pontas dos dedos em minha água de violeta e passá-los pelo papel antes de fechar o envelope. Imagino que os cheiros sejam terríveis nas trincheiras, e espero que esta pequena fragrância veranil de um jardim inglês ajude a melhorar o moral. E você sabe como adoro o aroma de violeta – e de rosa e de gardênia. Anseio pelo florescer dos arbustos no jardim, para que eu possa cortar alguns galhinhos para meu quarto.

    Will escreveu sobre uma marcha iminente. Sei que você não pode me dizer para onde vão – pode, mas os censores vão riscar – e que você e seus colegas oficiais censuram as cartas dos soldados, mas quem é o seu censor? De qualquer maneira, eu me encontro debruçada sobre mapas da Europa e reportagens de jornal na tentativa de seguir os caminhos da batalha. Papai e eu temos um Departamento de Guerra em miniatura aqui na biblioteca, tentando descobrir onde quer que estejam. Não tenho dúvidas de que você se divertiria ao nos ver tentando decifrar mapas e chegando a conclusões certamente erradas, mas é assim que ocupamos nossos dias. Parece um jogo, e minha vontade é atirar tudo ao chão e trazer vocês todos de volta.

    Tudo o que recebemos aqui é propaganda, e imagino as coisas que não estão nos contando. Eu também espero que seu pai ainda não tenha tido de se curvar às pressões. Por favor, não deixe de me contar a verdade e os detalhes do que acontece aí. Eu sou forte o suficiente e posso aguentar tudo o que você tiver a dizer. Prefiro saber a verdade a viver na ignorância. Nós, mulheres, não estamos mais tão protegidas do mundo exterior. A guerra está abrindo o mundo para nós. Que ironia triste, não?

Cuide-se e escreva sempre que possível. Alguma ideia de quando você poderá tirar uma licença?

Sua amiga,

Evelyn Elliott

P.S.: A fotografia é maravilhosa. Vocês dois parecem tão relaxados e felizes com os braços um sobre o outro. Eu gostaria tanto de vê-los outra vez.

P.P.S.: Sobre John Hopper – será que detecto certo ciúme? Não se preocupe. Não o abandonarei. Escreverei sempre, não importa quantas vezes eu saia para jantar com ele.

De Thomas para seu pai
23 de abril de 1915

Em algum lugar na França

Caro Pai (aos cuidados do sr. Abshire),

Não recebo carta há algum tempo. O senhor está me deixando preocupado, Pai. Espero que esteja nas mãos dos melhores médicos. Por favor, continue a me manter informado através de Abshire. Acho que é a hora de chamar John Hopper para tomar conta dos negócios temporariamente, já que eu não posso. Ele não é a primeira escolha (nem a quinta), mas não há mais nada a fazer. Abshire precisa de ajuda e vai me manter informado sobre o que se passa. Vou certamente ficar de olho nesse meu primo, dadas as circunstâncias. Imagino que o senhor se surpreenda com minha preocupação com o *LDT*. Honestamente, também me surpreendo.

Aqui no *front*, meu comandante fez uma reunião nesta manhã. Há boatos de que usaremos máscaras de gás em breve. Já na próxima semana é possível que façamos testes. "Guerra química", é o que chamam. Uma versão da guerra ainda mais terrível que nos é oferecida pelos alemães. Os covardes não vão mais lutar homem a homem. Preferem dizimar o inimigo a distância com fumaças tóxicas e fugir com o rabo entre as pernas.

Pai, eles dizimaram duas divisões francesas e uma com tropas algerianas. Continuo a me perguntar como o inferno pode ficar ainda mais profundo e quente e me surpreendo a cada nova ação dos alemães. A pior notícia é que estamos a caminho do cenário desse horror na próxima semana, ao norte de ▮▮▮▮▮▮, como reforço.

Perdi amigos demais nestes últimos meses. "Todo homem decente luta por uma boa causa", você sempre disse, e suponho que seja verdade. Talvez agora vençamos rápido e eu volte um herói condecorado, como você. Já ouvi dizer que a esperança é a última que morre.

Meus melhores votos. Por favor, descanse para se recuperar.

Seu filho, sempre,

Thomas

De Evie para Thomas
8 de maio de 1915

Richmond, Inglaterra

Querido Tenente Harding,

Onde diabos vocês estão? Não tenho notícias suas – nem de Will – há semanas (sua última carta foi de 1º de abril) e não consigo evitar a preocupação. Lemos coisas horríveis nos jornais sobre máscaras de gás e a assim chamada guerra química dos alemães. É verdade? Deus do céu – que animais.

Estou entregando a correspondência e, a cada sacola cheia, rezo para encontrar um envelope endereçado a mim com sua caligrafia. É muito cruel entregar tantas cartas e não achar ao menos uma sua ou de meu irmão. O trabalho não é tão alegre quanto eu imaginei que seria. A maior parte das cartas traz notícias de pioras nas condições e de batalhas terríveis. Algumas são simplesmente devolvidas "Para Mãe" com um carimbo que diz "Desaparecido". É de cortar o coração.

São tempos de ansiedade. A lista de vítimas aumenta a cada dia. Mal tenho coragem de lê-la, com medo de achar algum nome conhecido. Sofremos muitas perdas entre amigos e vizinhos – a maioria nas batalhas de Galípoli e Ypres (não tenho certeza de como se pronuncia, mas um soldado de licença com quem conversei na plataforma da estação disse que os recrutas dizem "Wipers". Ele contou que eles inventam nomes para os nomes estrangeiros que não conseguem pronunciar direito.) Enfim, qualquer que seja o nome, por favor esteja em outro lugar, bem longe do pior lugar, Tom. Por favor, esteja seguro, com meu irmão ao seu lado.

Você deve, sem dúvida, ter ouvido falar do naufrágio do *Lusitania*. Que atrocidade. Quanto sofrimento terrível entre civis. Em torno de mil homens, mulheres e crianças mortos. Dizem que o cruzeiro afundou em alguns minutos. É terrível demais.

Por favor escreva o quanto antes. Até prometo não jantar mais com Hopper enquanto não receber notícias suas.

Penso em você e rezo por você, sempre.

Sua amiga,

Evie

Telegrama de Thomas para Evie

```
9 DE MAIO 1915

PARA: EVELYN ELLIOTT, POPLARS, RICHMOND, LONDRES
ENVIADO: 10:00                          RECEBIDO: 10:20

WILL FERIDO GRAVEMENTE. ORE POR SUA RECUPERAÇÃO. PREPARE
PARA O PIOR. MAIS EM BREVE. TENENTE T. HARDING
```

Último Natal em Paris

De Evie para Thomas
9 de maio de 1915

Richmond, Inglaterra

Querido Thomas,

Mal posso escrever.

Todos rezamos pela recuperação de Will. Ele é um Elliott. Somos feitos de ferro. Por favor, fique com ele, Tom. Não o deixe sozinho – nem por um segundo. Mantenha-o seguro. Ele é tudo que tenho no mundo.

Sua,

Evelyn

Telegrama para a mãe de Evie, sra. Carol Elliott

```
10 DE MAIO 1915

PARA: C. R. ELLIOTT, POPLARS, RICHMOND, LONDRES
ENVIADO: 10:40                          RECEBIDO: 11:16

SINTO INFORMAR TENENTE W. J. ELLIOTT FALECEU HOJE. ACEITE
NOSSOS MAIS SINCEROS PÊSAMES. MAJOR UNWIN. 2º BATALHÃO OXFORD
```

De Thomas para Evie
10 de maio de 1915

Em algum lugar na França

Querida Evie,

Comecei esta carta duas vezes e as joguei no lixo. Como escrever estas palavras? Sinto tanto, minha querida amiga, mas ele se foi. Will se foi. Ele lutou muito e foi corajoso até o fim. Estas últimas semanas transformaram todos nós, inclusive seu brilhante e exuberante irmão, mas ele agora não tem mais nada a temer, não há mais dor. Ele está em paz.

Ele me pediu para dizer que a amava muito e que você não deve continuar chateada com ele por comer toda a geleia de laranja a cada Natal. Você sabe como ele era, um brincalhão, até o último momento. Deus do céu, vou sentir falta dele. Ele era meu melhor amigo, minha família. Não sei como continuar sem ele.

Por favor, escreva logo. Mande um poema bonito de um de seus livros. O mundo hoje me parece escuro, tão escuro... Preciso de uma razão para ir até o fim, Evie. Não acredito mais nesta guerra.

Minhas sinceras condolências pela sua perda, sua e de seus pais.

Seu amigo, sempre,

Tom

Carta para a mãe de Evie, sra. Carol Elliott
12 de maio de 1915

França

Cara sra. Elliott,

Em nome dos Oficiais e homens de minha Companhia, quero oferecer nossos mais sinceros sentimentos pela perda de seu filho, Tenente William James Elliott. Imagino que a senhora gostaria de saber quão estimado era o Tenente Elliott entre seus camaradas e que sua perda foi profundamente lastimada dentro da Companhia.

O Tenente Elliott foi ferido por um ataque de morteiro no dia 9 de maio. Ao ser ferido, o Tenente Elliott estava à frente de uma pequena patrulha que avançava contra o inimigo. Seus homens sobreviveram ao ataque, tendo procurado abrigo por ordem dele. Embora tenhamos conseguido removê-lo para um hospital de campanha, os ferimentos eram graves demais. O amigo dele, Tenente Thomas Harding, estava a seu lado no momento de sua morte, que foi tranquila e sem sofrimento.

Ele foi enterrado em um cemitério militar com todas as honras. Seus pertences pessoais foram enviados para a senhora.

Mais uma vez, fique certa de nossa consternação.

Sinceramente,

Robert Harrison, Capitão

De Evie para Thomas
13 de maio de 1915

Richmond, Inglaterra

Querido Thomas,

Não consigo pensar no que dizer, escrever, fazer. Meu coração está partido e sinto muito por todos nós.

Mamãe está inconsolável. A chegada dos pertences de Will fez com que ela aceitasse a realidade. Eu deixei as coisas com ela e não insisti para vê-las. Ela me disse que são coisas normais – o número do batalhão, um maço de cigarros, uma fotografia dos cavalos dele. É claro que não havia nenhuma carta de despedida. Não esperávamos por isso. Ele nunca foi de muitas palavras. Ele vivia a vida com o olhar, com o toque e com aquele sorriso confiante.

Papai está atônito e anda pela casa como em um transe. Seu único filho e herdeiro – morto. Eu o ouvi chorar no escritório ontem à noite. Partiu meu coração em ainda mais pedaços. Meu amado Pai. Chorando como uma criança. Não há som pior.

É difícil achar um motivo de esperança, mas me conforta saber que você estava com ele até o fim. Ah, Tom. Estou tão perdida sem ele. Meu único irmão. Nossas vidas serão muito mais tristes sem ele.

Não consigo mais escrever. Nem a poesia me anima. Escuto apenas tristeza e perda em cada linha e cada verso.

Por favor se cuide e não se sinta solitário. Para mim você sempre foi família – espero que você se considere meu irmão, agora mais do que nunca. Escreva quando puder. Suas cartas se transformaram em uma espécie de bote salva-vidas para mim.

Não deixe de escrever. Vamos enfrentar essa guerra juntos, você e eu.

Evie

De Evie para Alice
13 de maio de 1915

Richmond, Inglaterra

Querida Alice,

Como posso escrever essas palavras? Will se foi, Alice. Ele se foi. Não conseguiu se recuperar dos ferimentos e faleceu com Tom ao lado dele.

Meu coração está verdadeiramente partido, como sei que o seu também ficará. Gostaria de poder estar com você, segurar suas mãos e dar a notícia em pessoa. Mas a guerra não se importa com essas coisas, e é assim que a mais triste notícia acaba sendo recebida: algumas poucas palavras rabiscadas em um pedacinho de papel.

Não consigo achar nenhum conforto, Alice. Não consigo comer. Nem dormir. Não sei como aguentar. Não sei se consigo.

Que tristeza inimaginável temos que enfrentar.

Que Deus nos ajude.

Evie

Último Natal em Paris

Telegrama de Alice para Evie

```
14 DE MAIO 1915

PARA: EVELYN ELLIOTT, POPLARS, RICHMOND, LONDRES
ENVIADO: 11:55                          RECEBIDO: 12:35

NÃO! MINHA QUERIDA. MEU CORAÇÃO ESTÁ AOS PEDAÇOS, MAS NÃO
CONSIGO IMAGINAR SUA DOR. PEGO O PRÓXIMO TREM. ESTAREI COM
VOCÊ EM BREVE. ALICE.
```

De Charles Abshire para Thomas
3 de junho de 1915

Londres, Inglaterra

Caro Thomas,

Escrevo para atualizá-lo sobre o que se passa aqui. Seu pai ainda luta para melhorar a saúde, mas continua teimoso. Manda seus melhores votos, como sempre.

Não sei se você sabe, mas nosso Secretário de Guerra permitiu, finalmente, a presença de correspondentes no *front* ocidental. É possível que isso mude a natureza de nossas reportagens no *LDT*, ainda que continuemos vigilantes quanto a qualquer nova restrição a ser imposta por Kitchener e os outros.

Minhas sinceras condolências pela perda de seu bom amigo, William Elliott. Sei que ele deixará saudades. Que Deus o abençoe.

Sinceramente,

Charles Abshire

De Thomas para Evie
5 de julho de 1915

Em algum lugar na França

Querida Evie,

Desculpe a demora das cartas. Estamos em marcha mais uma vez, e minhas botas estão em mau estado, mas ao menos faz calor. Estou desesperado para andar de pés descalços na relva morna do verão, atrás da minha casa, desesperado para me deitar no gramado e tirar da cabeça a imagem do inimigo atrás de cada moita. Todo dia me pego negociando com Deus. Se ele me levar com segurança de volta para casa, prometo abandonar o tabaco, ser voluntário para caridade, adotar órfãos! O que for preciso. Mas parece que negociar com Deus não é possível.

Duas imagens de Will aparecem sem cessar em minha mente quando me deito no abrigo: uma, o dia em que partimos para a universidade juntos, os braços cheios de livros e o estômago revirado – excitação e um pouco de medo da mudança –, e a outra imagem é do dia em que voltei do enterro de minha mãe. Eu tinha apenas treze anos e estava tão desamparado, completamente sem chão, para dizer a verdade. Eu confessei a Will o quanto era difícil continuar sem ela, o quão solitário meu Pai parecia, e o quanto eu sofria mesmo estando com ele. Eu nunca contara a ninguém sobre os meus sentimentos. Will me abraçou à maneira dos meninos – constrangidos e sem se olharem nos olhos – e disse: "Você não está sozinho, Tom. Você tem a mim e a Evie e meus pais. Você é parte desta família também." E eu era, e sempre serei.

Não posso acreditar que ele se foi há quase dois meses.

Agora estou novamente sozinho, entre todos estes soldados, equipes médicas e voluntários. Sozinho porque cada um de nós trilha seu próprio caminho em direção à morte; ninguém pode fazê-lo por nós. Ultimamente, ao enfrentar cada novo dia, só consigo pensar sobre este caminho.

Continuarei a escrever, Evie, se você não se importar. É a única coisa à qual me apego.

Seu amigo,

Tom

De Evie para Tom
11 de julho de 1915

Richmond, Inglaterra

Querido Tom,

Como fiquei feliz ao encontrar sua carta no correio da manhã. Rasguei o envelope assim que o vi na minha sacola de correspondência. (Sim, mantive meu posto de carteira depois de ter pensado em abandoná-lo.) Você tinha razão. Alice tinha razão. Will teria gostado que eu continuasse, e – ainda que soe como bobagem – sinto que é meu dever garantir que as cartas sejam entregues sem problemas. É um propósito, e ter um propósito me dá esperança.

Sinto muito que você esteja passando por tantas dificuldades. Deve ser incrivelmente solitário estar tão distante de casa e de tudo e todos que você conhece. É claro que Will tinha razão. Você *é* parte da nossa família, e fico feliz que você tenha se lembrado das palavras dele, assim como fico feliz com suas cartas, que adoraria receber todos os dias.

Eu sei que você faz o que pode e escreve tanto quanto possível. Eu, em contrapartida, não tenho desculpa além do fato de que me sentar à escrivaninha de Will se tornou insuportável por um tempo. Senti como se não tivesse nada a dizer a você. A verdade é que nessas últimas semanas tenho me sentido um trapo. Mas o tempo passa, e a dor amaina um pouco a cada semana e, ainda que não passe um dia sem que eu pense em Will, devemos achar uma maneira de ir em frente, certo? Suas lembranças dele me fizeram sorrir; obrigada por dividi-las comigo.

Há mais e mais dias nos quais acordo com mais coragem e determinação. São meus dias de "escrever para Tom", quando sou capaz de colocar no papel pensamentos sobre o passado e dividir com você minha esperança com as coisas ainda por vir. Hoje é um desses dias. Fomos abençoados pelo sol depois de dias de chuva incessante, e me obriguei a ir ao jardim para respirar um bem-vindo ar fresco e para ouvir os pássaros. (Cheguei a contar que comecei a desenhar pássaros como passatempo? Encontrei na biblioteca de Papai, por acaso, um livro muito bonitinho sobre os pássaros dos jardins britânicos e decidi desenhar cada um deles que aparece nas ilustrações. São quarenta e cinco ilustrações no total. Comecei com o menorzinho. Quem sabe eu mando para você quando terminar?).

Há um tempo, você perguntou se minha técnica de tricô tinha melhorado. Melhorou um pouco, mas não tanto quanto Mamãe gostaria. O clube de tricô aumenta mais do que a barriga de Papai no Natal. Mal conseguimos atender os pedidos das organizações locais que recolhem doações aos soldados. Uma dúzia das amigas de Mamãe vêm até a casa todos os dias para tricotar todo tipo de coisa: meias, chapéus, luvas, balaclavas, mantas, etc. Como sou atrapalhada com os dedos e muito lenta, fiquei responsável pela organização dos pacotes individuais a serem enviados a cada soldado que foi capturado. Devo dizer que aprecio as idas à cidade para recolher doações para os pacotes. Não entendo por que sempre dependemos de empregados para fazer essas coisas tão simples para nós.

Ouvimos dizer que os capturados só recebem sopa de repolho e pão preto para comer e que muitos correm o risco de morrer de fome ou congelados. Pobres coitados. Eu desenvolvi um esquema de Adoção (muitos estão fazendo isso) no qual cada pessoa "adota" um soldado específico e tricota para ele. Incluímos uma nota pessoal cada vez que enviamos o pacote. É uma coisa tão pequena, e duvido que faça muita diferença, mas espero que dê alguma esperança saber que alguém está pensando neles. Eu adotei o soldado James Kent de East Sheen, que foi capturado no início da guerra, em outubro passado. O pobre rapaz é prisioneiro há tanto tempo quanto você é soldado, Tom.

Uma última coisa antes de encerrar. Gostaria de saber se Amandine soube da morte de Will. Imagino que não, tendo em vista toda a movimentação das tropas. Você acha que seria possível avisá-la? Ele realmente gostava muito dela, e eu gostaria que ela recebesse a notícia de alguém que conhecia Will, e não de uma lista (ainda que talvez já seja tarde demais). Mas gostaria de tentar. Você acha que conseguiria mandar uma mensagem, por meio de algum conhecido seu no comando? Eu sei que Will ficaria contente se conseguíssemos.

Cuide-se, meu querido amigo, e escreva quando possível para que eu saiba que você está bem.

Sua,

Evie

P.S.: Em anexo, novas meias. Não as enfie rápido demais; há um pacote de tabaco Virginia dentro de cada uma.

De Thomas para John Hopper
12 de julho de 1915

Em algum lugar na França

Caro John,

Saudações, primo. Espero que você esteja bem e que as empresas Hopper prosperem sob sua astuta supervisão. Escrevo das trincheiras, preocupado com meu pai. A doença dele não está melhorando (os médicos nos disseram que é um câncer) e, ainda assim, ele recusa teimosamente minha sugestão, e do contador, de pedir sua ajuda. A esta altura, sou forçado a contrariar a decisão dele. Em resumo, preocupo-me com ele e com o futuro do jornal, mas não há nada que possa fazer daqui.

Charles Abshire é competente com a contabilidade, mas creio que precise de alguém que o supervisione para garantir que o *LDT* esteja funcionando bem. Nosso editor-chefe, Jack Davies, é durão e sabe conduzir os repórteres, mas precisa de certa orientação para, digamos assim, estabelecer limites. Você poderia dar uma passada na redação, ver como estão as coisas e me escrever com suas observações? Como você sabe, a secretaria de imprensa do governo está punindo com rigor todos os que ultrapassam o que eles consideram os limites das reportagens sobre a guerra e Davies, nunca foi de dar ouvidos às autoridades. É melhor manter tudo em família.

Eu ficaria seu devedor e vou retribuir assim que estiver em condições de fazê-lo.

Abraços,

Tenente Thomas Harding

De Thomas para seu pai
13 de julho de 1915

Em algum lugar na França

Caro Pai (aos cuidados do sr. Charles Abshire),

Perdoe-me, mas tomei a liberdade de contatar o primo John. Eu sei que o senhor não se entende com os Hoppers, mas acho que é hora de botar de lado a briga de família. A situação é de emergência – eu na frente de batalha, enfrentando o perigo todos os dias, e o senhor indefinidamente acamado. Pedi a Hopper que desse uma olhada nas coisas. (Charles, imaginei que você gostaria de uma ajuda, já que sua carga de trabalho aumentou consideravelmente.) Eu já avisei a ele sobre Jack Davies e pedi a Davies que tratasse o homem com certo grau de decência.

Por favor, dê-me notícias suas. Estou cada vez mais preocupado com o seu bem-estar, Pai. Cuide-se.

Seu filho,

Tom

Último Natal em Paris

De Evie para Tom
14 de julho de 1915

Richmond, Inglaterra

Querido Tom,

Hoje é mais um daqueles dias de "escrever para Tom". Você é um sortudo e terá duas cartas indo em sua direção. Estou ansiosa para compartilhar com você uma notícia ótima. Ela diz respeito a seu primo John, então respire fundo e ouça. John me fez uma proposta interessante durante nosso jantar de ontem. Eu estava dizendo a ele como era frustrante sempre ler as notícias de um ponto de vista masculino e que eu teria muito mais interesse em ler sobre a guerra da perspectiva de uma mulher. Acho que me excedi um pouco ao falar apaixonadamente sobre Nelly Bly, a quem sempre admirei (ela escreve para o *New York Evening Journal* direto do *front* leste, e Nelly Bly é o pseudônimo dela). Enfim, meus comentários a respeito da perspectiva feminina sobre a guerra nos jornais foram apenas observações casuais feitas depois de muitas taças de vinho, mas ele gostou da ideia e sugeriu que fosse eu a escrever tal coisa. Ri bastante, mas, ao chegarmos à sobremesa, eu me dei conta de que ele falava a sério. Ele não entende como alguém não fez isso antes e, agora que os homens partiram e as mulheres estão lendo os jornais mais do que nunca, faz sentido ter uma mulher escrevendo sobre a guerra.

Eu disse que iria pensar melhor antes de concordar. O que você acha? É uma loucura completa ou é destino? Por favor me diga o que fazer, Tom. Eu sempre confiei no seu bom senso e na sua capacidade de pensar racionalmente enquanto eu corro para lá e para cá como uma galinha sem cabeça.

Se eu aceitar a ideia de John, o título da coluna seria *"A guerra de uma mulher"*. É claro que fiquei animada com o prospecto de escrever minha própria coluna (uma enorme promoção para quem escreve no boletim da igreja), mas tenho medo de não ter o que dizer, além de comentar sobre o fim temporário das sufragistas e as perigosas condições de trabalho das "canarinhas", as moças que trabalham nas fábricas de munição.

Tenho tentado imaginar qual seria o conselho de Will e, na falta dele, fico pensando qual seria o conselho de Tom. É algo que sempre quis fazer – escrever –, e a única coisa positiva na morte de Will foi me deixar determinada a agarrar cada oportunidade que a vida me dá. No mínimo, uma coluna me distrairia e evitaria que eu passasse o tempo todo pensando no que poderia ter sido se esta terrível guerra nunca tivesse começado. Por favor me diga, honestamente, o que você acha que devo fazer. Respeito sua opinião e bom senso, especialmente quando meu instinto irracional é correr em direção às redações e ao barulho das prensas.

Espero que você consiga achar alguns pequenos momentos de conforto e felicidade. Temos notícias de alguns concertos e festas e entretenimento para as tropas. Você tem tempo de aproveitar algumas dessas coisas? E as cidades francesas? Ainda resta alguma coisa bonita a ser admirada? Eu sempre imaginei o interior da França cheio de igrejas rústicas, celeiros e fazendas com telhas de terracota. Por favor, diga-me que ainda é assim, que em algum lugar você pode encontrar um pouco de beleza para alegrá-lo e iluminar seu dia.

Escreva com frequência e me diga que está bem.

Sua,

Evie

P.S.: Acabei meu primeiro desenho de passarinho e o envio com a intenção de que decore o seu abrigo. Espero que você goste. Eu estou encantada com ele e espero que você aprecie tanto quanto eu.

De Thomas para seu pai
20 de julho de 1915

Em algum lugar na França

Caro Pai (aos cuidados do sr. Charles Abshire),

Não pedirei desculpas por ter pedido a John que ajudasse o senhor e o jornal, apesar de suas admoestações. No momento, nós dois precisamos de assistência, e ele aceitou minha proposta sem condições. Eu sei que ele usa métodos escusos em relação aos competidores, mas não imagino que vá usar o *LDT* da mesma maneira, já que não será o proprietário formal e, especialmente, considerando que tais métodos podem me fazer perder a herança. Tenha um pouco de confiança, Pai. Nem eu nem você demos a Hopper a permissão para que ele assumisse completamente o controle. Se ele tentar, Jack Davies não ficará calado. Ambos sabemos que nosso editor correria para lhe contar. Talvez até escrevesse para mim com a informação.

Se o senhor está realmente preocupado que John tente tomar o controle, considere me reinstalar como executivo adjunto, ao lado dele. Como o senhor sabe, eu tenho outros planos para o futuro, mas não tomarei nenhuma decisão séria antes de voltar para casa, reorganizar-me e conseguir achar uma solução melhor para nós dois. Não deixarei que sua maior joia seja arruinada.

Por favor, fique bem.

Seu filho,

Thomas

P.S.: Se há outras coisas que eu deva saber sobre essa briga familiar, agora é o momento de me contar, para que possamos encarar a situação da maneira mais direta possível. Chega de segredos.

De Alice para Evie
21 de julho de 1915

Brighton, Inglaterra

Querida Evie,

Perdoe-me, por favor. Sei que se passaram semanas desde a trágica morte de Will, mas não escrevi para lhe dar um pouco de espaço, querida. Cada vez que colocava a caneta no papel, tinha a impressão de que o que tinha a dizer era bobo e sem sentido. Espero que você tenha se recuperado do choque. É incrível o que a vida joga sobre nós.

Você recebeu o diário e o livro de poesia que enviei? Depois da minha última visita e da morte do querido Will, estive insuportavelmente inquieta. E você sabe como fico quando estou inquieta – gastando todo o dinheiro do meu pai e bebendo alguns gins a mais. Tive um momento particularmente tenebroso, três noites atrás, quando de repente me senti inútil e boba sentada aqui em Brighton, preocupada com ataques de zepelim. Não é do meu feitio ser tão melancólica. Então, tomei uma decisão. Inscrevi-me como enfermeira voluntária. Menti quando perguntaram se eu havia passado pelo menos três meses em um hospital, mas, falando a sério, por que não posso aprender na França? Espero que eles me deixem tentar algumas das tarefas "mais fáceis" ou "menos horríveis". A esta altura, no entanto, farei qualquer coisa. Então, amanhã, dou adeus a Margie, minha colega de quarto, e parto em direção ao meu futuro.

Penso em você, minha garota favorita. Espero que você esteja de cabeça erguida.

Com amor,

Alice

De Thomas para Evie
25 de julho de 1915

Em algum lugar na França

Querida Evie,

Como sempre, obrigado por suas cartas. Elas são como pão quente para um esfomeado. (Meu Deus, só falar em pão quente já é delicioso!) Você não imagina o que suas palavras representam para mim ultimamente; mais do que nunca.

Você estava certa em sua carta – tenho estado terrivelmente deprimido. Não é apenas a morte de Will. É o medo que me acompanha constantemente, o terrível cheiro dos corpos abandonados aos ratos e aos corvos. Além disso, é a sensação de que os problemas em casa estão para explodir. Meu pai não dá sinais de melhora e mandou-me uma carta aos gritos, se é que isso é possível (garanto-lhe que é). O jornal parece estar em dificuldades, com a queda nos lucros e uma velha briga familiar. Papai não está contente que John Hopper vá dar assistência, e eu também não, mas ele é nossa única opção. E meu pai quis me deixar bem culpado por abandoná-los, a ele e seu negócio. Em algum momento vou precisar voltar para resolver a situação.

Fiquei sabendo que há uma batalha terrível acontecendo em ▬. Os franceses estão liderando. Você pode marcar no seu mapa, se os censores não riscarem o nome. Sei que não devo dizer para onde vamos, mas, como a batalha está em curso e já deve estar nos jornais, imagino que não seja problema. Sendo sincero, rezo para que não sejamos chamados como reforço.

Minha amiga, eu adoraria que você se juntasse à equipe do *LDT* – você tem minha total aprovação. "A guerra de uma mulher" é uma ideia incrível, e você vai se sair maravilhosamente bem. Você deveria usar um pseudônimo para proteger sua identidade (como a sua Nellie Bly). O que você acha de Josie Falcão ou Genevieve Melro? Lá vai nossa brava jornalista, destrinchando as últimas notícias para seu público fiel. Durona, mas feminina o suficiente para ser nossa heroína. Veja meu rascunho tosco de um falcão de guerra atrás dessa carta. Dei a ele até um capacete e uma faixa. O suficiente para uma risada, tenho certeza, já que não sou um artista tão bom quanto você. De qualquer maneira, parabéns! A pequena Evie vai ser uma jornalista célebre. Eu pediria um autógrafo, mas já tenho vários nas suas cartas. (Sério, estou muito feliz por você.) Só tenha cuidado com Hopper, está bem?

Vejo que você tem praticado seus desenhos. Cortei o envelope com uma faca na parte de cima para conseguir preservar os três passarinhos que você desenhou na aba. Está bem guardado dentro do meu caderno agora. Sabia que os melros simbolizam o conhecimento? Imagino qual será o próximo pássaro. Talvez um que simbolize o jantar. Estou faminto.

Você leu o *Relatório da investigação sobre os supostos crimes alemães*? Ouvi dizer que é impressionante; lista todas as coisas horríveis que os alemães estão fazendo na guerra e nas cidades que capturam. Não que eu precise ler a descrição, já que tenho visto tudo em primeira mão, mas me surpreendi com a palavra "supostos" no título. Talvez os jornais tenham se tornado um pouco descuidados ao investigarem os fatos. Difícil saber, já que não são permitidos jornalistas junto a nós. Espero que sua coluna traga a verdade à tona.

Mandei um telegrama para Amandine Morel no hospital de campanha em ▇▇▇▇, para contar da morte de Will, mas a resposta que recebi dizia que ela estava doente e tinha voltado para casa, em Paris. Espero que o telegrama tenha sido reenviado para ela, pobre garota.

Mantenha-me informado sobre o sucesso de seus escritos. Estou tão orgulhoso! Você é como uma irmã para mim, e tudo o que quero é vê-la feliz.

Seu amigo,

Tom

P.S.: Você ouviu alguma coisa sobre os americanos entrarem na guerra? Falamos disso constantemente por aqui.

De Thomas para John Hopper
30 de julho de 1915

Em algum lugar na França

Caro John,

Saudações do *front*. Eu queria parabenizá-lo pela sugestão de criar a coluna "A guerra de uma mulher" no *LDT*. A srta. Elliott tem um talento natural e uma grande paixão pela escrita. Boa ideia para encorajar uma amiga da família e aumentar nossa anêmica circulação. Imagino que você e Jack Davies vão monitorar os artigos da srta. Elliott para que tenham o tom e o conteúdo certos. No futuro, no entanto, gostaria de pedir que você me avisasse antes de fazer quaisquer mudanças. Eu quero estar envolvido no processo de decisão enquanto meu pai está doente, antes que novos caminhos sejam tentados.

Igualmente, tenha cuidado para que todos os artigos estejam dentro dos padrões exigidos pela secretaria de imprensa do governo. Soube por Abshire que os jornais estão cada vez mais recebendo reprimendas por violarem os padrões da secretaria sobre notícias do *front*. Não posso dizer que concordo com esse tipo de monitoramento, mas não posso opinar estando tão longe. Precisamos fazer o que eles pedem, de modo a proteger os interesses do jornal por enquanto.

Sinceramente,

Tenente Thomas Harding

De John Hopper para Tom
5 de agosto de 1915

Londres, Inglaterra

Caro Thomas,

Obrigado por sua carta. Fique certo de que protegerei os interesses do jornal – e da srta. Elliott. Não sei como você conseguiu mantê-la tão bem escondida. Ela é revigorante, além de ser um bálsamo para os olhos. Se ela quiser escrever umas linhas de vez em quando, não me importo em abrir espaço para ela. Se as opiniões dela sobre a guerra não ficarem à altura das de nossos jornalistas homens, pedirei que ela escreva algumas receitas para estes tempos ou fale de algum assunto doméstico. Algo um pouco menos desafiador.

Não se preocupe com o jornal. Siga com a luta contra os alemães, e eu manterei as prensas trabalhando aqui.

Sinceramente,

John Hopper

De Evie para Tom
5 de agosto de 1915

Richmond, Inglaterra

Meu querido Tom,

    Obrigada por responder tão rápido. Você não imagina como fiquei feliz por você aprovar a coluna (principalmente porque já comecei a pensar em ideias para a primeira delas!). Seu estímulo significa muito para mim, já que você é o único que entende meu desejo de escrever como uma maneira a dar sentido ao mundo. Alice também está entusiasmadíssima com a ideia, mas é verdade que ela também ficaria entusiasmada se eu dissesse que estava de uniforme e correndo para a batalha. Não posso dizer a Mamãe (ela nunca aprovaria) e, apesar de Papai ser mais compreensivo, acho melhor continuar anônima por enquanto. Gostei de suas sugestões de pseudônimo. Josie Falcão soa como uma pessoa audaciosa, mas parece mais nome de personagem de livro de aventuras para meninas do que uma jornalista respeitada, você não acha? Acho que Genevieve Melro é melhor. Você disse que melro significa conhecimento, certo?

    Quanto ao relatório que você menciona, sim, eu o li – mas preferiria não ter lido. Sejam "supostos" ou não, fiquei furiosa ao ler sobre as atitudes absurdas dos alemães.

    Sobre o resto da sua carta: pão quente? Sério!? Nunca pensei que veria o dia no qual você sonha com um pedaço de pão. Vocês não recebem nada decente para comer? É horrível pensar em vocês passando fome. Os homens precisam de estômago cheio para marchar. Até eu sei disso. Envio chocolate e pastilhas de menta. Eu me lembro de como você gosta das duas coisas.

    Como é estranho que nós nos conheçamos há tanto tempo e saibamos tantas pequenas coisas sobre um e outro, mas, ao mesmo tempo, só nestes últimos meses, desde que comecei a escrever para você, tenho a impressão de ter realmente começado a conhecê-lo de verdade. Cartas nos deixam incomumente honestos, você não acha? Eu contei coisas por escrito que não teria contado ao vivo, por vergonha ou distração. Será que terei coisas a lhe dizer quando nos encontrarmos em carne e osso mais uma vez? Isso acontecerá logo? Alguma ideia sobre a licença? Ou será apenas no Natal? Neste ritmo, teremos que nos contentar com Natal em Londres em algum restaurante francês decente. Aqui já há certa preocupação com racionamento de comida. Mamãe tem certeza de que em breve o racionamento será compulsório.

Irei a Londres na semana que vem para almoçar com John Hopper. Ele quer conversar sobre minha primeira coluna antes que eu a mande para o editor. É Davies, certo? Se lembro bem, você tem grande respeito por ele. Espero que ele goste do meu texto.

Meu plano é dar uma olhada em seu pai enquanto estiver por lá. Gostaria de vê-lo. Já faz tanto tempo. Sinto muito que você ainda esteja tão preocupado com as coisas por aqui. É decididamente injusto que você tenha de se preocupar com negócios quando já tem de enfrentar tantas preocupações maiores todos os dias. Parece que Abshire, ainda que bem-intencionado, realmente não está em condições de gerir as coisas enquanto seu pai se recupera. Estou certa de que John será mais bem-sucedido, apesar das dificuldades familiares.

Bom. Os pássaros. Eu me peguei rabiscando no envelope, pois era a coisa mais próxima à mão. O tempo passa rápido sob a ponta do meu lápis, e isso é um conforto. Não tinha ideia de que o melro é um símbolo de conhecimento. Foi puramente por preguiça que selecionei um pássaro pequeno para desenhar primeiro. Agora que sei que cada ave tem um significado especial, terei de escolher meu próximo modelo com muito cuidado ou você vai tirar conclusões equivocadas. Toda essa conversa sobre pássaros e simbolismo me levou aos meus livros de poesia. Nunca tinha me dado conta de como já se escreveu sobre pássaros. Achei dezenas de obras. Eu gosto deste de Thomas Hardy. Trechos de "O tordo no escuro". Você conhece? Encaixa-se perfeitamente ao meu espírito de hoje.

Imediatamente, ergueu-se uma voz
Acima, entre a ramagem sombria,
Cantando uma canção sincera
De ilimitada alegria;
Um velho tordo, frágil, magro e pequeno,
Cujas penas eriçadas sacudia,
Escolhera assim lançar sua alma
Sobre a escuridão que crescia.

Sempre que ouço a melodia do tordo, penso em Will e imagino que ele e o tordo estão cantando canções de esperança – e você deve fazer o mesmo. Ouça os pássaros e, quando os ouvir, saiba que estou pensando em você.

Bem, devo ir. Mantenha-se forte e esperançoso. E tente comer. Imagino que um homem faminto seja quase tão perigoso quanto aqueles obuses e explosões sobre os quais você escreve.

Com muito amor,

Evie

P.S.: Ontem perdi a hora do correio e, assim, ganhei a oportunidade de acrescentar, por meio de um posfácio, a alegre revelação de que a cotovia é símbolo de sorte e harmonia. Acho que você merece o primeiro, e o mundo faria bom uso do último, então aqui vai meu último esboço (com a desculpa de que foi feito às pressas, para evitar que eu perca o correio novamente).

De Evie para Alice
12 de agosto de 1915

Richmond, Inglaterra

Minha querida Alice,

Como você está? Lamento muito ter passado tanto tempo sem escrever. Durante muitas semanas após a morte de Will, fui incapaz de escrever qualquer coisa que não fosse desesperadamente triste ou encharcado de lágrimas. Mas me sinto um pouco mais animada ultimamente, e a simples lembrança de que vou receber algumas linhas suas em resposta já é razão suficiente para escrever.

Também tenho uma pequena novidade para compartilhar com você. Vou escrever uma coluna para o *LDT*! É tudo obra de John Hopper (ele é, de fato, incrivelmente persuasivo quando decide alguma coisa – e Mamãe ainda o considera a opção mais adequada para meu marido, aliás). Tom acha que a coluna é uma ideia esplêndida e me incentiva de todo o coração. Não sei bem quando o primeiro texto será impresso, mas enviarei um exemplar para você ler assim que sair. Devo escrever sob o pseudônimo de Genevieve Melro (em parte para evitar que Mamãe saiba que sou eu que escrevo – ela nunca concordaria). O que você acha? Eu estou animada.

Tom e eu trocamos cartas mais rápido do que ele troca tiros com o inimigo. Devo dizer que me pego pensando nele com frequência e ansiando por receber notícias dele. O que é isso, Alice? Tom Harding, pelo amor de Deus! Desde que ele partiu para a guerra e começamos a trocar cartas, desejo vê-lo cada vez mais. Não faz sentido algum. Talvez eu esteja ficando com um pouquinho de febre. Vou me deitar depois de postar isso.

Enfim, estou divagando.

Parece fútil falar de outras coisas, mas de alguma forma, como dizem, a vida continua. Conte-me como vai a enfermagem! Ouvimos muitas coisas maravilhosas sobre as voluntárias. Diana Manners apareceu em todos os jornais vestindo uniforme, incentivando as senhoras a se inscreverem. Estou tão incrivelmente orgulhosa de você! Quando você vai embarcar?

Escreva logo e me avise quando puder voltar a Richmond. Talvez pudéssemos passear ao longo do rio, como costumávamos fazer quando éramos meninas. Prazeres tão simples... Quem poderia imaginar que eles se tornariam tão impossíveis?

Sua,

Evie

De Thomas para Evie
15 de agosto de 1915

Em algum lugar na França

Querida Evie,

 Sua carta me fez rir! Eu não ria há tempos, então agradeço. Não deveria me surpreender que você seja a única pessoa capaz de me alegrar neste fim de mundo tão sombrio. A pequena Evie que, em um certo verão, amarrou meu par de sapatos pelos cadarços antes que eu embarcasse no trem para Brighton. A mesma menina que disse à governanta que estava doente para faltar à aula e, em seguida, ajudou o irmão a soltar sapos na sala de estar para assustar a velha solteirona. Que endiabrada você era.
 Além disso, obrigado pelo chocolate e pelas pastilhas. Meu comandante quebrou o dente em um dos malditos biscoitos Huntley & Palmers que eles nos dão para comer, e o ensopado em lata que sou forçado a comer tem o cheiro mais nojento que já se sentiu, sem falar no gosto, que é ainda pior. Às vezes acho que não mereço sua gentileza. O horror da minha existência cotidiana me faz ver as coisas sob uma luz estranha.
 As analogias com pássaros são bastante úteis, sabe? A carriça insufla seu pequeno peito para ter coragem e força, a cotovia dá sorte, e que tal o pavão, com seu imponente peito turquesa e sua bela cauda de penas coloridas? Você é como um pássaro. Uma águia, destinada a voar alto, mas sem nunca perder a visão aguçada. Você não é uma mulher de gaiola, é? Um dia, você não poderá conter o fogo que tem dentro de si e sairá por aí, irrefreável. Sua coluna é o início perfeito.
 Eu conheço o poema de Thomas Hardy que você enviou – é tão tristemente belo quanto o nome sugere e particularmente adequado, exatamente como você disse. Você conhece minha paixão por Shakespeare, é claro. Você sabia que ele usou imagens de pássaros em sua obra mais do que qualquer outro? O poema mais obscuro dele é o complemento ao texto de outro escritor e se chama (agora, pois incialmente foi publicado sem título) "A Fênix e a Tartaruga". Fala de um par de pássaros, uma fênix e uma pomba

(a pomba-tartaruga), cujo amor cria uma união tão perfeita que desafia o sentido concreto e a lógica terrena e supera qualquer obstáculo. Mostrarei para você quando eu voltar. Tenho uma cópia entre minhas coisas da escola.

    Como está indo seu primeiro artigo?

    Amanhã marcharemos novamente.

Sempre seu,

Tom

De Thomas para seu pai
20 de agosto de 1915

Em algum lugar na França

Caro Pai (aos cuidados do sr. Charles Abshire),

    Recebi sua carta e fiquei extremamente irritado com nossos parentes, especialmente tio Arthur. Seria bom ter sabido antes sobre toda essa história de família. Sinto muito que Hopper tenha se aproveitado de seus amigos e jogado nosso nome na lama, mas ele certamente acha que essas são, simplesmente, práticas comerciais, não? Parece ser o jeito dele, mas fiquei com uma dúvida: se você e seu cunhado já haviam se separado, como John passou a ter ações no negócio? Isso significa que ele detém os direitos de decidir o futuro do jornal. Se ele não for confiável, como você sugere, podemos estar em uma situação muito precária.

    Outro motivo de preocupação é saber que Hopper está investigando as razões de o jornal estar perdendo dinheiro. Aparentemente, as outras duas prensas que Hopper possui estão indo muito bem (afinal de contas, ele tem boas conexões na Wellington House), e assim ele insiste que as ideias dele são válidas. Ele sugere que comecemos uma coluna intitulada "A guerra de uma mulher". Estou de acordo com a ideia, por enquanto, já que Evelyn Elliott será a autora, sob um pseudônimo. Lembra-se dos poemas que ela escrevia, que guardávamos em uma gaveta da cozinha? Ela será brilhante.

Devo confessar, no entanto, que, com Hopper no comando, prefiro que o senhor se envolva de alguma forma. Assim que estiver bem o suficiente para receber visitas, talvez o senhor e Evie pudessem discutir uma variedade de tópicos. Tenho certeza de que ela iria gostar imensamente disso. Ela o respeita, ou melhor, ela o ama como a um tio.

Desejo-lhe uma recuperação rápida, Pai.

Seu filho,

Thomas

P.S.: Incluí uma pequena mensagem para Abshire.

Caro Charles,

Se Hopper está fuçando em nossa contabilidade e examinando questões financeiras, eu também preciso estar o mais informado possível. Preciso estar alerta no que diz respeito a ele. Eu gostaria de uma cópia do balanço do ano passado e dos primeiros seis meses de 1915 também: despesas comerciais, salários, ações e lucros. Há horas em que não estou em batalha e gostaria de bem usar meu tempo.

Espero que você esteja bem, amigo.

Atenciosamente,

Thomas

De Evie para Thomas
28 de agosto de 1915

Richmond, Inglaterra

Caro Tenente Harding,

Fico contente em saber que ainda consigo fazê-lo rir, mesmo de tão longe. Imagino que o riso por aí seja tão escasso quanto uma refeição decente e uma cama confortável. O ensopado do qual você fala parece horrível. Você não pode adicionar uma gota de rum para dar algum gosto (ou um pouco de rum em você mesmo para entorpecer as papilas gustativas)? Sempre tive a capacidade de lhe fazer sorrir, não é? – embora nem sempre intencionalmente. Você e Will gostavam muito de me provocar e se deliciavam com suas tramoias malvadas. Se eu me tornei endiabrada, a culpa é certamente sua, por dar um exemplo tão terrível a uma jovem impressionável.

Fico ansiosa quando você diz que irão marchar mais uma vez. Passei a odiar as palavras "Em algum lugar na França" no topo de suas cartas. É o mesmo que dizer "Em algum lugar no mundo", de tão impreciso que é. Pensar em você marchando em direção ao perigo é insuportável. Se ao menos eu soubesse onde você está... Se ao menos Papai e eu pudéssemos consultar nossos pobres mapas e saber com alguma certeza em que direção você está se movendo...

Colocamos botões pretos nas áreas onde acreditamos que você já esteve e botões vermelhos nos locais onde sabemos que as piores batalhas já aconteceram ou acontecerão em breve. Esses botões pretos e vermelhos passaram a representar meus maiores medos, Tom. Eu mantenho um botão azul firmemente em Londres. Ele caiu do vestido azul. O que eu usei na festa de Natal de Mamãe, quando dançamos juntos. Devo admitir que nunca dei muita atenção àquele vestido, mas agora, sempre que o vejo pendurado no guarda-roupa, penso em você, e em risadas e em danças. Penso em tempos mais felizes. É por isso que o botão azul permanecerá em Londres até que você volte para casa, e então pedirei a Sarah para costurá-lo novamente, e vamos dançar outra vez. Talvez eu use esse vestido para jantar em Paris. Chegaremos lá um dia, não é, Tom? Neste Natal. No próximo Natal. Um dia. Você promete?

Céus. Estou me tornando uma sentimental. A guerra, ao que parece, pode tanto amolecer quanto endurecer as pessoas. Com suas lembranças sobre "A Fênix e a Tartaruga", de Shakespeare, você ainda parece o mesmo Tom de sempre, com coração de escritor e um livro sempre debaixo do braço, e não apenas um soldado armado, pronto para a guerra. "Fala de um par de pássaros, uma fênix e uma pomba, cujo amor cria uma união tão perfeita que desafia o sentido concreto e a lógica terrena e supera qualquer obstáculo." Eu me pergunto se esse amor perfeito é possível. Espero que sim, Tom, ou por que diabos vocês estariam lutando?

Em outras notícias, tive o prazer de visitar seu pai na casa em Bartholomew Close. Ele ficou satisfeito em me ver e estava de bom humor, embora um pouco frágil e cansando-se com facilidade. Falamos de você (com grande carinho, devo acrescentar) e discutimos brevemente suas preocupações com o jornal. Sei que você e seu pai tiveram suas diferenças ao longo dos anos, mas devo dizer que ele está muito preocupado com seu retorno seguro. Ele também está incrivelmente frustrado com a saúde precária dele – frustrado por não poder ajudar no esforço de guerra, frustrado por não poder proteger você. Você ainda é o único filho dele, quaisquer que sejam suas diferenças de opinião.

Sei que ele adoraria que você assumisse a direção do jornal quando a hora chegasse. Você não poderia dizer a ele que vai assumir, e fazer as pazes com ele antes que seja tarde demais? Sei que seu coração está na academia e nos sagrados corredores de Oxford, mas seria um enorme conforto para seu pai saber que você fará o que é esperado, por assim dizer. Nem que seja para tranquilizá-lo, você não pode dizer que será assim?

Acho que já falei demais, então encerro por aqui.

Tenha cuidado, querido amigo. Você permanece em nossas orações.

Evie

P.S.: Minha primeira coluna deve sair em meados de setembro. Fico nervosa só de pensar.

De Thomas para Evie
1º de setembro de 1915

Em algum lugar na França

Cara srta. Evelyn Elliott,

Voltamos às formalidades, certo? Mas você assinou com seu apelido, sem pensar duas vezes. Eu gosto de contradições. A ficção é feita disso, não é? Quanto à sua coluna, tenho certeza de que será um sucesso, é só esperar para ver. *Courage*, como diriam os franceses!

    Você sugeriu adicionar rum à minha comida, então devo contar-lhe sobre este "rum" que recebemos (e que eu, enquanto tenente, distribuo) em rações. Não é um líquido doce e amarelado bem misturado com frutas, que pode ser bebido frio. É tão forte que quase salta da garrafa, queima os olhos e o nariz e desce pela garganta como asfalto, atacando seu estômago enquanto se acomoda lá dentro. Mas não há dúvida de que funciona como entorpecente. Na verdade, é um flagelo. Já testemunhei muitos homens cambalearem das trincheiras direto ao fogo inimigo, sendo mortos instantaneamente, sem sequer tocar na arma. Claro, o rum entorpece a dor por um tempo, mas dura pouco e, à medida que se dissipa, parece intensificar a dor. Acaba deixando os homens em um buraco ainda mais escuro do que antes. Posso confirmar, infelizmente. Depois da morte de Will, permaneci em um estupor por semanas. É um milagre que eu tenha sobrevivido, Evie. Mas, desde então, não bebo mais. É muito perigoso.

    Tivemos uma pequena trégua nas últimas duas semanas, nada além dos incidentes diários com um ou outro franco-atirador. (Quem diria que eu pensaria em tiros eventuais como um alívio?) Eu chamo isso de trégua, mas a febre tifoide e a pestilência compensam a falta de bombardeios pesados, e há os ferimentos "britânicos", é claro. Acho que devo explicar o jargão militar. Ferimentos "britânicos" são ferimentos graves nos quais o soldado está mal o suficiente para ser mandado para casa, mas que não é fatal, nem mesmo incapacitante. Na verdade, muitos dos homens desejam tais ferimentos. Eu sei que alguns se ferem de propósito. É um exemplo de como estamos desesperados.

    Obrigado por visitar meu pai. Tenho certeza de que ele gostou de ver você, como sempre. Devo admitir, fiquei com um pouco de ciúme. Eu deveria estar em casa agora, cuidando dele e cuidando do jornal. Talvez eu diga a ele que vou gerenciar o jornal, como você sugeriu, embora ainda não esteja pronto para me comprometer com uma mudança tão permanente de direção. Por meio de suas cartas eu começo a entender o verdadeiro valor das notícias, a honra de buscar a verdade. Nunca tinha pensado em jornalismo dessa forma antes. Meu pai sempre se concentrou nele apenas como um meio de ganhar dinheiro.

Você sabe o que me faria mais feliz agora? Visitar uma amiga que atende pelo nome de Genevieve Melro e falar sobre tudo isso enquanto comemos um assado e pudins de Yorkshire.

Pronto, estou com fome de novo. Vou me concentrar naquele botão azul.

Seu,

Tenente Thomas Harding

P.S.: O distintivo anexo era de Will. Ele o colocou na minha mão antes de morrer, e eu demorei para mandá-lo. Encontrei-o no bolso do meu casaco e queria que ficasse com você.

P.P.S.: Espero que você envie uma cópia de sua primeira coluna. Mal posso esperar para ler.

De Alice para Evie
3 de setembro de 1915

Em algum lugar na França

Querida Evie,

Como fiquei feliz em receber sua carta! Estou aqui há menos de um mês e sinto como se minha vida tivesse um novo significado. Tenho gostado mais da enfermagem do que esperava; já estou habituada a ver sangue, e até tenho talento para fazer curativos, embora odeie ver nossos meninos sofrer. Temo que muitos jamais recuperem totalmente a sanidade. O vazio nos olhos deles, Evie, não me deixa dormir à noite. Espero que você nunca veja nada parecido.

Minha mãe tem orgulho do que estou fazendo, mas me repreende nas cartas dela, como sempre, lembrando que não estou aqui para me apaixonar pelos oficiais (isso acontece com mais frequência do que você imagina). De que adianta, diz ela, entregar meu coração a alguém que pode perder um olho ou um braço para um tiro alemão? Ainda pior, e se ele perder a alma para a guerra? Suponho que ela esteja certa, mas lhe pergunto: que jovem valente não roubou meu coração, pelo menos por uma ou duas semanas? Ambas sabemos a resposta para isso! E ainda somos humanos, mesmo estando neste inferno.

Não posso acreditar que você demorou tanto para admitir, querida menina, mas eu sabia que você sentia algo por Tom cabelos de fogo! Talvez você sempre tenha sentido algo por ele. Ele é seu amigo desde que usávamos trancinhas e é um sujeito animado, com aquele grande sorriso e senso de humor travesso, mas gentil e também acadêmico, coisa que você sempre admirou em uma pessoa. E, como você, não há nada que Tom goste mais do que um pouco de aventura. O que poderia ser mais perfeito?

Mesmo daqui de longe, posso ver você negar com a cabeça. Não negue. Foi quase o que você mesma disse em sua carta. Apaixone-se perdidamente, Evie. Divirta-se um pouco! Você precisa disso agora, mais do que nunca.

Dê lembranças aos seus pais (e a Tom, *com uma piscadela*).

Com amor,

Alice

De Evie para Tom
5 de setembro de 1915

Richmond, Inglaterra

Meu querido Tom,

Muito obrigado pelo distintivo de Will. Vou guardá-lo com amor. Essas pequenas lembranças tornam-se incrivelmente preciosas quando são tudo de que você precisa para se lembrar de alguém. Um distintivo. O botão de uma blusa. Uma carta. Uma mecha de cabelo. Uma fotografia amassada. Tenho certeza de que entreguei todos esses a alguma mãe ou esposa em luto, junto com as palavras finais de seus entes queridos. Não tenho certeza do que mais foi devolvido para nós com os pertences pessoais de Will. Sempre que os menciono, Mamãe começa a chorar.

Quaisquer que sejam meus sentimentos pessoais sobre perder meu único irmão, não consigo imaginar a dor que Mamãe sofre por ter perdido seu único filho, então não insisto no assunto. Tenho certeza de que ela vai me mostrar assim que tiver condições.

Devo dizer que, ultimamente, suas cartas estão sendo muito censuradas por seus superiores, de modo que não posso saber onde você está ou a que batalhas se refere. (Você não pode usar um envelope de Honra? Uma amiga me contou como o marido dela escreve para ela usando o envelope de Honra para evitar qualquer intrusão por parte dos comandantes. Ela diz que as cartas dele são tremendamente românticas, e que o que ele deseja proteger é o conteúdo do coração dele, e não quaisquer grandes segredos militares.)

Eu vasculho os jornais diariamente em busca de reportagens, mas na maioria das vezes tudo que encontro são palavras positivas e de encorajamento. "Estamos muito perto da vitória." "Em nosso melhor momento desta guerra." "Um dia promissor." É tão diferente do quadro que você pinta em suas cartas e de tudo o que conta sobre doenças, fome e feridas "britânicas". É difícil saber se lemos qualquer verdade ou simplesmente as palavras nas quais o governo quer que acreditemos. Essa já me parece razão suficiente para prosseguir com seu interesse no jornal. Ganhar dinheiro é uma coisa. Dizer a verdade é uma perspectiva muito mais nobre.

Tento me animar com suas cartas. Pode parecer bobo, mas passei a pensar na sua caligrafia como se fosse você. Cada volta, cada curvatura e floreado é como olhar para um rosto familiar. Os contornos e as ondulações são tão definidos e únicos... Há uma pilha bastante considerável de cartas agora. Eu as mantenho amarradas com uma fita vermelha. Já devem formar uma pilha de dez centímetros de altura (e alguns bons centímetros mais alta do que a pilha de cartões de dança de quando fui apresentada à sociedade). Digo a mim mesma que, antes que sua correspondência chegue a quinze centímetros de altura, você estará em casa. Veja como o tempo pode ser medido por outros meios além do tique-taque de um relógio.

Quais são as novidades das enfermeiras aí? Alice Cuthbert está servindo como voluntária. Você acredita nisso? Nossa distraída Alice?! Eu imagino que ela seja um verdadeiro tônico para os soldados feridos, com aqueles olhos e lábios e aquele senso de humor sem-vergonha. Você tem tempo para pensar nesse tipo de coisa, como garotas bonitas? Imagino que você esteja tão privado de afeto quanto de pão fresco. Pão quente e amor. Você estará pronto para consumir os dois, avidamente e sem restrições, quando chegar em casa!

Continuo desenhando – agora, uma gralha. Um pouco sombria em seus trajes fúnebres, mas bonita assim mesmo.

Tenha cuidado, meu amigo.

Sua,

Evie

Telegrama de Charles Abshire para Thomas

```
9 DE SETEMBRO 1915

PARA: TENENTE THOMAS HARDING, 2º BATALHÃO OXFORD
ENVIADO: 7:25                           RECEBIDO: 7:55

PAI FERIDO EM ATAQUE ZEPELIM. TRANSFERIDO PARA HOSPITAL.
FERIMENTO NÃO PARECE FATAL. CASA LONDRES QUASE TODA DESTRUÍDA.
QUANDO TIVER ALTA FICARÁ COM PARENTES EM RICHMOND. O MANTEREI
INFORMADO. ABSHIRE.
```

De Evie para Tom
9 de setembro de 1915

Richmond, Inglaterra

Meu querido Tom,

Presumo que você já tenha sido informado sobre o terrível ataque de zepelim sobre Londres, no qual seu pai foi ferido. Bartholomew Close foi um dos locais mais atingidos, com muitas casas destruídas. Ele teve sorte de ter sido poupado do pior (foram vinte e dois mortos e mais de oitenta feridos). Corri para o hospital assim que soube. Ele está conseguindo manter a serenidade, mas receio que esteja muito mal.

Todos em Londres estão terrivelmente nervosos e exigem que o governo introduza defesas antiaéreas. Minhas mãos tremem enquanto escrevo estas palavras.

Você será capaz de voltar para casa com uma licença compassiva? Vê-lo seria de grande ajuda a seu pai. Por enquanto, vou rezar pela rápida recuperação dele e por uma rápida conclusão para esta guerra maldita.

Sinceramente,

Evie

De Evie para o editor do London Daily Times
10 de setembro de 1915

Richmond, Inglaterra

Prezado sr. Davies,

Em anexo, minha primeira coluna para "A guerra de uma mulher". Ainda não havíamos definido um pseudônimo, e espero que o senhor esteja de acordo com Genevieve Melro. Tomei a liberdade de usar o nome neste primeiro texto, embora a decisão final seja sua, claro. Fiquei tão abalada com o recente ataque de zepelim sobre Londres que reescrevi parte de meu artigo como resultado.

Posso ir à redação em Londres a qualquer momento para discutir o progresso da coluna pessoalmente, embora entenda que deva enviar todas as cópias futuras a John Hopper para aprovação editorial em primeira instância.

Atenciosamente,

Evelyn Elliott (Genevieve Melro)

Último Natal em Paris

A GUERRA DE UMA MULHER

por nossa correspondente especial em Londres,
Genevieve Melro

"Dando adeus aos meninos"

Parece fazer tanto tempo que nos despedimos de nossos meninos, partindo em sua grande aventura para servir ao Rei e ao País, cumprindo seu dever – heróis, todos eles. Disseram-nos que estaria terminado até o Natal. Mas o Natal veio e se foi, e nossos meninos não voltaram para casa. Também não voltaram na Páscoa, nem nas festas do Espírito Santo, nem para o solstício de verão. E continua. Ainda.

Escrevemos palavras de amor e apoio – vocês são incrivelmente corajosos, estamos incrivelmente orgulhosos, avante para a vitória – em páginas e mais páginas, sem nunca saber se nossas palavras serão lidas ou se haverá alguma resposta. Quem tem a sorte de ver chegar uma carta devora as palavras com o apetite de um homem faminto. Aquelas de nós que não as recebem devem, de alguma forma, encontrar coragem para sair de casa e enfrentar um mundo que não reconhecemos mais. Sorrimos para uma vizinha, trocamos notícias com a carteira, agradecemos à condutora do ônibus, elegante em seu uniforme, mas, nos momentos tranquilos, quando estamos sozinhas, fazemos as mesmas perguntas: O que é essa guerra sem fim? Quanto tempo mais vai durar?

Perguntas sem resposta. Esperança sem realização.

Já passamos do primeiro aniversário do envolvimento de nossa nação na "guerra para acabar com todas as guerras". Eles estão longe há doze meses – irmãos, pais, maridos, amantes, tios, primos, amigos –, e, enquanto enfrentamos a perspectiva de lugares vazios na mesa de mais um Natal, é difícil encontrar coragem e resiliência para continuar. Mas é isso que devemos fazer. Coragem e resiliência são nossas armas. Só elas podem nos ajudar a lutar nesta interminável batalha contra o medo. Devemos manter acesas as lareiras para quando nossos homens voltarem para nós.

> Escrevo esta coluna para todas as mulheres da Grã-Bretanha, estejam elas em copas ou salões, pequenas fazendas ou mansões campestres. Espero compartilhar com vocês histórias de coragem e resiliência, força e heroísmo – pequenos atos de bravura ou bondade que podem não receber medalhas de honra, mas são importantes mesmo assim. Apesar de todas as perdas que temos de suportar, nunca nos esqueçamos de que a bondade de um estranho pode ajudar uma pessoa de mil maneiras.
>
> Não acredite que é inútil tricotar alguma peça confortável ou preparar outro bolo para o pacote de Natal. Reserve um momento para confortar um amigo. Visite os vizinhos idosos. Esses pequenos atos, quando multiplicados por todas as ruas e cidades de nossa grande nação, podem tornar-se atos de imensa importância. Podem ter tanto impacto quanto as bombas que o inimigo se atreve a lançar sobre nossas cidades.
>
> A guerra de uma mulher não pode ser travada no campo de batalha, mas pode ser ganha nas pequenas vitórias diárias.
>
> Até a próxima – coragem!
>
> Genevieve

De Thomas para Evie
11 de setembro de 1915

Em algum lugar na França

Querida Evie,

Obrigado por alertar-me rapidamente sobre meu pai. Abshire já me informara por telegrama. Mal posso acreditar em nosso infortúnio. Como se a situação de saúde dele já não fosse preocupante o suficiente.

Evie, eu não admitiria a nenhuma outra alma na Terra, mas estou com medo. Não só com o que está acontecendo aqui, mas sobre perder minha família e meu sustento. Não consigo pensar direito.

Pedi um período de licença a meus superiores, o mais rápido possível. Obrigado por ser tão boa amiga. Significa mais do que você possa imaginar.
Seu,

Tom

De Evie para Alice
15 de setembro de 1915

Richmond, Inglaterra

Querida Alice,

Como você está? Eu estou extremamente preocupada. Ficamos todos abalados pelo recente ataque de zepelim a Londres. Há alarmes todas as noites agora. Eu digo alarme, mas o método nada mais é do que um policial pedalando furiosamente em sua bicicleta enquanto sopra seu apito e grita "PROCUREM ABRIGO! PROCUREM ABRIGO!" É tão assustador! Tive de me abrigar na estação de metrô ontem. A visão daqueles zepelins aparecendo a distância parece um pesadelo.

O pai de Tom ficou gravemente ferido no ataque da semana passada. Eu realmente não acho que ele vá sobreviver, embora eu não tenha coragem de dizer isso a Tom, ainda mais tão pouco tempo depois da morte de Will. Perder também o pai vai destruí-lo.

Em suma, lamento não estar com espírito para piadas ou comentários bobos sobre minhas supostas afeições por Tom. Tudo o que sei é que adoraria que ele voltasse para casa de licença. Ele espera o mesmo e já fez o pedido.

Estou ficando cansada de escrever cartas por meio das quais só tenho más notícias para compartilhar. E fico cada vez mais inquieta e determinada a fazer algo prático para ajudar. Se alguém não me despachar para o *front* logo, é possível que despache a mim mesma. Outro dia, Mamãe falava sobre arranjos para o Natal e temo ter respondido de maneira um tanto brusca, dizendo que ela era uma tola em pensar em coisas como talheres enquanto homens morrem aos milhares. Ela disse que as pessoas morrerão de qualquer maneira, quer ela planeje o Natal, quer não, e que talvez, olhando para o futuro em vez de viver no passado, ela esteja oferecendo alguma esperança. Se eu não fosse teimosa como uma mula, deveria ter admitido que a observação era justa antes de sair furiosa da sala, batendo a porta atrás de mim. Mas sou teimosa como uma mula e, desde então, não mais trocamos qualquer palavra civilizada. Realmente não desejo ser uma filha difícil, mas parece que não consigo evitar.

Em notícias mais animadoras, meu primeiro artigo para o *LDT* foi publicado. O editor ficou bastante impressionado com meu trabalho. Para ser honesta, acho que ele já planejava sugerir que eu escrevesse sobre padrões de tricô ou alguma bobagem desse tipo, e estou bastante orgulhosa de tê-lo surpreendido. Anexei um recorte do jornal para você. Apesar de ter me preocupado que não teria muito a dizer, acabei com muito mais palavras do que permitiam os centímetros da coluna. Espero que você goste.

Com muito amor,

Evie

De Alice para Evie
20 de setembro de 1915

Em algum lugar na França

Minha querida Evie,

Que notícias horríveis. Não consigo imaginar que nossa querida Londres esteja sob ataques. Ainda estou chocada.

Não importa o quão terrível é a situação aí, Evie, você não quer estar aqui no *front*. Meu entusiasmo se foi rapidamente depois de várias semanas tratando homens com feridas na pele, causadas pelo gás mostarda, e outras feridas horríveis demais para serem descritas. Também vi alguns homens sofrer de distúrbios nervosos. Um pobre sujeito se recusou a seguir ordens e ficou histérico, alucinado e furioso no posto de enfermagem. Ele correu direto para a mira dos atiradores de elite alemães e foi morto a tiros. Foi o que ouvi. Felizmente, não testemunhei o tiroteio.

Más notícias, de fato.

Entendo que você ache que deve estar aqui para fazer sua parte – eu também achei –, mas pense bem, Evie, porque já perdi uma inocência que nem sabia que tinha. Temo que a experiência vá me mudar para sempre, e não para melhor. A única notícia positiva que ouvi é que os americanos estão finalmente furiosos com os alemães, depois do naufrágio do Lusitânia. A morte de todas aquelas pessoas inocentes. Fico tão zangada ao ver a baixeza dos alemães! Por mais trágico que tenha sido, espero que o incidente faça com que os americanos peguem em armas logo e se juntem às forças aliadas. Mesmo depois de um ano inteiro de combates, parece não haver fim à vista, e precisamos desesperadamente de alguns reforços.

Tenho uma notícia um pouco mais animadora para compartilhar com você. Fiz um novo amigo chamado Jeremy Rollins, um soldado raso de Birmingham, e ele é um exibido. Ele me faz rir sempre que cuido dele, e as risadas são raras aqui. Eu o conheci na enfermaria. Ele tem vários ferimentos a bala, mas parece estar se recuperando rapidamente, apesar de termos pouca solução de Dakin (usada como antisséptico) ou salicilato de sódio (analgésico). Esperamos receber outra remessa em breve. Esses pobres rapazes se contorcem de dor sem nenhum alívio. Às vezes não sei se vou aguentar, querida.

Sua mãe tem toda a razão sobre achar distrações para toda essa desgraça. Você é muito dura com ela. Deixe que ela se divirta com as festas natalinas. Que mal há? Você também deve tentar se divertir. Não é bom para você ficar se lamentando pela velha casa. Você não poderia fazer outras coisas nos correios? Será que eles não precisam de telefonistas ou operadoras para os telegramas? São algumas ideias.

Vou parar de zombar de você sobre Tom Harding – por enquanto –, embora ache que você deva insistir que ele vá visitá-la também, e não só ao pai dele, se conseguir licença. Ninguém vai se importar que vocês fiquem sozinhos, já que Tom é um amigo de longa data da família. Peça a ele para levá-la ao Simpson's para comer ostras e tomar champanhe, e depois para dançar no Savoy. Em seguida, conte-me tudo!

Com muito amor,

Alice

De Evie para Thomas
25 de setembro de 1915

Richmond, Inglaterra

Querido Tom,

Alguma notícia sobre sua licença? Estamos todos tão ansiosos para vê-lo... Seu pai melhorou um pouco. Ele é um homem muito resiliente (os médicos o acham espantoso), mas eu adoraria que você pudesse vê-lo.

Tive um sonho com você ontem à noite (provavelmente não deveria contar, mas uma coisa que a guerra me deu foi a sensação de que posso ser impulsiva). O sonho era tão real que tive de me beliscar quando acordei para ter certeza de que estava em casa em Richmond e não com você em Paris, porque foi lá que passamos a noite dançando às margens do Sena (a música era providenciada por um acordeonista). Eu usava meu vestido azul, e você estava elegantemente vestido em *black-tie*. Comemos *escargots* e bebemos o melhor champanhe, e as estrelas brilhavam como um milhão de joias sobre nós até o dia amanhecer com um céu cor-de-rosa. Foi tão lindo, Tom. Você declamou poemas sobre pavões e pombas, e eu esqueci que havia coisas ruins acontecendo no mundo e, naquele momento, senti que, se todas as noites terminassem daquele jeito e todos os dias começassem assim, nada de ruim voltaria a acontecer.

Fiquei muito aborrecida ao acordar com a garoa turva de uma manhã inglesa de outono. Paris – e você – estavam muito longe.

Com tanta coisa acontecendo ultimamente, dei-me conta de que não lhe enviei uma cópia de minha primeira coluna, então aqui está (receio, um pouco amassada). Depois de tentar por tanto tempo publicar um artigo na imprensa nacional, agora me sinto bem tímida e nervosa sabendo que as pessoas estão lendo meus pensamentos. Espero que você goste. Sua aprovação significa muito para mim. Jack Davies ficou devidamente impressionado (eu o conheci durante um breve almoço com Hopper). Ele é um personagem bem impressionante, não? Não é do tipo que mede as palavras. Eu estava muito nervosa e sem apetite. Agora entendo por que todos o respeitam tanto no meio jornalístico.

Os meses vão passando, e as folhas no parque de Richmond já estão deslumbrantes, em tons de dourado e vermelho. A natureza dá um *show* impressionante nesta época do ano. Acho que o outono é minha estação favorita. As fogueiras começam a ser acesas novamente, e o cheiro forte de fumaça no ar me faz ansiar por noites aconchegantes na biblioteca. Mas não será a mesma coisa. Não sem a companhia de Will. Ou a sua.

Eu realmente gostaria que você pudesse voltar para casa de licença. Costumo ver homens de uniforme – em geral com ar cansado – passear de braços dados com uma pessoa amada. É uma visão comovente – tão encorajadora e romântica quanto insuportável, já que todos sabemos que eles estarão de volta ao *front* em questão de dias e que a dor da separação e a preocupação estarão de volta. Mesmo assim, imagino que aquelas poucas horas roubadas de normalidade e carinho valham a pena.

Escreva logo. Vou rezar por notícias sobre seu retorno.

Com muito amor,

Evie

De Thomas para Evie
3 de outubro de 1915

Em algum lugar na França

Querida Evie,

Tenho boas notícias, finalmente! Recebi sete dias de licença. Parto amanhã bem cedo e, se tudo der certo, devo estar em Londres no início da noite. Parece um sonho. Não sei se conseguirei suportar a ansiedade. Devo admitir, no entanto, que estou meio apreensivo com a ideia de ver meu pai no estado atual. Ainda que não queira, precisarei dedicar algum tempo aos negócios dele, aos livros de contabilidade e também ao jornal. Vê-la, em contrapartida, é algo pelo qual mal posso esperar. Se você estiver disponível, é claro, agora que é a Famosa e Aventureira Jornalista Srta. Genevieve Melro.

Com caloroso afeto,

Tom

P.S.: Se depender de mim, seu sonho se tornará realidade.

Telegrama de Thomas para Evie

```
5 DE OUTUBRO 1915


PARA: EVELYN ELLIOTT, POPLARS, RICHMOND, LONDRES SW
ENVIADO: 18:35                            RECEBIDO: 18:55

EM LONDRES. VOU VISITÁ-LA DEPOIS DE AMANHÃ PELA MANHÃ. SE
NÃO FOR POSSÍVEL AVISE ABSHIRE. ESTAREI COM ELE AMANHÃ.
SEREI O SUJEITO COM MEIAS SECAS, FINALMENTE! TOM.
```

Último Natal em Paris

Telegrama de Evie para Thomas

```
6 DE OUTUBRO 1915


PARA: TENENTE HARDING, A/C ABSHIRE, 34 LOVELACE GARDENS,
BERMONDSEY, LONDRES SE
ENVIADO: 09:13                              RECEBIDO: 09:37


MUITO ANIMADA. DESESPERADA PARA VER VOCÊ E SUAS MEIAS. ATÉ
AMANHÃ. E.
```

De Evie para Thomas
7 de outubro de 1915

Richmond, Inglaterra

Querido Tom,

 Como sou ridícula. A poeira levantada pelo seu carro mal tinha baixado na entrada da nossa garagem e eu já estava aqui, escrevendo para você. Velhos hábitos não morrem com facilidade.

 Não consigo pensar em nada para dizer que não tenha sido dito nas últimas horas – apenas repetir como foi absolutamente maravilhoso vê-lo. Vê-lo! É difícil acreditar que você estava aqui. Envolvê-lo em meus braços e sentir seus ossos foi um deleite. Mas, meu Deus, quantos ossos você tem! Você está magro demais. Temos que colocar um pouco de carne neles antes que você pense em voltar. Então, o que acha de almoçar no Simpson's? O rosbife deles é extraordinário. Você terá de pedir duas porções, já que apenas uma será claramente insuficiente.

Que alegria ter você de volta. Sinto-me com dez anos de novo, e estaria dando cambalhotas na biblioteca se isso não fosse impróprio para uma dama.

E.

P.S.: Estou inspirada para escrever uma coluna sobre a alegria do retorno de um soldado. Poderá dar esperança a outros, você não acha?

Telegrama de Evie para Thomas

```
8 DE OUTUBRO 1915

PARA: TENENTE HARDING, A/C ABSHIRE, 34 LOVELACE GARDENS,
BERMONDSEY, LONDRES SE
ENVIADO: 09:45                          RECEBIDO: 10:10

ENVIEI CARTA ONTEM. IMPACIENTE DEMAIS PARA ESPERAR RESPOSTA.
ALMOÇO? 13 HORAS. SIMPSONS? ROSBIFE É DIVINO. E.
```

Telegrama de Thomas para Evie

```
9 DE OUTUBRO 1915

PARA: EVELYN ELLIOTT, POPLARS, RICHMOND, LONDRES SW
ENVIADO: 11:45                          RECEBIDO: 12:12

PASSEI MANHÃ COM HOPPER E HORAS COM PAPAI NOITE PASSADA.
DESESPERADO POR UM ROSTINHO BONITO. ANDAR PELO REGENTS PARK
E IR A PUB DEPOIS? T.
```

Telegrama de Evie para Thomas

```
9 DE OUTUBRO 1915

PARA: TENENTE HARDING, A/C ABSHIRE, 34 LOVELACE GARDENS,
BERMONDSEY, LONDRES SE
ENVIADO: 12:15                              RECEBIDO: 12:40

ENCONTRO NA FONTE. 14 HORAS. TRAREI O ROSTINHO MAIS BONITO
QUE ACHAR. E.
```

Telegrama de Evie para John Hopper

```
9 DE OUTUBRO 1915

PARA: JOHN HOPPER, 23 PATERNOSTER ROW, LONDRES EC
ENVIADO: 12:30                              RECEBIDO: 13:40

DEVO DESMARCAR JANTAR HOJE. NÃO ESTOU BEM. DEIXAMOS PARA
PRÓXIMA SEMANA? EVELYN.
```

Telegrama de Thomas para Evie

```
10 DE OUTUBRO 1915

PARA: EVELYN ELLIOTT, POPLARS, RICHMOND, LONDRES SW
ENVIADO: 08:00                              RECEBIDO: 08:25

MANHÃ COM PAPAI. NOS VEMOS DEPOIS? T.
```

Telegrama de Evie para Tom

```
11 DE OUTUBRO 1915

PARA: TENENTE HARDING, A/C ABSHIRE, 34 LOVELACE GARDENS,
BERMONDSEY, LONDRES SE
ENVIADO: 08:15                          RECEBIDO: 09:00

QUE NOITE MARAVILHOSA. BARRIGA DOI DE TANTO RIR. PÉS DOEM
DE TANTO DANÇAR. VOCÊ É UM BÁLSAMO. E.
```

Telegrama de Thomas para Evie

```
11 DE OUTUBRO 1915

PARA: EVELYN ELLIOTT, POPLARS, RICHMOND, LONDRES SW
ENVIADO: 18:25                          RECEBIDO: 18:50

ÚLTIMA TARDE COM VOCÊ AMANHÃ? PASSEIO DE BARCO OU CARRO?
TRAGA MANUAL DE PÁSSAROS. PASSO ÀS 14 HORAS. PROMETO USAR
BOAS CALÇAS. SÓ MAIS UM DIA. COMO PODEREI RETORNAR ÀQUILO? T.
```

Telegrama de Evie para Thomas

```
11 DE OUTUBRO 1915

PARA: TENENTE HARDING, A/C ABSHIRE, 34 LOVELACE GARDENS,
BERMONDSEY, LONDRES SE
ENVIADO: 18:52                          RECEBIDO: 19:23

ESPERO ANSIOSA. ESPECIALMENTE PELAS CALÇAS. VOU USAR VESTIDO
AZUL E UMA GARDÊNIA NO CABELO. E.
```

Último Natal em Paris

De Evie para Alice
11 de outubro de 1915

Richmond, Inglaterra

Querida Alice,

Peço desculpas antecipadamente pelo absurdo que estou prestes a escrever, mas estou muito confusa e preciso contar a alguém.

Tom finalmente esteve aqui de licença na semana passada. Foi tudo muito repentino. Ele estava ansioso para ver o pai e encontrar os sócios para assegurar-se de que o *LDT* estaria em boas mãos durante a ausência dele. Mas, entre as reuniões e as visitas ao hospital, nós nos vimos todos os dias. Almoço no Simpson's, coquetéis no Archer, caminhadas ao longo do Tâmisa. Foi uma bênção.

O fato é, Alice, que, durante aquelas poucas horas diárias que passei com Tom, eu me senti como a antiga Evie. A Evie que ri e brinca e sempre vê o lado alegre de tudo. Quando estávamos juntos, parecia – por um breve período – que não estávamos em um país em guerra e que Tom era apenas um acadêmico de Oxford, não um tenente do Exército britânico. Tudo era tão fácil e maravilhosamente normal. Maravilhoso demais, talvez. Não falamos sobre assuntos sentimentais, mas não posso deixar de sentir que muita coisa *deixou* de ser dita.

Sei que você está convencida de que Tom Harding roubou meu coração anos atrás, sem que eu percebesse, e começo a achar que você talvez tenha razão, querida. Ainda assim, não faz sentido algum – ainda mais que John Hopper enviou um telegrama me convidando a jantar com ele nesta noite e estou terrivelmente indecisa sobre o que vestir (um sinal claro de que não irei apenas pela comida).

E se eu estiver me apaixonando por ele, Alice?

Por favor, mande conselhos. Você sempre foi muito melhor em lidar com assuntos do coração.

Com muito amor,

Evie

P.S.: Não mostre isso a ninguém. Na verdade, queime.

P.P.S.: Estou tão envolvida com meu próprio umbigo que me esqueci de perguntar como vai a vida de enfermeira. Espero que não esteja sendo horrível.

De Alice para Evie
22 de outubro de 1915

Em algum lugar na França

Querida Evie,

Eu sabia! Você sempre fica zangada antes de admitir que gosta de um menino. Mas falar de *amor*!? Minha amiga, nunca pensei que ouviria você pronunciar essa palavra. Você gostava de Tim Smith e Peter não-sei-quê. Você gostava de Jonathan Sawyer. Mas, meu Deus, será que agora é *amor*?

E por quem seria esse *amor* – Thomas Harding ou John Hopper? Percebi que você deixou isso um tanto ambíguo em sua última carta, sua provocadora! Mas, falando a sério, como poderia ser qualquer outra pessoa além de Tom? Entre todos os rapazes, ele é único. Ele é charmoso sem saber, inteligente sem ser arrogante e gentil sem querer nada de volta. Ele a conhece por quase toda a sua vida, e a energia entre vocês dois é imediatamente aparente para qualquer um.

Será que ele beija bem? Você terá que me contar quando isso acontecer! Não estou tão certa sobre esse tal de Hopper. Você não disse que Tom faz algumas ressalvas a ele? Além disso, ele não está na guerra, está? Devo dizer que isso me levanta certas dúvidas quanto ao caráter dele. Mas, se minha Evie gosta tanto dele, tenho certeza de que também gostarei.

Quanto a mim, fui transferida da enfermaria. Vou dirigir uma ambulância! Já vi algumas outras enfermeiras fazer o mesmo, embora não em grande número. Imagine *a mim* ao volante, correndo pela estrada em alta velocidade – a garota que destruía bicicletas a cada passeio. Às vezes me pergunto se eles estão loucos ao me dar tal responsabilidade, mas realmente precisam muito. Estou muito grata pelas aulas com Billy Peters no início deste ano! Vou ajudar a carregar os feridos e correr para os trens hospitalares com minha carga preciosa. Pense nisso! Serei uma heroína. Se as circunstâncias não fossem tão terríveis, eu colocaria um lenço de piloto e talvez um pouco de ruge para ter boa aparência. Infelizmente, não é hora para minhas bobagens. É um negócio sério salvar vidas.

Como vão as coisas em casa? Estou morrendo de saudades suas.

Gros bisous (como dizem os franceses),

Alice

De Thomas para Evie
28 de outubro de 1915

Em algum lugar na França

Minha querida Evie,

Não consegui escrever para você nestes últimos quinze dias. Tenho estado mal-humorado e zangado, sem nada de bom para dizer. Desespero. É o que tenho sentido. Desespero que esta praga continue e que eu esteja no meio dela; desespero porque meu pai está cada vez mais fraco, e eu não posso estar lá para os últimos dias dele. Isso me corrói.

Apesar de ter sido breve, minha volta para casa me deixou mal-acostumado e não consigo pensar em nada além de boas refeições, dormir em minha cama quentinha e em sua risada alegre. É uma risada infecciosa, sabia? O garçom do Simpson's ficou encantado com ela – e com você –, embora seja mais provável que tenha sido o seu vestido escandaloso a chamar a atenção dele. Sério, quando você usa azul, você não dá nenhuma chance aos homens.

Tenho participado de torneios de cartas com os soldados depois que escurece. Usamos seixos como fichas e apostamos produtos que chegam de casa. Ao vencedor, os despojos. É o único momento no qual não sinto vontade de gritar até que meus pulmões estourem ou que alguém atire em mim. O que vier primeiro.

    Obrigado por estar comigo quando voltei. Por estar *realmente* lá. Com a exceção de meu pobre pai, foi uma semana de dias perfeitos. Espero que haja mais deles em breve.

    Seu,

Tom

De Evie para Tom
5 de novembro de 1915

Richmond, Inglaterra

Meu querido Tom,

    Nunca as semanas passaram tão lentamente. Em um minuto você está aqui, e é como se não tivéssemos nenhuma preocupação, e no seguinte você já se foi, e o que sobra é um silêncio terrível e uma preocupação sem fim. Todos os dias, desde o seu retorno, procurei meu nome na mala postal. Todos os dias tive de suportar a decepção de não encontrar nada. Você não imagina o alívio quando recebi sua carta, mas agora enfrento uma angústia inteiramente nova, visto que você parece tão melancólico. Mais do que nunca.

    É insuportável estar de volta? O seu tempo aqui não serviu para animá-lo e lembrá-lo das razões de estar lutando? Tente se lembrar daquele rosbife e pense que voltaremos ao Simpson's. Se ao menos Will ainda estivesse aí para alegrar você... Ele diria para você não ficar macambúzio e iria, sem dúvida, fazê-lo rir com uma das histórias ridículas dele. Sinto muito a falta dele, Tom. Sinto falta de tantas coisas...

    Você sem dúvida deve ter ouvido as notícias terríveis sobre Edith Cavell, executada em Bruxelas por ajudar prisioneiros de guerra a fugir para a Holanda. Estava em todos os jornais. O país está em pé de guerra.

O sentimento antialemão nunca foi tão alto. Os homens estão correndo para os escritórios de recrutamento. Fiquei muito abalada com a notícia. Eu tolamente imaginava que mulheres como Cavell seriam imunes às balas alemãs. Parece que ninguém está seguro. Ninguém. Preocupo-me terrivelmente com Alice. Ela escreveu contando que se tornará motorista de ambulância. Ela não para de me surpreender. Quando me lembro de como ela sofria para se equilibrar na bicicleta, realmente me preocupo com os pobres homens que ela transporta. Mas a verdade é que Alice sempre gostou de um pouco de drama, não? Sempre gostou de se jogar precipitadamente em alguma aventura maluca. Só espero que a guerra não seja uma aventura maluca demais.

Você notou a data desta carta? Noite de Guy Fawkes, noite das fogueiras. A fogueira no parque é muito menor neste ano – você deve se lembrar de como costumava ser enorme. Tornamo-nos bastante eficientes na conservação de tudo, inclusive de madeira. O que será que Fawkes e todos os seus conspiradores pensariam dessa guerra na qual nos encontramos? Ela faz com que seus poucos barris de pólvora pareçam insignificantes. Lembrar, lembrar. Nossa, Tom. Tudo o que quero fazer é esquecer.

Vou com certeza visitar seu pai, assim que puder passar algum tempo longe de minhas obrigações aqui. Ele está no melhor lugar e não há nada mais que você possa fazer por ele, a não ser deixá-lo orgulhoso por saber que você está se saindo tão bem por aí.

Devo terminar. Mamãe está me chamando para ajudá-la na última arrecadação de fundos. Se eu continuar bebendo tanto chá, tenho certeza de que acabarei afogada.

Sua,

Lady Evelyn Elliott

P.S.: Devo me desculpar por ter choramingado em seu ombro na nossa despedida. Eu não sei o que deu em mim. Em meu desespero, eu me esqueci de lhe dar meu último esboço, então o incluo aqui. Essa criaturinha é um espinheiro. Eu o acho adorável.

P.P.S.: Quanto ao meu vestido ser escandaloso! Sério, Tom, você é terrivelmente antiquado às vezes. Seus olhos pulariam das órbitas se você visse as mulheres que trabalham nas fábricas de munições. Elas usam calças, Tom. Calças!

P.P.P.S.: (Desculpe, provavelmente deveria ter começado outra carta.) Incluo aqui a última coluna.

A GUERRA DE UMA MULHER

por nossa correspondente especial em Londres,
Genevieve Melro

"Quando os meninos voltam para casa"

Há momentos breves nos quais parece que não somos um país em guerra. São aquelas horas ocasionais quando tomamos um chá com uma amiga ou passeamos no nosso parque favorito, rimos de uma piada ou de alguma lembrança bem-humorada e quase esquecemos o que acontece do outro lado da Mancha. Quase esquecemos, mas não totalmente. Ainda que o peso da preocupação ou do pesar seja, por alguns momentos, retirado de nossos ombros cansados, ele está sempre por perto, como a sombra que nos persegue.

Talvez o momento de maior alívio seja quando um ente querido volta para casa de licença. Eles entram novamente em nossas vidas e em nossas casas como quem volta de uma saidinha para comprar o leite ou o jornal. Como fantasmas, eles surgem em nossas cozinhas e nossos corredores e suas presenças não nos parecem totalmente reais.

Tê-los de volta é uma agonia deliciosa. Todas as nossas esperanças e sonhos se tornam realidade. Aqueles longos meses sem eles, dissipados no ar. Eles estão aqui – em nossas casas e em nossas camas, em nossas mesas e ao nosso lado. Ainda assim, há algo diferente. Parte deles não está aqui conosco. Ainda está lá, com seus companheiros. Com seus irmãos em armas. E, ainda que os amemos com todas as nossas forças, parte de nós não ousa se aproximar demais, em razão do que sabemos estar sempre lá, nas sombras: a certeza de que eles devem voltar e que, ao partirem, recomeçaremos nossa própria batalha para não perder a esperança.

Talvez nunca entendamos a vida que levaram enquanto estavam longe de nós. Talvez nunca entendamos por que querem voltar às trincheiras ou dar lugar ao próximo homem a ganhar licença. Talvez nunca entendamos os horrores que veem nos sonhos e que os fazem gritar na escuridão enquanto tentamos consolá-los e lembrá-los de que estão em segurança. Talvez nunca entendamos nada disso.

Eles voltam como maridos, amantes, irmãos, amigos – mas voltam também como soldados. A guerra é parte deles agora. Parte do que eles sempre serão. E nós os amaremos enquanto estiverem aqui e quando voltarem para lá.

Nós os amaremos até vê-los novamente, pois, não importa o quão longe de casa estejam, nunca estarão longe de nossos pensamentos e de nossos corações.

Até a próxima – coragem!

Genevieve

De Thomas para Evie
10 de novembro de 1915

Em algum lugar na França

Querida Evie,

Ignore as manchas marrons. Tenho um corte acima do olho que não para de sangrar. Fui atingido por um estilhaço hoje à tarde. Não tenho muito papel. Se tivesse, jogaria este fora e começaria de novo. Seguindo as ordens do tenente-coronel Duncan, meu superior, nós nos embrenhamos numa floresta não longe do rio ▓▓▓▓▓. Havia arame farpado da colina até o rio, então sabíamos que os Boche (gíria francesa para designar os alemães, se você não sabe) estavam por perto ou tinham montado uma armadilha. Checamos os entornos da floresta, aliviados por não acharmos ninguém. Mas, quando nos demos conta de que estávamos sobre um campo minado, já era tarde demais.

Duas minas explodiram, matando uma dúzia de homens. Eu corri em torno da floresta como um louco, ordenando que meus homens me seguissem. Ou explodiríamos ou conseguiríamos sair correndo de lá. Tentar pisar nas pontas dos pés, suando a cada passo, seria difícil demais. Felizmente, perdemos só mais um homem na retirada.

"Arrisque a sorte", Will costumava dizer. "Na vida também, Tom. Sempre arrisque a sorte." Era a voz dele que eu ouvia enquanto corria. Juro que ele me salvou.

Fiquei bem abalado depois, arrasado com a falta de sentido nisso tudo e nessas armas que criamos para aniquilar cada vez mais gente. Um bom amigo foi mandado para o hospital. Ele perdeu pelo menos um membro. O rosto dele também estava em mau estado, mas acho que ele vai sobreviver. Não sei o que vai ser dele quando descobrir que estará em uma cadeira de rodas para o resto da vida. Ele era um campeão de *rugby* na universidade. Vai ficar arrasado, pobre sujeito. Pelo menos está vivo, mas não sei se isso é grande consolo para alguns.

Ouvi sobre Edith Cavell. Que tipo de homem atira em uma mulher, ainda mais uma mulher que dedicou a vida a salvar outras pessoas? Se eu estivesse naquele pelotão de fuzilamento, teria me recusado a atirar e enfrentado a punição por desobediência. Não foi honrado e, neste momento de tanto sofrimento, a honra de um homem é o que o diferencia de um animal.

Em um assunto mais leve, já tenho um pequeno caderno com seus esboços de passarinhos. Note que desta vez não tentei copiar um deles. Com a mão machucada e o supercílio sangrando, minha tentativa de desenhar um pintassilgo ou um sabiá seria engraçada. Até escrever está difícil hoje.

Evie, sobre as suas lágrimas. Foi agradável sentir-me apreciado e saber que alguém sente a minha falta e que teme por mim. Ofereço meu ombro para a sua face quando quiser. Espero ter a sorte de senti-la novamente.

Seu,

Tom

P.S.: Estaria mentindo se dissesse que não tive vontade de chorar ao descer em solo francês de novo. Além disso, também sinto falta de Will. Todo santo dia.

De Evie para Alice
20 de novembro de 1915

Richmond, Inglaterra

Querida Alice,

Sinto muito. Parece que não acho tempo para escrever. Estou muito ocupada nos correios com a chegada do Natal, que traz uma chuva de novas cartas todo dia, e, como as trilhas estão geladas demais para pedalar, deixo Ferrugem em casa e faço as rondas a pé. Além disso, minha coluna toma mais tempo do que imaginava. Quando caio na cama, estou exausta e sem poder pensar. Quando consigo pensar, no entanto, acabo voltando aos mesmos pensamentos e continuo tão confusa quanto antes sobre as questões sentimentais.

Você não conhece John Hopper, e não posso esperar que tenha grande simpatia por ele, mas garanto que ele é o cavalheiro perfeito: bonito, engraçado, inteligente (e bem-sucedido em seus muitos empreendimentos). É muito difícil não ser conquistada pelo charme da companhia dele (posso só imaginar a rapidez com que seus longos cílios bateriam ao olhar para ele). O que se pode fazer quando se está totalmente privada de companhia masculina? John me encoraja a escrever e fala das oportunidades que poderão aparecer quando a guerra acabar. Ele crê firmemente que as mulheres estarão mais bem posicionadas para manterem os papéis que assumiram durante a ausência dos homens. Ele fala muito de futuro, Alice. Mais de uma vez, ele já deu a entender que gostaria que eu fizesse parte do dele.

Quanto ao fato de não estar servindo no *front*, Hopper me garantiu que gostaria de estar, mas que tem uma função oficial junto ao Departamento de Guerra no *Bureau* de Propaganda (não me pergunte o que ele faz lá, é tudo muito secreto). Devemos lembrar que a guerra é travada de vários ângulos e nem sempre com um rifle na mão. Afinal, eles não dizem que a caneta é mais poderosa do que a espada?

E, em contrapartida, há Tom. Tenho certeza de que ele ainda me vê apenas como a irmã de Will e uma boa amiga, mas, quando estivemos juntos recentemente, houve momentos em que pensei que ele iria pegar minha mão ou olhar para mim de outra maneira. A última carta dele falava de "uma semana de dias perfeitos" que passamos juntos durante a licença. Ele também escreveu que gostaria de oferecer o ombro dele para a minha bochecha novamente em breve. Por mais que eu tenha adorado o tempo que passamos juntos, dou-me conta de que passamos a maior parte do tempo fazendo as mesmas brincadeiras despreocupadas que sempre existiram entre nós, e não com qualquer coisa que possa ser erroneamente interpretada como romance. Você sabe como gostamos de zombar um do outro – sempre foi assim. Com Hopper é diferente. Eu me sinto mais como uma mulher na companhia dele, mas me sinto mais como eu mesma na companhia de Tom.

Ah, Alice. É ridículo. Por que o amor tem de ser tão complicado? Suponho que a culpa seja minha por misturar sentimentos românticos nisso tudo. Não sei por que não posso simplesmente tratar de negócios com Hopper e enviar palavras de incentivo a Tom. Mas, aparentemente, não é possível escolher por quem, nem quando, nos apaixonar. Tom ficaria tão surpreso quanto eu se descobrisse os meus sentimentos. E não quero que descubra. Este é nosso segredo, Alice.

Tome cuidado na ambulância. Você nunca foi boa de direção e de controle quando o assunto é veículo sobre rodas.

Muito amor para você,

Evie

De Alice para Evie
22 de novembro de 1915

Em algum lugar na França

Querida Evie,

Mensagem rápida para dizer que você é uma garota de sorte por ter escolha no amor. Eu ficarei feliz com qualquer escolha sua – eu gosto mesmo é de *você*, e é isso que importa (ainda que você saiba quem prefiro. *Piscadela*.) Mas não sou eu que terei de me deitar ao lado dele, devotar meu amor pela eternidade, etc. e tal. Imagine só! Nunca pensei em mim mesma como casamenteira, apesar da minha obsessão por meninos, mas quem sabe? Meu soldado está totalmente recuperado e anda mais amigável do que de costume. E estou gostando. Conto mais em breve.

Alice

De Evie para Tom
25 de novembro de 1915

Richmond, Inglaterra

Meu querido Tom,

Como sou idiota. Acabei de encontrar uma carta que escrevi quinze dias atrás em resposta à sua última – mas nunca a enviei. Não entendia por que não havia resposta. Agora entendo. Tudo se move e muda tão rapidamente nesta maldita guerra que, ao reler minha carta, minhas palavras quase não fazem mais sentido – então a joguei no fogo e comecei de novo.

O que eu gostaria de dizer é que acho você incrivelmente corajoso por estar no meio de tanta coisa horrível. Você diz que arriscou e correu – arriscou a sorte. E é o que devemos sempre fazer. Eu concordo com Will. Devemos arriscar a sorte na vida, não é? Por que sentar e ver tudo passar por nós? Mais do que nunca, simplesmente não sei como o mundo estará a cada novo amanhecer. Tudo parece muito frágil. É como seda que desfia – quando o fio começa a se desfazer, é muito difícil fazê-lo parar. A guerra me faz questionar tudo. Faz que eu me sinta corajosa e, em seguida, tola e, depois, imprudente com minhas emoções, de modo que não sei mais quem sou.

Lamento, mas devo dizer-lhe que, nas duas semanas entre a carta que não mandei e esta nova tentativa, seu pobre pai piorou rapidamente. Tenho certeza de que Abshire entrou em contato para dizer-lhe isso. Acho que ele está desistindo da luta, Tom. Odeio ser portadora de más notícias, mas creio que você deve se preparar.

Sei que será difícil, mas desejo a você alguns momentos de paz.

Sua,

Evie

Telegrama de Charles Abshire para Thomas

```
1º DE DEZEMBRO 1915

PARA: TENENTE THOMAS HARDING, RANSART, NORD-PAS-DE-CALAIS,
FRANÇA
ENVIADO: 18:10                           RECEBIDO: 18:45

LAMENTO MUITO INFORMAR O FALECIMENTO DE SEU PAI. MORREU
TRANQUILAMENTE. NÃO SOFREU. VOU ENVIAR ÚLTIMA CARTA DELE.
CONTINUO NO LDT SOB DIREÇÃO DE JOHN HOPPER ATÉ SEU RETORNO.
BOA SORTE. SEU PAI TINHA MUITO ORGULHO DE VOCÊ. ABSHIRE.
```

Último Natal em Paris

De Charles Abshire para Thomas
2 de dezembro de 1915

Londres, Inglaterra

Meu caro Thomas,

Minhas sinceras condolências pela perda de seu pai. Ele era um grande homem e um amigo maravilhoso para mim. A falta dele será sentida por muitos. Como prometido, envio em anexo a carta que ele ditou para mim poucas horas antes de morrer.

Melhores votos,

Charles

Carta do pai de Thomas para Thomas

Meu querido filho,

Se eu pudesse reunir forças para rir da ironia que me colocou à beira da morte, eu o faria. Minha doença me deixou paralisado, mas Deus enviou os alemães para acabarem comigo. Suponho que tenha tido sorte demais nas batalhas daqueles anos na guerra da África do Sul. Agora meu tempo acabou, mas estou em paz. Aprecie as coisas boas, Thomas, elas escapam quando você menos espera.

Sei que nossas disputas passadas o levaram a acreditar que eu perdera a fé em você, mas nunca duvidei de seu caráter por um só minuto, ou de sua inteligência. Você torna o mundo um lugar melhor por estar nele. Tenha coragem, meu filho. Você sobreviverá a esta guerra horrível porque é forte – é todo coração, assim como era sua mãe – e viverá uma vida rica. A guerra tem um jeito de tornar todo o resto ainda mais doce. Não pense em nossas brigas ou em sua herança ao tomar decisões sobre seu futuro. Não importa o que aconteça, você deve trilhar seu próprio caminho, assim como eu o fiz. Nada poderia me deixar mais orgulhoso. Por favor, saiba que estarei sempre com você, protegendo-o.

De todo o coração,

Seu Pai

De Evie para Thomas
5 de dezembro de 1915

Richmond, Inglaterra

Meu querido Tom,

Sinto muitíssimo. Soube da morte de seu pai por Hopper. Ele me disse que Abshire escreveu para você imediatamente. Parece que ele se foi tranquilamente, o que suponho ser o que todos desejamos no fim. Espero que isso o conforte, Tom, apesar de saber que você estará desesperadamente triste por não estar aqui.

Confesso que tenho evitado escrever para você desde que soube do acontecido. Simplesmente não encontrava palavras para expressar meus sentimentos de modo adequado. Já passamos por isso antes, não? Tenho a impressão de não ter mais a capacidade de escrever de forma eloquente sobre morte e dor. Mas, a cada dia desde que eu soube da morte de seu pai, sentia-me cada vez pior por deixá-lo sem uma palavra minha. Assim, isso é o que melhor consigo fazer.

O enterro foi muito digno. Você teria ficado orgulhoso. Sei que você e seu pai tinham as suas diferenças (como todos os pais e filhos), mas no final das contas você tem todas as razões para ser um filho muito orgulhoso. A guerra deve, no mínimo, fazer-nos dar valor à vida, com todas as suas frustrações e desacordos. Eu me encontro mais compreensiva em relação ao "jeito" de minha mãe. Algumas vezes até sinto um enorme carinho por ela.

E, apesar de adorar receber suas cartas, detesto saber de suas batalhas e dos ferimentos terríveis sofridos por suas tropas. Cheguei a pensar em pedir que você fosse menos explícito em suas descrições, mas isso seria uma covardia. Preciso ouvir a verdade, porque temos muito pouco disso nos jornais. Tudo é ainda emoldurado pela ideia de bravura e de batalhas vitoriosas contra o inimigo. Se dependesse do governo, acreditaríamos que vocês estão se divertindo por aí. As manchetes nunca são mais sinistras do que "Tropas fazem progresso" e "Um dia promissor". A execução de Cavell foi evidentemente usada para criar um sentimento patriótico entre aqueles que ainda não estavam alistados. Há folhetos e cartazes por toda parte. "LEMBREM-SE DE CAVELL" e "VÁ AGORA!". As mulheres são pressionadas a encorajar filhos e marido a ir. Fala-se de conscrição obrigatória no futuro próximo. Hopper acredita que a lei será decretada no início do novo ano, e então todos terão de ir. Seremos, então, uma nação de mulheres, sozinhas.

Receio não ter nenhum pássaro para você desta vez, mas estou trabalhando em um esboço e mando assim que possível. Quando estudo meu manual ou vejo os pássaros no jardim, pego-me pensando como seria bom se *eu* fosse um deles. E você também, Tom, e todas as pobres almas aí. Que liberdade teríamos! O prazer de estender nossas asas e voar para longe, escolher nossa própria direção, achar uma corrente de ar quente e subir bem alto. O que somos nós se comparados aos pássaros no ar? Somos apenas vermes, escavando no escuro da terra. Pensamos ser diferentes, mas somos os maiores tolos.

Talvez esteja sendo boba, mas ainda imagino nosso Natal em Paris e rezo, com todo o meu coração, para que este não seja o nosso último Natal. Imagino todos os futuros e pacíficos Natais à nossa frente, esperando para serem preenchidos com alegria e júbilo e canções natalinas e bom conhaque. Imagino um passeio ao longo do Sena em uma tarde de inverno, sem destino certo. Dizem que a luz em Paris é extraordinária. Imagino que um pequeno raio dela descansa em meu coração, para iluminar estes dias tão sombrios.

Com meus mais sinceros sentimentos por sua perda,

Evelyn

P.S.: Alguns versos de Blake. Boa noite, meu amigo.

> *No horizonte o sol poente*
> *E a estrela vespertina a brilhar;*
> *Os pássaros em ninho silente*
> *E o meu ainda preciso encontrar.*

De Evie para seu editor
6 de dezembro de 1915

Richmond, Inglaterra

Prezado sr. Davies,

 Envio em anexo minha última coluna (John Hopper já a leu, mas gostaria de ter sua opinião sobre a necessidade de alguma mudança). Eu sei que o senhor pediu para evitar o tema da morte ou algo muito mórbido, mas estamos em guerra, senhor, e temo que os dois assuntos sejam inevitáveis.
 Já perdi meu único irmão nesta guerra e, recentemente, um amigo muito querido perdeu o pai em decorrência do recente ataque de zepelim em Londres. Não é justo esperar que as mães e esposas e irmãs dos mortos carreguem sua dor em silêncio. Portanto, acho importante que sejamos encorajadas a falar sobre aqueles que perdemos.
 Fiquei contente ao saber que o senhor recebeu várias cartas elogiando minhas duas primeiras colunas. Atrevo-me a considerá-las cartas de fãs? Gostaria muito de lê-las e queria saber se o senhor faria a gentileza de encaminhá-las para mim.
 Estou mais certa do que nunca de querer fazer carreira como jornalista quando a guerra acabar e as coisas voltarem ao normal. Ouvi dizer que há repórteres mulheres no *front* – Nellie Bly, por exemplo, reportando para o *New York Evening Journal* direto do *front* oriental. Não seria incrível ter uma Nellie Bly só sua, como correspondente do *LDT*? Eu nunca gostei

muito de tricô e, considerando que ver sangue me deixa enjoada, também não sou realmente talhada para enfermagem. Ser correspondente de guerra talvez possa ser uma contribuição mais eficaz.

Tive o desprazer de ler recentemente um livro do escritor Arnold Bennett que é da opinião de que "jornalistas homens e mulheres jornalistas... são tão organicamente diferentes uns dos outros quanto um cachorro de um gato". Ele acredita que "as jornalistas" não são confiáveis e desconsideram prazos. Ele continua e acusa "as jornalistas" (como se fôssemos todas uma só pessoa) de desatenção aos detalhes; descuido com ortografia, gramática e pontuação; e por escreverem uma prosa sem moderação. Se o senhor algum dia encontrar este sr. Bennett, peço-lhe que corrija as "opiniões" dele antes de dar-lhe um tapa firme na bochecha, em meu nome.

Mandarei mais na próxima semana (se as inadequações femininas assim o permitirem).

Atenciosamente,

Evelyn Elliott

A GUERRA DE UMA MULHER

por nossa correspondente especial em Londres,
Genevieve Melro

"Notas sobre o luto"

A vida continua, é o que dizem. Mas não tenho tanta certeza.

Sim, acordamos todas as manhãs, lavamo-nos, vestimo-nos, conversamos, atravessamos o dia, rezamos, dormimos. É a repetição infindável do que devemos fazer para sobreviver. Mas eu pergunto a vocês, mulheres da Grã-Bretanha: seria isso viver ou simplesmente sobreviver? Parece-me que não nos saímos muito melhor do que nossos homens nas trincheiras, no que diz respeito a viver a vida plenamente. Suportamos. Lutamos. Sobrevivemos. Somos todos soldados.

A vida não continua quando nossos entes queridos nos deixam. De muitas maneiras, a vida também nos deixa. A vida que conhecemos, a vida que havíamos antecipado, a vida pela qual esperamos – tudo isso desaparece de uma hora para outra quando chega o temido telegrama. "Lamento informá-la..." Há palavras mais dolorosas?

Lemos as condolências e a breve descrição de como morreu nosso ente querido. Caímos de joelhos, e nosso coração sofre com uma dor – uma dor física – que ainda não conhecíamos. Ainda assim, de alguma forma, conseguimos levantar e nos lembrar de como respirar.

Nós continuamos.

A vida, de outra forma, continua.

Somos encorajadas a não falar sobre nossas perdas, trancá-las a sete chaves e sofrer em silêncio. Vemos isso em toda parte – nos rostos pálidos de nossas amigas e vizinhas, na relutância em se olhar nos olhos –, mas não falamos sobre isso nem insistimos nisso.

Nós continuamos.

Devemos quebrar esse silêncio e falar e gritar e urrar e chorar. Eu as encorajo a falar sobre seus entes queridos, a compartilhar lembranças felizes, a se lembrar de pequenos momentos afetuosos: uma piada, um apelido, um brinquedo ou livro favorito. Não devemos consignar nossos bravos homens a um passado silencioso em que, nos próximos anos, eles serão esquecidos, nunca mencionados. Eles merecem muito mais do que isso. Eles merecem nossa força e nossa bravura. Eles merecem ser lembrados. Devemos manter viva a memória deles, através de nossas palavras e de nossas reminiscências, tanto em privado quanto em público.

Nossas perdas nesta guerra serão as mais difíceis que teremos de suportar, mas podemos suportá-las juntas, partilhando um bule de chá fraco ou sentadas ao lado do fogo, onde as memórias felizes brilham forte se encontramos forças para compartilhá-las.

Até a próxima – coragem!

Genevieve Melro

Último Natal em Paris

De Thomas para Evie
10 de dezembro de 1915

Em algum lugar na França

Querida Evie,

Obrigado por suas palavras gentis sobre meu pai. Eu não sabia, até agora, se ele havia decidido me deixar o jornal, mas fiquei aliviado ao descobrir que está tudo em ordem. Não tenho certeza do caminho a tomar, mas queria pelo menos ter a escolha. Eu o deixei tão furioso que pensei que ele podia muito bem ter deixado o negócio inteiramente para John Hopper. Hesito em explicar por que ele teve problemas com Hopper no passado, já que vocês são bons amigos e colegas. Vou deixar assim por enquanto.

Às vezes penso no jovem que eu era antes de isso tudo começar. Como podia ser tão cego, tão otimista e tão ingênuo sobre tudo? Não me importava com nada além de críquete e meus estudos. Pelo menos sempre tratei a todos com respeito, inclusive as mulheres. Falando em tratar as mulheres com respeito, o que acontece aqui diariamente é uma vergonha. As prostitutas ficam em torno do quartel e são levadas de ônibus para os hospitais de campanha. Já vi alguns soldados franceses oferecer as irmãs a outros homens. É grosseiro, eu sei, mas é uma realidade da guerra, suponho. Não posso dizer que me interesse. Não sei como alguns sujeitos fazem isso. Se respeitassem as próprias mães e irmãs, não tratariam as mulheres assim. Não há muito que me interesse hoje em dia, devo admitir. Visto daqui, tudo é bem cinzento, especialmente depois da morte de meu pai e de vários outros amigos que enterrei nesta semana. O único alívio vem no sono. Quando ele chega, estou tão exausto que não sonho e sou grato por isso. É uma fuga por algumas horas.

Espero que goste do diário que enviei. Comprei em uma pequena loja, em uma cidade próxima. O próprio *monsieur* faz o papel, e a esposa dele faz toda a arte da capa e das páginas internas. Os pássaros me fizeram pensar em você. O lenço em anexo é para lágrimas futuras. Espero que nenhuma seja causada por mim. E desejo mais do que qualquer outra coisa que você esteja feliz, em segurança e esperançosa, minha forte e querida amiga. Eu não consigo ser nada disso neste momento.

Afetuosamente,

Tom

De Jack Davies para Thomas
15 de dezembro de 1915

Fleet Street, Londres, Inglaterra

Para o Tenente Thomas Harding,

Escrevo com más notícias. Desde que seu pai adoeceu até recentemente, Charles e eu editamos o jornal – o que quer dizer que eu edito o jornal. Agora John Hopper se mete sem rodeios nos negócios do *LDT*.

Deixe-me ser claro. Seu primo aparece na redação e cria pequenas crises, insultando os funcionários. Ainda ontem ele dispensou vários dos meus colunistas sem me consultar. A falta de papel significa que precisamos diminuir nossas colunas, é verdade, mas fazê-lo abruptamente, sem nos consultar – e daquele jeito! Além disso, ele ameaçou Charlie Abshire e tem planos de contratar seus próprios escritores quando pudermos expandir novamente. O pessoal está indignado, e, francamente, eu também.

Em suma, Tom, estamos em guerra aqui na Fleet Street, e a confusão é total.

Você sempre foi um sujeito inteligente e trabalhador. Tenho absoluta certeza de que você é capaz de corrigir as coisas novamente. É hora de você tomar o comando, como seu pai sempre quis.

Por favor, instrua-me sobre como proceder, ou vou ter uma conversinha com seu primo, e você perderá um editor-chefe.

Aguardo sua resposta.

Atenciosamente,

Jack Davies

Último Natal em Paris

De Thomas para Jack Davies
16 de dezembro de 1915

Em algum lugar na França

Caro sr. Davies,

Obrigado por sua sinceridade, como sempre. Nunca quis Hopper na redação, mas não tive escolha, em razão desta maldita guerra. Escreverei imediatamente para ele, lembrando as obrigações – e os limites – dele. A última coisa que queremos é que ele deixe tudo mais difícil quando já estamos atolados em bosta.

Faça-me um favor e fique de olho em Evelyn Elliott, sim? Ela é uma boa amiga, e a possibilidade de que se deixe levar por Hopper me enfurece. Se chegar a isso, eu mesmo entrarei na guerra do jornal.

Continue o bom trabalho, Jack.

Sinceramente,

Tenente Thomas Harding

De Thomas para John Hopper
17 de dezembro de 1915

Em algum lugar na França

Caro John,

Fui informado de que colunistas foram dispensados sem consentimento e que houve mudanças no conteúdo do jornal. Também fui informado de que há grande animosidade por parte dos funcionários. Hopper, eu aprecio tudo o que você está fazendo para ajudar o negócio, mas causar um motim com meu editor-chefe, insultar Charles Abshire e tomar decisões sobre o futuro do jornal sem o meu envolvimento não é o que eu tinha em mente. Tudo isso é inaceitável. Mais uma vez, peço que você me consulte antes de tomar tais decisões e, caso eu não as aceite, respeite minha decisão e faça o que eu solicitar. Se esses relatos preocupantes continuarem, procurarei a ajuda de outra pessoa.

Espero ter sido claro. Não tenho interesse em tomar decisões extremas, mas farei o que for necessário para proteger os interesses do *LDT*.

Sinceramente,

Tenente Thomas Harding

De Evie para Thomas
18 de dezembro de 1915

Richmond, Inglaterra

Querido Thomas,

O que posso dizer que ainda não tenha sido dito? Eu gostaria que minhas palavras pudessem animá-lo, aquecer seus pés e mãos e trazer consolo para seu coração. Não se preocupe com as ações dos outros homens. Mantenha-se fiel aos seus próprios princípios. Embora eu não consiga entender os impulsos dos homens nem o desespero que você deve enfrentar todos os dias, posso lembrá-lo daqueles que sentem sua falta, pensam em você e gostariam que você estivesse em casa.

Também posso dizer como fiquei emocionada por você ter pensado em mim ao ver aquele lindo diário. Vou cuidar dele com carinho e prometo preenchê-lo apenas com felicidade e esperança, não com tristeza. A tristeza não tem lugar em algo tão bonito. Guardarei o lenço de renda em uma gaveta até poder enxugar lágrimas de alegria ao saber que a guerra acabou e que vencemos e que você está de volta, são e salvo.

Penso em você todos os dias, Thomas Archibald, e sei que você vai suportar. Afaste esses pensamentos sombrios. Afaste seus medos e a fome. Você deve permanecer forte. É uma ordem.

Escreva logo e com frequência. Fico muito irritada quando passo muito tempo sem notícias suas.

Sua amiga esperançosa,

Evie

De Evie para Alice
18 de dezembro de 1915

Richmond, Inglaterra

Querida Alice,

Preciso contar-lhe que o pai de Tom morreu no início do mês. Pobre Tom, está extremamente triste e parece não ter objetivos ou esperança. Sinto-me impotente com ele tão longe e acompanhado apenas pelas preocupações e por inimigos. Ele escreve sobre coisas estranhas: prostitutas e o comportamento inapropriado das tropas. Ao mesmo tempo, ele me mandou o mais lindo diário, decorado com pássaros, e um lenço – para minhas lágrimas, ele diz. Não é um lindo sentimento?

Estou mais confusa do que nunca. Por um momento, ouso acreditar que Tom sente algo por mim. Em seguida, pareço novamente não ser mais do que uma amiga. Dou a entender certas coisas em minhas cartas para ele, oferecendo-lhe a oportunidade de declarar quaisquer sentimentos por mim, mas ele não as entende (você sabe como são os homens com as sutilezas), ou opta por ignorá-las. Eu mantenho as cartas dele sob meu travesseiro agora. Como a princesa e a ervilha sob seus muitos colchões, meu sono é perturbado pelas palavras dele. Enquanto ele lutar para conseguir dormir em paz, vou fazer o mesmo. E no meio disso aparece John Hopper, com sua conversa interessante e seus cigarros turcos, sua colônia cara e suas ambições. Ele quer ser o comandante da Fleet Street, tenho certeza disso. Fica cada vez mais difícil resistir aos encantos dele.

Onde você está agora? Pode dizer? Rezo para que não esteja perto dos ataques com gás às tropas francesas. É difícil acreditar que em breve celebraremos nosso segundo Natal na guerra. Você se lembra do discurso empolgante de Lloyd George, "A guerra para acabar com todas as guerras"? Disseram que tudo estaria acabado no Natal. Só não disseram qual, não é mesmo?

Meus ossos doem de frio e ansiedade. Papai e eu vasculhamos os jornais em busca dos nomes dos Desaparecidos, Feridos e Mortos todos os dias. Com que facilidade passamos por cima dos nomes desconhecidos. Lista após lista. Página após página. E, ainda assim, cada um, cada nome, é uma pessoa, um filho muito amado, um irmão, um marido, um amante. Ontem fiquei tão furiosa que levei o jornal ao topo da colina de Richmond e gritei cada nome ao vento. Não sei quantos eram no total, mas fiquei lá muito tempo. O vento levou o nome deles pelo gramado. Espero que voem na brisa para sempre. Eles se foram, mas não serão esquecidos.

Desejo a você um feliz Natal e, a todos nós, um Ano-Novo mais feliz e vitorioso.

Escreva logo – e lembre-se de que o pedal do freio está no meio.

Com muito amor,

Evie

De Alice para Evie
24 de dezembro de 1915

Em algum lugar na França

Minha querida Evie,

Obrigada por me contar sobre o sr. Harding. Uma pena que Tom tenha perdido o funeral do pai. E sinto muito que você sinta a ausência de Tom tão intensamente. Ele vai sobreviver! Diga isso todos os dias em seu coração e em voz alta no topo daquela colina. Algumas vezes é preciso acreditar apaixonadamente, com todas as nossas forças, para fazer com que as coisas aconteçam. Você sempre foi cheia de vontade e otimismo. Não se curve às sombras agora, minha amiga. Precisamos que nossa Evie seja forte e inspire outras pessoas com sua nova coluna.

Você precisava me ver dirigindo a ambulância. Já parece que nasci para isso. Vou pelas estradas em alta velocidade, evitando tiros e tudo o mais. Recolhemos os feridos cuidadosamente dos hospitais de campanha, e corro para o trem-hospital com só uma coisa em mente – enganar a morte! Às vezes tenho sucesso, outras vezes, não, mas sempre tento como uma louca. Por mais emocionante que seja, tenho muita saudade de casa. Eu daria qualquer coisa para estar em casa no Natal, neste ano.

Levante a cabeça, amor. Nós vamos superar tudo isso. Feliz Natal.

Com amor,

Alice

De Evie para Thomas
24 de dezembro de 1915

Richmond, Inglaterra

Querido Thomas,

Não tenho notícias suas já há algum tempo. Imagino que esteja frio demais para segurar uma caneta.

Apesar de saber que esta carta não chegará a tempo, queria – mais uma vez – desejar um feliz Natal e dizer que estou pensando em você e pensarei em você especialmente no dia 25. Quando ouvir os corais de Natal nas praças da cidade, vou me juntar a eles e cantar para o querido Will e para você, e por todos os bravos homens que lutam, e vou rezar por tempos mais felizes e pela vitória futura.

Com os melhores votos e um brinde aos Aliados,

Evie

PARIS

20 de dezembro de 1968

Uma névoa matinal paira sobre o Sena, tingida de ouro rosa pelo frágil sol de inverno. Esses eram seus momentos favoritos: logo após o sol nascer e um pouco antes de o sol se pôr. As beiradas do dia, ela os chamava. Ela tinha muitas maneiras elegantes de ver as coisas. Ela me ensinou a ver o mundo de maneira muito diferente.

Mas meus pensamentos nesta manhã estão com Will. Meu amigo de infância, meu conselheiro e meu colaborador. O homem que estava ombro a ombro comigo quando passamos por cima das trincheiras pela primeira vez. Sua presença era um clarão de luz em um mundo sombrio. De todos nós, por que foi ele a partir? Nunca entendi as escolhas do Destino nos campos de batalha.

Margaret se preocupa com o cobertor enrolado em minhas pernas. Resmunga alguma coisa sobre eu pegar um resfriado e depois retoma sua posição atrás da cadeira para me empurrar. A indignidade de uma cadeira de rodas é insuportável para um homem com tanto orgulho, mas, como é a única maneira de chegar aonde quero ir, que assim seja.

Movemo-nos com facilidade, ainda é cedo. Os pombos passam e arrulham enquanto avançamos. A batida de suas asas quando levantam voo me leva de volta às trincheiras e aos pombos-correios que chegaram ao *front* em cestos de vime, para serem despachados com mensagens de volta à base. Eu sempre pensara neles como uma praga, mas suponho que todos encontram sua verdadeira vocação em tempos de guerra. Até os pombos corajosos foram condecorados e saudados como heróis.

Além dos pássaros, tudo é silêncio ao longo dos bulevares parisienses. Os carros ainda não engarrafam as ruas. Há apenas um sino que toca na torre de uma igreja próxima. Essas horas tranquilas são uma bênção, eu penso.

Procuro as abotoaduras no bolso. Ela queria que eu as deixasse em seu túmulo, mas sair da cidade e ir aos cemitérios militares é uma jornada difícil demais para mim, especialmente com neve pesada. Creio que ela teria ficado satisfeita com minha solução.

Margaret compra rosas de Natal no mercado das flores e é entre as pétalas aveludadas que coloco as abotoaduras. Deixo-as no Arco do Triunfo, no Túmulo do Soldado Desconhecido. É o melhor que posso fazer. Com os olhos marejados, olho para o túmulo e leio a inscrição.

Ici repose un soldat mort pour la patrie. 1914-1918[1]

Margaret coloca as rosas ao pé da laje de pedra, ao lado da chama eterna, e pela última vez desejo ao querido Will um Feliz Natal e minha despedida mais afetuosa.

– Ele foi um dos homens mais corajosos que já conheci, Margaret.

Ela enxuga as bochechas. Suas lágrimas brilham à luz do sol.

– Eu sei, sr. Harding. Eu sei.

---

[1] "Aqui jaz um soldado que morreu pela pátria." (N.R.)

Mas ela não sabe. Ninguém poderia saber, a menos que estivesse lá. Somente aqueles de nós que viveram aqueles dias podem saber de verdade. É uma tristeza que nunca me deixou, e estou contente com este lugar, este túmulo, esta chama eterna. Uma lembrança do que foi perdido. Uma lembrança, para que nunca esqueçamos.

É por isso que agora sou grato pelas cartas. Elas talvez sejam a lembrança mais viva de todas.

De volta ao apartamento, com o fogo crepitando na lareira, sento-me na cama com a cabeça apoiada em muitos travesseiros e continuo lendo...

PARTE TRÊS

1916

"Nos campos de Flandres, as papoulas explodem
Entre as cruzes enfileiradas
Que marcam nosso lugar; e no céu
Voam as cotovias, cantando bravamente,
Ainda que pouco ouvidas entre as armas lá embaixo."

– John McCrae, *Nos campos de Flandres*

De Thomas para Evie
1º de janeiro de 1916

Em algum lugar na França

Querida Evie,

 Espero que tenha aproveitado o Natal ou, dada a situação, que tenha aproveitado o máximo possível. Sei que a sua família deve ter sofrido neste primeiro Natal sem Will. Pensei muito em vocês.

 Obrigado, como sempre, por suas palavras gentis e encorajadoras no mês passado. Nas últimas semanas, sentia como se uma nuvem escura pairasse sobre mim, e o falecimento de meu pai impediu que me livrasse dela. Passar outro Natal em guerra exacerbou as coisas, mas estou respirando melhor agora que as festividades e a lembrança incessante de tudo que perdi ficaram para trás. Temos um novo ano à frente. Embora eu esteja perdendo a esperança de algum dia voltar à Inglaterra inteiro – ou simplesmente voltar –, o tempo segue em frente, sem dar atenção às loucuras dos homens. Há algo estranhamente reconfortante nessa verdade. O mundo vai em frente. Mais uma vez viajaremos ao redor do sol.

 Em uma nota mais leve, você não vai acreditar, mas encontrei Alice Cuthbert! Ela estava no hospital de campanha, dando ordens a todos como uma mãezona. Tenho a impressão de que ela encontrou a vocação dela. Ela tinha aquele jeito charmoso de sempre, embora o otimismo entusiasmado tenha diminuído um pouco. Ninguém consegue escapar da dura realidade da guerra. Mesmo assim, compartilhamos algumas histórias e boas lembranças de tempos mais felizes e fizemos um brinde de Natal aos amigos ausentes.

Você se importaria de enviar um novo par de luvas? Fomos informados de que faremos uma longa marcha nas próximas semanas, e as minhas estão em frangalhos. Quero evitar que meus dedos congelem.

Você é uma luz, Evie. Praticamente a única que vejo nessas noites intermináveis.

Seu,

Tom

De Evie para Thomas
10 de janeiro de 1916

Richmond, Inglaterra

Meu querido Thomas,

Feliz Ano-Novo!
Como sempre, adorei receber notícias suas. Pensei muito em você nesta última semana e fiquei encantada em saber que você e Alice se encontraram e brindaram com uma taça de qualquer coisa. O destino age de maneiras estranhas, não? Posso bem imaginá-la dando ordens e encantando a todos com aquele sorriso que ela tem. Imagino que uma companhia charmosa como a dela tenha sido um bom presente de Natal. Eu adoraria ter partilhado esse momento com vocês dois.

Como você suspeitou, o Natal por aqui foi comemorado muito discretamente. Nossos olhos não conseguiam evitar a cadeira vazia onde Will costumava sentar-se. Não parece certo sem ele aqui, sem as risadas e provocações dele. Acho que nunca vou me acostumar à ausência dele. É como se uma sombra tivesse se instalado em meu coração. Fiquei feliz quando chegou o dia de Natal e demos os presentes aos poucos funcionários e seguimos em frente.

Nenhuma outra novidade. Nada de mais acontece durante as festas, não é? Estou trabalhando na minha próxima coluna. Hopper está muito entusiasmado. Ele diz ter muitas ideias e assuntos caso eu fique sem inspiração. Falando nisso, já contei que agora recebo correspondência de "fãs"? Ou melhor, Genevieve recebe. É difícil não se sentir um pouco importante quando você se dá conta de que suas palavras atingiram e tocaram alguém – talvez até tenham ajudado alguém. Fico ainda mais decidida a continuar escrevendo.

Envio em anexo um pacote de novas luvas, meias, tabaco, chá e uísque. O que mais um sujeito pode desejar?

Escreva logo, meu querido.

Sua,

Evie

De Evie para Alice
11 de janeiro de 1916

Richmond, Inglaterra

Feliz Ano-Novo, minha querida amiga!

Quais são as notícias da França? Recebi uma mensagem de Tom ontem – ele contou que vocês se encontraram e levantaram um brinde de Natal. Como ele está, Alice? E a aparência dele? Estava relativamente animado? Invejo você por ter passado algum tempo com ele. Por favor, escreva e me conte o que foi dito. Eu conheço bem a minha amiga e sei que você não perderia a oportunidade de tentar se intrometer e arrancar alguma informação sobre a afeição dele (ou falta dela) por mim.

Devo dizer que a nevasca, o fogo na lareira, as lembranças de Will e um grande copo de xerez fizeram efeito, e fui tomada pela emoção. Escrevi uma carta bem sentimental para Tom no dia de Natal. Eu fui totalmente sincera, mas agora não tenho coragem de enviá-la. Por enquanto, mantenho-a dentro de um lindo diário que ele me mandou, junto com um lenço de renda. Talvez esteja melhor lá dentro, e não nas mãos dele. A não ser que você tenha novidades para mim, é claro.

Você comemorou o Natal de alguma maneira, além do drinque com Tom? Foi terrível por aqui. As reuniões alegres das quais me lembro com tanto carinho parecem cada vez mais relegadas a um passado distante. Pergunto-me se voltaremos a ser realmente felizes. É claro que escrevi uma coluna totalmente edificante para o jornal – a vida continua, nosso dever é manter o ânimo, esse tipo de coisa. Nunca me senti menos ligada às minhas próprias palavras. Foi quase como se outra pessoa as tivesse escrito para mim. É tão desesperadoramente difícil acreditar nesses sentimentos de esperança...

Como vai a sua ambulância? As coisas estão melhorando para os Aliados? Ouvimos relatos muito conflitantes nos jornais e nas cartas do *front*. Quando voltam para casa de licença, os homens têm histórias terríveis para contar. E os animais, Alice? Você vê os cavalos e os cachorros? Eu odeio pensar que estejam sofrendo, mas ouço relatos dos mais terríveis sobre cavalos se afogando na lama grossa. É verdade? Os campos estão muito vazios aqui. É quase possível esquecer quantas belas criaturas corriam livremente por esta terra. Todos se foram, exceto os que eram velhos e mancos demais para ser úteis. Eu me pergunto o que aconteceu com os amados cavalos de Will, Hamlet e Shylock. Nem gosto de pensar.

Em outras notícias, a lei do recrutamento compulsório foi aprovada, então parece que todos os homens que sobraram devem ir lutar, exceto os casados. John Hopper me disse que foi convidado a permanecer trabalhando para o *Bureau* de Propaganda de Guerra. Ele está ansioso para entrar em ação e extremamente frustrado com tudo isso. Não quero parecer cruel ao encorajá-lo a ir, mas ouço muitas histórias de homens que acham várias maneiras de contornar o sistema e se inscrever, independentemente da altura, das restrições de idade e da saúde. Nesta fase, o Exército está desesperado por qualquer homem que conseguir. Tenho certeza de que Hopper terá a chance dele em breve.

Bem, vou encerrar. Devo me apresentar ao correio daqui a pouco, e a gerente não tolera atrasos.

Escreverei novamente em breve.

Tenha cuidado.

Evie

De Thomas para Evie
20 de janeiro de 1916

Em algum lugar na França

Querida Evie,

Obrigado pelas luvas e meias. Agradeço de joelhos. E tabaco e uísque! Serão bem aproveitados.

Como estão as coisas em casa? Espero que suas colunas estejam indo bem. Ouvi algumas reclamações de Jack Davies sobre o estado das coisas na redação do *LDT* e gostaria de saber a sua opinião. Eu escrevi para ele, pedindo que tomasse as rédeas a despeito da autoridade de Hopper. Apesar de ser um velho invocado, ele é um dos melhores editores de Londres, e confio na opinião dele. Espero que a agitação não esteja afetando os seus escritos, pelo menos.

Eu gostaria de contar-lhe mais sobre o que se passa aqui, mas é tão terrível que temo que você não me escreva mais. Você terá que se contentar com alguns versos de Shakespeare em *Noite de Reis*:

> *Venha, morte, venha,*
> *E sobre triste cipreste descanse meu corpo.*
> *Vá, respiração, vá;*
> *Por bela e cruel donzela fui morto,*
> *Minha mortalha branca, presa nos galhos,*
> *Deixe preparada!*
> *Nem parte de minha morte por alguém sincero*
> *Foi compartilhada.*

*Nem uma flor nem o perfume da flor
Deixe jogar sobre meu negro caixão.
Nem um amigo, seja o amigo qual for,
Lamente meu pobre corpo, ossos jogados no chão.*

Sempre seu,

Tom

*De Alice para Evie
28 de janeiro de 1916*

Em algum lugar na França

Minha querida Evie,

    Feliz Ano-Novo, querida! Só tenho alguns minutinhos para escrever. Temos trabalhado sem parar nesta última semana, e com equipe pequena. Continuo na esperança de que os americanos se unam a nós. Faltam-nos mantimentos, munições, homens... e precisamos desesperadamente de mais enfermeiras. Está tudo uma confusão aqui. As condições sanitárias nas barracas são as piores, e mesmo as pranchas sobre as quais caminhamos estão cobertas de lama. Já fui espirrada de todos os lados. Você não acreditaria no estado em que me encontro. Mas estou bem e com saudade de você!
    Tom está magro como um graveto, pobre rapaz. Tenho a impressão de que ele não come muito, mesmo quando há ração suficiente. Está oprimido pela melancolia, Evie. Para dizer a verdade, temo que esteja sofrendo de algum distúrbio emocional ou nervoso. Eu o encorajei a pedir licença, e sabe o que ele me respondeu? "Por que voltar para casa se meus demônios irão comigo? Só conseguirei pensar nos meus homens que abandono à morte certa." Minha nossa! Fiz com que bebesse um grande copo de vinho depois de tal declaração. Eu disse que você o ajudaria a recuperar o ânimo. Então, ele olhou para mim com olhar vazio e disse "Eu gostaria que ela me salvasse, Alice. Sinto que estou desaparecendo".

Eu disse a ele que você gosta muito dele e que o ajudaria a se reencontrar, que ele deveria confiar naqueles que o amam. Não estou certa de que ele tenha entendido, infelizmente. Ele está em uma situação desesperadora no momento.

Devo partir, mas envio todo o meu amor. Ah, dirigir a ambulância ainda é um desafio, mas acho que, finalmente, já controlo aquela máquina endiabrada. Só não conte a ninguém que já dei uma amassada no para-choque. Fico torcendo para que ninguém note.

Alice

De Evie para Thomas
30 de janeiro de 1916

Richmond, Inglaterra

Meu querido Thomas,

Voltamos a Shakespeare, hein? Por favor, tente achar algo mais alegre. Uma comédia, quem sabe? *Sonho de uma noite de verão* não foi sempre uma de suas favoritas? Passe um tempo com Puck e Bottom e com as fadas em vez de ter como companhia velhos reis ranzinzas e temporais tenebrosos.

Alice escreveu. Ela disse que você está tendo muitas dificuldades no momento. Gostaria que houvesse alguma coisa que eu pudesse fazer para ajudar além de mandar uísque e cartas. Envio em anexo um pequeno volume de sonetos para ajudar a ocupar sua mente em momentos mais sombrios. Dê uma olhada nele quando você achar que tudo está pesado demais, quando sentir que não pode mais aguentar. Você *pode*, Tom. Eu sei que pode – e vai. Mesmo nos momentos mais escuros, lembre-se de que um novo amanhecer está vindo em sua direção. Seremos vitoriosos em breve. Tenho certeza de que sim.

Quanto à situação no *LDT*, eu me esforço para ficar afastada da luta pelo poder. Honestamente, seria de imaginar que homens crescidos se comportassem com um pouco mais de dignidade. Você tem certeza de que Hopper é a causa da agitação? Ele sempre fala com paixão e boas intenções quando o assunto é o *LDT* – ou você. Ele quer apenas o melhor para o jornal, ainda que eu saiba que ele é ambicioso e que não teme desafiar a equipe para melhorar as reportagens. O que sei é que ele acha quase impossível lidar com Jack Davies. Você tem certeza de que Davies não está inventando? Talvez jogando com velhas rivalidades entre primos? Se eu fosse você, Tom, não me preocuparia. Deixe que os meninos se empurrem no pátio enquanto você e todos os homens de verdade lutam nos campos de batalha.

Tudo continua relativamente calmo por aqui. Vez por outra, um casamento apressado ou um bebê fora do casamento alimentam as fofocas. A Terra gira. A vida continua. É de onde devemos tirar nossa coragem.

Nunca se sinta sozinho, Tom. Saiba que estou pensando em você.

Sua,

Evie

De Thomas para Evie
22 de fevereiro de 1916

Em algum lugar na França

Querida Evie,

Uma mensagem rápida só para dizer que estamos empacotando tudo e indo em direção ao rio ▮▮▮▮. Teremos uma enorme marcha à nossa frente. Talvez não consiga mandar notícias frequentes por algumas semanas, mas pretendo escrever quando possível. Reze por nós, minha amiga. Vamos para o centro da ação e precisarei de toda a sua coragem e força me sustentando enquanto lidero o batalhão. Estarei pensando em você.

Com afeto,

Tom

Último Natal em Paris

De Evie para Thomas
28 de fevereiro de 1916

Richmond, Inglaterra

Querido Tom,

Boa sorte, meu amigo. Odeio saber que você terá uma longa marcha pela frente, mas sei que você vai liderar seus homens com bravura.

Ouvimos dizer que os franceses travam uma intensa batalha com os alemães em Verdun, com enormes perdas. Rezo para que você não esteja indo para lá, meu amigo. Ontem sonhei que você achava uma bela *pension* francesa em algum lugar no campo, longe dos sons de tiros e bombas. Uma adorável velha senhora (Madame de Carteret era o nome dela) tomou conta de você e preparou um ensopado camponês para aquecer seus ossos. Ela era incrivelmente bondosa, e você foi ficando mais forte a cada dia, deitado em uma cama que ela montou ao lado do fogo. Você talhava animais na lenha, e Madame de Carteret estava encantada com os tesouros que você esculpia para ela. Ela havia perdido o marido e o filho na Bélgica e estava contente com a sua companhia.

Espero que o sonho possa se tornar realidade, Tom, e que você encontre conforto e bondade. Lembra como você estava sempre talhando um pedaço de salgueiro com seu canivete, insistindo que dali sairia um elefante ou outro bicho, e tudo o que Will e eu conseguíamos ver era um pedaço grosso de madeira? Éramos malvados ao zombar de você, mas estas são as lembranças que guardo com mais carinho agora. Eram tempos tão livres e felizes... Talvez você ainda entalhe um pássaro para mim.

Muitos homens partiram agora. Só restam os casados ou em ocupações primordiais – e os "contrários", claro. Não entendo como eles conseguem andar pela rua enquanto os outros enfrentam a conscrição corajosamente. Como podem ser tão egoístas? Por que devem ser poupados quando milhões de outros não o serão? Há rapazes de catorze e quinze anos que falsificaram suas datas de nascimento e partiram como homens valentes.

Todos os dias lemos nos jornais relatos de tribunais sobre algum pobre sujeito que apresenta seus argumentos para se recusar a pegar em armas. Alguns são enviados para fazer trabalho não combatente, como carregar macas. Outros são presos por suas objeções morais. É de cortar o coração quando vejo o estado das mães e irmãs deles. Elas andam curvadas como bruxas quando caminham, sempre olhando para o chão, com vergonha de olhar alguém nos olhos.

Tenha cuidado, meu amigo. Encontro consolo nas muitas cartas que você me enviou desde o início da guerra. Você se lembra de como éramos ingênuos? Como achávamos que isso era uma grande aventura e que vocês estariam em casa em algumas semanas e talvez nunca chegassem perto das batalhas? Quem poderia imaginar que teríamos tantos meses e anos pela frente ou que teríamos tanto a dizer um ao outro? E há muito mais a ser dito, Tom.

Tenho esperança de que outra carta sua esteja a caminho em breve.

Evie

Telegrama de Thomas para Evie

```
15 DE MARÇO 1916

PARA: EVELYN ELLIOTT, RICHMOND, LONDRES SW
ENVIADO: 17:22                          RECEBIDO: 18:34

BATALHÃO DIZIMADO. OS POUCOS SOBREVIVENTES SE JUNTARÃO A
OUTRO. PROGNÓSTICOS SÃO RUINS. ENVIAREI NOTÍCIAS O MAIS
RÁPIDO POSSÍVEL. SINTO MUITO A FALTA DE CASA. TOM.
```

Último Natal em Paris

De Evie para Tom
17 de março de 1916

Richmond, Inglaterra

Meu querido Tom,

Que angústia ler seu telegrama. Rezarei pela sua segurança, onde quer que você esteja. Se receber esta carta, saiba que você está nos pensamentos de todos nós. Não posso lutar por você, mas sei que você é um líder forte e que seus homens terão sua direção e coragem. Pense apenas nisso. Pense nos homens que você já salvou e naqueles que ainda salvará.
Você é muito corajoso, e estamos extremamente orgulhosos.
A vitória será nossa em breve, e então teremos uma vida inteira de paz.
Sua,

E.

De Evie para Jack Davies
2 de abril de 1916

Richmond, Inglaterra

Prezado senhor,

Envio em anexo minha última coluna, na qual abordo o assunto da conscrição. Espero que o senhor e os leitores do jornal a achem satisfatória. Tendo em vista as reações extremadas de grupos contra o alistamento compulsório, como o NCF, desde que a lei foi promulgada, e com as recentes notícias sobre a prisão de Edith Smith por imprimir um folheto do NFC sem o ter passado pela censura, estou bem apreensiva com o que abordo neste último artigo. Mas talvez agora, mais do que nunca, uma coluna assinada por uma mulher e endereçada a outras mulheres seja bem apropriada.

O senhor disse que enviaria parte da correspondência que "Genevieve" recebeu. Eu gostaria muito de ver as cartas, se não forem muito numerosas ou por demais críticas às minhas opiniões.

Atenciosamente,

Evelyn Elliott

A GUERRA DE UMA MULHER

por nossa correspondente especial em Londres,
Genevieve Melro

"Nós que aqui ficamos"

Com a nova lei, nossos últimos homens foram despachados para a guerra. Quaisquer que sejam nossos pensamentos particulares a respeito da moralidade do recrutamento compulsório, o destino (e a política) sempre terá a palavra final. Partiram homens de todas as idades e classes.

O fazendeiro não cuida mais de suas plantações. O motorista do ônibus não mais nos cumprimenta sorridente. O carteiro não mais pedala sua bicicleta pela rua. Somos uma nação de mulheres, e aquelas que aqui ficaram devem, agora, ser mais altivas do que nunca. Devemos nos erguer, sacudir a poeira de nosso orgulho, arregaçar as mangas e fazer nossa parte. Talvez achemos que não temos as habilidades, a força, a capacidade física para fazer algumas das tarefas exigidas, mas como saber se não tentarmos? "Dê um peixe a um homem e você o alimentará por um dia. Ensine um homem a pescar e você o alimentará por toda a vida." Nós, bravas mulheres da Grã-Bretanha, escolhemos aprender a pescar, não é?

Assim como nossos bravos soldados devem aprender a lutar, a matar e a sobreviver, devemos aprender a manter este país em pé. Levar comida para casa e manter a lei e a ordem nas ruas e fazer tudo funcionar com precisão, pronto para quando eles retornarem.

> Peço a todas que encontrem uma maneira de ajudar, por menor que pareça. Juntas podemos fazer coisas extraordinárias.
>
> Até a próxima – coragem!
>
> Genevieve

De Jack Davies para Evie
12 de abril de 1916

Londres, Inglaterra

Cara srta. Elliott,

 Conforme solicitado, segue em anexo uma seleção de "cartas de fãs". Sua Genevieve Melro está causando um grande rebuliço. Há um saco cheio de cartas. As que envio são apenas uma pequena seleção para sua leitura.
 Em relação ao outro assunto que discutimos recentemente, ainda estou buscando informações. Se dependesse de mim, eu a enviaria imediatamente para a França com seu bloco de notas. A senhorita se conecta com as pessoas de uma forma que a maioria dos jornalistas não consegue. Fala com elas como se estivesse conversando com uma amiga durante um chá da tarde. Não tenho dúvida de que escreveria com paixão e honestidade e seria um enorme sucesso. No entanto, como sabe, mulheres e jornalismo são uma combinação pouco convencional. Ao adicionarmos uma zona de guerra à situação, o caminho se torna ainda mais difícil – se não impossível – de navegar. Também encontro resistência por parte dos administradores do jornal – e, com Tom Harding afastado, não posso tomar uma decisão sem o consentimento de alguém em uma posição de autoridade.
 Continuarei tentando – se a senhorita ainda estiver certa de que é isso que quer. Não preciso explicar os riscos. Se eu não conseguir enviá-la em

alguma função oficial de jornalista, minha única sugestão é que encontre uma maneira de partir em alguma capacidade mais aceitável (enfermeira, telefonista, etc.) e envie seus relatórios para mim secretamente.

Sei que a senhorita já descartou essa ideia antes, mas, se estiver determinada a ir, esse talvez seja o único caminho possível. Espero uma palavra sua.

Atenciosamente,

J.D.

De uma leitora para Evie

Prezada srta. Melro,

É a primeira vez que escrevo para um jornal e estou um pouco nervosa. Tenho lido a sua coluna para o *London Daily Times* e escrevo para dizer como suas palavras são importantes para mim e como espero ansiosa cada novo artigo. Perdi dois filhos e um irmão na guerra. Cuido de minha mãe idosa e tenho sorte de poder contar com vizinhos generosos, mas minha casa, que já foi tão cheia de barulhos e risadas, está agora muito vazia. Faço o melhor que posso, mas não é fácil. Suas palavras me confortam. É quase como se a senhorita me conhecesse, como se estivesse falando para mim pessoalmente.

Só gostaria de dizer que a senhorita está ajudando muitas mulheres com sua honestidade.

Eu não a conheço nem sei quais são as suas circunstâncias, mas isso não importa. Quem quer que a senhorita seja, e onde quer que esteja, eu leio suas palavras como se a senhorita estivesse aqui comigo, na minha humilde cozinha, e sou-lhe muito grata por isso.

Que Deus a mantenha segura, assim como os seus.

Marjorie Barrow

Último Natal em Paris

De Charles Abshire para Thomas
20 de abril de 1916

Londres, Inglaterra

Caro Thomas,

Por favor, entre em contato com Jack Davies no *LDT*. Não temos notícias suas há semanas, e preocupo-me pelo jornal e por seu bem-estar. Responda prontamente, por favor.

Sinceramente,

Charles Abshire

De Evie para Thomas
26 de abril de 1916

Richmond, Inglaterra

Meu querido Tom,

Não tenho notícias suas há um mês e estou terrivelmente preocupada. Não é de seu feitio passar tanto tempo sem escrever. Suas respostas vinham tão prontamente, e agora os dias se arrastam sob a agonia silenciosa de não saber onde e como você está.

Papai garante que você está em marcha e exausto demais para se comunicar. Mamãe diz que o melhor que posso fazer é continuar escrevendo para você. E o farei. Sempre.

Rezo por sua segurança, meu querido.

Sua, esperançosa,

Evie

De Evie para Alice
30 de abril de 1916

Richmond, Inglaterra

Querida Alice,

Como você está? Quais são as notícias?
Estou desesperadamente preocupada. Não recebo notícia de Tom há mais de um mês. Nada desde o telegrama onde ele dizia que seu batalhão havia sido dizimado, que ele estava se juntando a outro batalhão e em marcha. Temo que ele tenha estado em Verdun, de onde ouvimos tantas notícias horríveis sobre o número de baixas, e não paro de pensar no que você disse sobre o estado de ânimo dele.
Estou muito apreensiva. Não consigo comer ou dormir. Fico imaginando o pior – que ele foi feito prisioneiro e está à mercê do inimigo, sozinho e amedrontado. Ou pior. Então tento me convencer de que, se alguém pode sobreviver a esta guerra, esse alguém é Thomas Harding. Devo acreditar nele, não? Agora, mais do que nunca. A ausência e o silêncio dele me fazem apreciá-lo ainda mais. Enquanto isso, tenho encontrado John Hopper com regularidade. A enorme disparidade entre os mundos dos dois me dá engulhos e me deixa ainda mais determinada a desempenhar um papel na causa maior. Você vai achar que enlouqueci, mas Jack Davies e eu estamos armando um plano para que eu possa ir à França e mandar reportagens de lá para ele. Sinto-me como uma criança mimada aqui na minha torre de marfim, protegida das realidades da vida. Eu tenho de conhecê-las, Alice. Em todas as formas. Não as temo, ao contrário de minha mãe.
Por favor, escreva, ainda que poucas linhas.
Sua,

Evie

Último Natal em Paris

De Evie para Thomas
16 de maio de 1916

Richmond, Inglaterra

Meu querido Tom,

Onde você está?

Escrevo sem parar, mas não tenho nenhuma notícia sua. Procuro incessantemente nos jornais, mas não acho notícias suas ou de seu batalhão. Nem sei mais em qual batalhão você está. Como é possível que você simplesmente desapareça? Como posso aguentar esse silêncio horrível?

Imploro que você escreva. É tão terrível não ter notícias suas e, ainda que duvide de que você receba esta mensagem, devo continuar escrevendo ao menos para dizer que penso em você todos os dias e rezo pela sua segurança.

Sua, sempre,

Evie

De Charles Abshire para Thomas
1º de junho de 1916

Londres, Inglaterra

Caro Thomas,

Já faz semanas que recebemos sua última carta, meu caro, e estamos extremamente preocupados aqui em Londres. Por favor, responda, ainda que por telegrama ou por outra pessoa.

Boa sorte,

Charles

De Evie para Thomas
4 de junho de 1916

Richmond, Inglaterra

Meu querido Tom,

Como é possível que alguém desapareça desse jeito? Nem uma palavra. Nem mesmo um sussurro seu. Quase desejo encontrar seu nome nas listas dos jornais agora. A essa altura, ferido seria melhor que desaparecido. Pelo menos eu saberia que você está sob os cuidados das enfermeiras. Pedi a Alice que fique atenta, à sua procura, mas ela não encontra ninguém com seu nome ou número, nada com o que confortar meu coração atormentado. E mais recrutas são enviados. Os homens casados estão sendo alistados agora. Só aqueles que fazem algum trabalho essencial para a guerra aqui em casa e os mais ferrenhos objetores de consciência permanecem: mantendo seu desafio às autoridades.

Como está mais quente, voltei a desenhar meus passarinhos. Envio aqui, para você, um martim-pescador. Você sabia que eles só têm um parceiro durante a vida toda? A natureza revela muitas maravilhas quando decidimos observá-la. Eu o acho bem bonito e elegante. Há muita beleza ao nosso redor, esperando para ser notada. Tudo o que precisamos fazer é parar e olhar – e nos darmos conta. Como eu adoraria passear com você ao longo do rio e vislumbrar o brilho da asa de um martim-pescador...

Agora tenho mais responsabilidades como carteira e sou também mensageira de telegramas. Você não imagina o quão pesada parece minha mala postal quando carrega o temido telegrama do Rei. Frequentemente, entrego um maço de cartas cujos envelopes estão simplesmente marcados com "Devolver ao Remetente". Será que minhas cartas para você serão devolvidas? Será que você vai voltar para nós?

Continuo rezando por você e continuarei escrevendo.

Evie

Último Natal em Paris

De Evie para Alice
10 de junho de 1916

Richmond, Inglaterra

Minha querida Alice,

Devo me desculpar por tanto tempo sem escrever. Mal consigo levar a caneta ao papel. Tudo parece tão sem sentido...

Meu coração pesa de preocupação com Tom. Ainda não recebemos nenhuma notícia. Já são três meses, Alice. Três meses completos. É a mais terrível angústia. Não saber. Não ter notícia alguma.

Tenho tentado me distrair com minhas obrigações no correio e minhas colunas e meus almoços com Hopper, mas tenho ficado cada vez mais irritada com o fato de ele estar aqui em Londres, vivendo em conforto e segurança, enquanto Tom está desaparecido. Eu o questionei sobre isso, e ele reagiu com irritação. Disse que eu estava me tornando uma maldita ativista pela guerra e que ele iria assim que os superiores dele permitissem e que não entendia por que as pessoas tinham de se meter na maldita vida dos outros. Depois pediu mil desculpas (creio que tinha bebido um pouco demais). Ele disse que a guerra enlouquece a todos e que é frustrante ser considerado um covarde quando a questão está fora do controle dele. Enquanto isso, ouvi rumores de que nem tudo vai bem no *LDT*. Pobre Tom, ficaria horrorizado em saber. Eu gostaria de poder fazer alguma coisa a respeito.

Alice, você tem razão. Quando penso que Tom pode não voltar para casa, sinto uma enorme escuridão tomar o lugar de um futuro que deveria ser radioso. Minha angústia não é apenas pelo amigo que conheço desde criança. Minha angústia é pelo homem no qual ele se transformou e pelo homem que eu quero que ele seja. Só consigo pensar nele, no sorriso dele, nos braços dele enlaçando minha cintura ao dançarmos. O que será de mim se já for tarde demais?

A guerra tornou-me imprudente, então postei a carta que escrevi para ele no dia de Natal. Se ele a receber, não terá dúvida quanto aos meus sentimentos por ele. Espero ter feito a coisa certa. Subitamente, o medo de nunca mais o ver tornou-se muito maior do que o medo da rejeição caso ele diga que não sente o mesmo por mim.

Você vai conseguir licença para voltar? Sinto-me muito sozinha e adoraria vê-la.

E que notícias terríveis sobre a morte de Kitchener no navio Hampshire e de todos aqueles que se foram com ele. Papai diz que é um verdadeiro desastre nacional. Ninguém está seguro, Alice. Nem mesmo aqueles nos mais altos escalões. Que esperança pode haver para alguém como Tom?

Evie

Telegrama de Alice para Evie

```
5 DE JULHO 1916

PARA: EVELYN ELLIOTT, POPLARS, RICHMOND, LONDRES SW
ENVIADO: 10:34                          RECEBIDO: 11:36

TOM VIVO E COM BATALHÃO! SEGUE CARTA. ALICE.
```

Telegrama de Evie para Charles Abshire

```
5 DE JULHO 1916

PARA: CHARLES ABSHIRE, 34 LOVELACE GARDENS, BERMONDSEY,
LONDRES SE
ENVIADO: 12:30                          RECEBIDO: 13:14

TOM ENCONTRADO EM SEGURANÇA. MANDAREI MAIS NOTÍCIAS EM
BREVE. EVELYN ELLIOTT.
```

Último Natal em Paris

De Alice para Evie
6 de julho de 1916

Em algum lugar na França

Querida Evie,

Notícias maravilhosas, estupendas, felizes! Achei o seu querido Tom. Está vivo e em segurança! Um médico com quem fiz amizade recentemente mandou uma mensagem a um colega na região onde acontecem algumas das piores batalhas. Como temíamos, Tom estava lá, no coração da ▓▓▓. Por milagre, ele não estava gravemente ferido, apenas um ferimento no braço que precisou de alguns pontos. Você deve estar se perguntando por que ele não escreveu, mas *ele está vivo*! Agora, as notícias mais difíceis.

Fui informada de que Tom sofre com uma melancolia severa, do tipo que faz com que a pessoa fique anestesiada, quase imóvel. Ele tem dificuldades para enfrentar os dias e cumprir as obrigações dele, pobre rapaz. Vi muito disso em soldados que estão aqui há muito tempo e, dado o estado dele no Natal, não me surpreende. Disseram que houve dezenas de milhares de mortos na ▓▓▓. Mas ele está vivo! Repito porque isso é um assombro nesta guerra. E ele vai recuperar o ânimo com o tempo. Enviei mensagem a uma enfermeira de um posto próximo a ele, pedindo que o estimulasse a escrever. Mandei dizer a ele que todos em casa estão preocupadíssimos e coisas assim. Também enviei um endereço na parte interna do envelope (precisamos economizar papel).

Em notícias mais tristes, meu amigo, o soldado Rollins, foi morto. Foi cegado por uma explosão e acabou caminhando sem direção por um campo minado. Não é a morte mais sem sentido que você possa imaginar? Chorei por semanas, mas não serve para nada. Não o trará de volta. Ele era adorável, mas tive que seguir em frente, é a única coisa a fazer.

Mais notícias tristes. Não dirijo mais a ambulância. Eu preferiria estar atrás do volante a estar em um hospital de campanha, mas devem ter notado o estado do para-choque.

Você vai se juntar a nós como correspondente de guerra? Eu deveria alertá-la sobre os perigos e pedir que ficasse em casa, mas sei que seria inútil. A teimosa Evelyn Elliott vai fazer o que quiser. Eu sei que vai.

Avise se receber notícias de Tom.

Alice

De Evie para Alice
19 de julho de 1916

Richmond, Inglaterra

Minha querida Alice,

Que enorme alegria! Que alívio incrível saber que Tom está a salvo! Minha mão treme enquanto escrevo estas palavras. Esperava o pior, e ouvir que ele está vivo é como uma resposta às minhas preces. Mesmo sabendo que ele sofre de melancolia, não me entristeço. A melancolia vai passar, tenho certeza. Ele está vivo, e é isso que importa.

Vou escrever para ele imediatamente, mas não quero ser insensível. Ouvi pessoas falar de homens emocionalmente afetados e de como eles parecem incapazes de pensar e falar. Você acha que Tom será considerado suficientemente doente para ser mandado de volta? Por favor, perdoe todas essas perguntas. Como é frustrante não saber se as respostas chegarão...

Senti muitíssimo ao saber sobre o seu soldado. Quantos mais iremos perder? Devo admitir, no entanto, que fiquei contente em saber que você não dirige mais a ambulância. Melhor ficar no hospital de campanha. Você deve presenciar as coisas mais horríveis. Não imagino como você aguenta. Você não gostava de ver nem joelho ralado.

Embora não tenha tanta importância agora que sei que Tom está seguro, devo dizer que está tudo bem por aqui. Ainda gosto do meu trabalho como carteira, embora o clima esteja horrível e Mamãe insista que vou me gripar andando na rua. Eu não vou, é claro. Nunca peguei gripe. Nunca pegarei. Ela esquece que tenho a constituição de um boi.

Minha coluna se tornou uma espécie de sensação nacional e – você não vai acreditar nisso – recebo cartas de fãs! Sério, Alice. Sei que você vai rir ao ler isso, mas dezenas de mulheres escrevem para o jornal todas as semanas para me dizer o quanto gostam de ler minhas palavras e como elas as ajudam. É realmente extraordinário e muito comovente. Algumas das cartas são de partir o coração. Claro que não consigo responder. Não tenho tempo para nada. Mas confesso que é bom saber que estou ajudando um pouco.

Meu editor ainda está tentando encontrar uma maneira de me mandar para a França, para que eu mande de lá relatos em primeira mão. Ele acha que a única maneira é eu me alistar como enfermeira, ou algo assim. Sinto que não posso fazer nada até ouvir o que Thomas tem a dizer. Por enquanto, devo deixar de lado as minhas próprias perspectivas e continuar com as coisas do dia a dia.

Tenha cuidado e obrigada, minha querida amiga. Você colou as peças de um coração partido, e acredito que, com cuidado, ele pode se recuperar totalmente.

Evie

De Evie para Thomas
19 de julho de 1916

Richmond, Inglaterra

Meu adorado Thomas,

Soube por Alice que você está são e salvo e não tenho vergonha de dizer que derramei muitas lágrimas de alívio.

Foi uma tortura não ter notícias suas, mas entendo que você esteja profundamente afetado por tantos meses de guerra e tenha dificuldade em colocar palavras no papel. Eu adoraria receber suas palavras, mas saber que você não foi capturado, ou pior, já alegra imensamente o meu coração. Já me basta saber que minhas cartas não estão desaparecendo no ar. Você as tem recebido? Enviei várias nos últimos meses e gostaria muito de saber se você as recebeu.

    Saber que está vivo me dá coragem para continuar escrevendo. Mesmo que você não encontre forças para responder, saiba que penso em você.

    Não vou sobrecarregá-lo com muitas notícias.

    Quando você estiver pronto, escreva. Estarei esperando.

    Esperançosamente,

Evie

De Jack Davies para Thomas
22 de julho de 1916

Londres, Inglaterra

Caro Tom,

    Creio que você não esteja em plena forma no momento, mas me senti compelido a escrever novamente. As coisas continuam a se desintegrar aqui no jornal entre mim e Hopper. Tenho calafrios ao pensar sobre o que será do *London Daily Times* até o final do ano.

    O lado bom? O jornal está gerando uma receita bem alta agora. Temos duas colunas sobre a guerra que são extremamente populares. Cerca de cento e cinquenta cartas de fãs inundam o escritório a cada semana. Muitas mulheres encontram conforto e inspiração em nossos novos colunistas, incluindo sua amiga Evelyn Elliott. Estou feliz por isso, é claro, mas temo que Hopper pretenda empurrar nossos colunistas para um território perigoso em relação aos assuntos sobre os quais escrevem. O governo quer o oposto, veja bem, e pede mais propaganda. Nós discutimos sobre isso acaloradamente, e eu quase fui demitido. Devo admitir que a presença de

Hopper aqui pode ser o fim da minha jornada no jornal. Eu já havia dito isso antes, mas a verdade se torna mais óbvia a cada dia.

Espero que você esteja em segurança, meu rapaz.

Atenciosamente,

Jack Davies

Do Capitão James Edwards para Evie
30 de julho de 1916

Em algum lugar na França

Prezada srta. Elliott,

Escrevo em nome do Tenente Thomas Harding, 10º Batalhão. Harding sofre de exaustão nervosa e, no momento, está descansando em um hospital de campanha. Ele envia os cumprimentos e quer deixar claro que está sendo bem cuidado e espera estar de volta à ação em breve.

Desejo acrescentar que ele é um membro altamente valorizado e muito respeitado de nossa companhia, e todos nós desejamos a ele uma rápida recuperação para retornar à nossa busca contínua pela vitória.

Atenciosamente,

Capitão James Edwards, 10º Batalhão de Rifles

De Evie para Thomas
5 de agosto de 1916

Richmond, Inglaterra

Querido Tom,

Recebi uma mensagem de seu capitão. Querido amigo, estou muito aliviada em saber que você está descansando em um hospital de campanha.

Depois dos horrores que ouvimos sobre as batalhas no Somme e Verdun, não ousava esperar notícias suas novamente. Muitos homens caíram. Parece que toda a Inglaterra está de luto.

Espero que em breve você se sinta um pouco melhor, mas não corra de volta às batalhas. Não tenha pressa.

Hoje desenhei um pássaro para você. Espero que goste. É uma alvéloa. Mande notícias assim que puder. Estarei esperando.

Pensando em você, sempre.

Evie

De Thomas para Evie
10 de agosto de 1916

Em algum lugar na França

Minha querida Evie,

Sou eu, Tom, seu amigo há muito perdido. Quando você receber esta carta, eu estarei a caminho da Escócia, para o Hospital de Guerra para Oficiais de Craiglockhart. É em Edimburgo, e lá estarei em tratamento para fraqueza emocional. É certamente irônico que eu tenha, tantas vezes, desejado voltar a meu país natal. Nunca pensei que seria nessas circunstâncias.

Por favor, perdoe a minha ausência prolongada e toda a preocupação e problemas que causei a você. Se eu pudesse pensar ou ver com propriedade nestes últimos meses, teria escrito sem parar.

Não mereço uma resposta sua, mas vi estes postais bordados com seda (em anexo) e pensei em você instantaneamente. Havia de muitas variedades, quase todos com bandeiras ou temas patrióticos. Mas a pequena borboleta me pareceu a mais apropriada para a minha adorável amiga.

Sempre seu,

Tom

Último Natal em Paris

De Evie para Thomas a/c Hospital Craiglockhart
14 de agosto de 1916

Richmond, Inglaterra

Meu querido e bravo Thomas,

Recebi sua carta e não consigo parar de chorar. Ver seu nome, sua caligrafia, suas poucas palavras em um pedaço de papel me tornaram a garota mais feliz da Inglaterra.

Tenho tanto a lhe dizer, mas as palavras parecem tão inadequadas, e minhas emoções, tão mal expressas, e ainda assim tive de responder imediatamente. Quero alcançar o correio da tarde. Minhas mãos tremem de alívio ao ver sua caligrafia familiar, e o lindo cartão-postal de seda com a borboleta ganhou meu coração, apesar de sentir uma dor enorme por você e seu sofrimento.

Durante todos aqueles meses de silêncio, o tempo se arrastava, e agora os minutos passam rápido demais, e os correios logo estarão fechados. Tenho a impressão de não ter pensado em nada e em ninguém nos últimos meses. Manhã, tarde e noite – mesmo em meus sonhos –, era sempre você, Tom. Sinto muito por me derramar assim (e, por favor, saiba que estou com as bochechas vermelhas enquanto escrevo). A Evie reservada de antigamente não seria um livro tão aberto, mas saber que você está seguro e a caminho do hospital na Escócia me dá a mais intensa sensação de alívio. Você estará recuperado em um piscar de olhos, tenho certeza disso.

Agora, preciso correr para alcançar o correio – corro o risco de falar demais se continuar escrevendo.

Vou rezar por você. Ouso esperar que nos vejamos em breve, ainda mais quando pensei que o tinha perdido para sempre!

Cuide-se, Tom. Vou gritar seu nome para a lua esta noite. Procure por mim lá em cima.

Evie

De Evie para Thomas a/c Hospital Craiglockhart
16 de agosto de 1916

Richmond, Inglaterra

Meu querido Tom,

Espero que esta carta o encontre bem e em segurança em Edimburgo. Tomei a liberdade de escrever imediatamente, para que algumas linhas afetuosas já estivessem à sua espera quando você chegasse. Lembra como eu estava ansiosa para escrever para você e Will quando partiram pela primeira vez para o campo de treinamento em Mytchett? Se não me engano, minha primeira carta chegou antes de vocês.

Tenho certeza de que em breve você estará bem, sob os cuidados dos médicos daí. Você não poderia estar em lugar melhor, Tom. Ainda que eu esteja certa de que você não quer estar longe de seus homens e que, certamente, já gostaria de estar entre eles, desejo que você possa aproveitar esse tempo para descansar e se recuperar totalmente. Outros se afastaram por um tempo. Agora é a sua vez. Leve o tempo que precisar.

Mande notícias quando puder. Vou continuar a escrever de qualquer maneira. Espero que você não se importe. Não desejo sobrecarregá-lo.

Com muito amor,

Evie

Telegrama de Thomas para Evie

```
17 DE AGOSTO 1916

PARA: EVELYN ELLIOTT, POPLARS, RICHMOND, LONDRES SW
ENVIADO: 14:45                          RECEBIDO: 15:27

CHEGUEI BEM. POR FAVOR CONTINUE ESCREVENDO. SUAS PALAVRAS
SÃO LANTERNAS NA ESCURIDÃO. T.
```

Último Natal em Paris

De Evie para Thomas
23 de agosto de 1916

Richmond, Inglaterra

Querido Tom,

Como você está? A Escócia é tão bonita e selvagem quanto eu me lembro? Visitei essa parte do país quando era menina e posso imaginar você respirando o ar fresco do mar que sopra do estuário do rio Forth. Você tem permissão para sair? O hospital tem jardins e área para passeio? Espero que sim. Eu sei o quanto você gosta do ar livre e odeio pensar em você confinado como um pombo-correio em uma enfermaria sem ar.

Envio em anexo alguns de seus charutos preferidos, e espero que você possa desfrutá-los em uma noite de verão enquanto ouve o canto de um rouxinol. Veja bem, na minha imaginação, você não é de fato um soldado em guerra, debilitado por seus horrores. Você é o mesmo Tom de sempre, apreciando o ar escocês contra a sua pele. Até conseguir vê-lo com meus próprios olhos, essas são as imagens que visualizo.

Você acha que eu poderia visitá-lo? São permitidas visitas? As mulheres são permitidas no hospital?

Pedi a Papai que achasse a localização do hospital, e ele me disse que não fica muito longe de meus primos em Leith. Talvez eu pudesse pedir ao meu tio que fosse visitá-lo se eu não conseguir ir pessoalmente. Papai diz que a melhor maneira de ajudar na recuperação é deixá-lo nas mãos dos médicos, mas tenho certeza de que um rosto amigável seria o melhor de todos os remédios.

Você me diz? Eu vou amanhã se você achar que posso ajudar.

Vou rezar por sua saúde. Não se preocupe em mandar uma carta longa, caso ache a tarefa enfadonha e cansativa. Basta uma ou duas linhas. "Querida Evie" é o suficiente para mim.

Sua,

Evie

P.S.: Ontem à noite sonhei que estávamos em Paris para o Natal. Você, eu, Will, Alice. A neve caía em flocos grossos e gordos enquanto caminhávamos pela Champs-Élysées, com as luzes da Torre Eiffel brilhando a distância. Foi o sonho mais perfeito, Thomas. Eu sei que chegaremos lá um dia. Eu prometo.

De Thomas para Charles Abshire
1º de setembro de 1916

Edimburgo, Escócia

Caro Charles,

Sinto pela demora em escrever e peço desculpas pelo susto que causei. Estive muito mal nos últimos meses. Recentemente, fui transferido para o Hospital de Guerra para Oficiais de Craiglockhart, em Edimburgo. É um hospital especializado para oficiais com neurastenia, uma espécie de neurose de guerra. Ficarei aqui por um período indefinido.

Receio não estar em posição de fazer muito a respeito dos problemas domésticos. Como Papai, coloco minha confiança em você. Por favor, continue a me manter informado.

Sinceramente,

Thomas

De Thomas para Evie
1º de setembro de 1916

Edimburgo, Escócia

Querida Evie,

Obrigado pela compreensão. Tenho sido um péssimo amigo, mas saiba, por favor, que tenho você em meu coração. Não há mais ninguém nesta terra que me conheça tão bem quanto você. Não mais. Eles se foram, mas agradeço a Deus que você esteja aqui.

    Algumas semanas aqui na Escócia e, finalmente, consigo comer novamente. Eu havia perdido o apetite completamente, com minha cabeça cheia de horrores que não vou nomear e o peso da culpa por todos os homens que morreram por minhas mãos e por aqueles que deixei para trás e ainda estão no *front*. Você não reconheceria o homem esquelético que me tornei. Mas, aos poucos, recupero minhas forças.

    Os médicos têm sido gentis, mas às vezes questiono os tratamentos absurdos. Eles acham que um pouco de golfe e uma caminhada ocasional pelos jardins podem ajudar. A hipnose é outro método favorito deles. Não entendo como praticar esportes ou entrar em transe vá esvaziar a minha cabeça de memórias horríveis. Sou cabeça-dura demais para medidas tão simples. Mesmo assim, suponho que valha a pena tentar.

    Fui também estimulado a escrever o máximo possível. Cada batalha, cada coisa terrível da qual consiga me lembrar, descrevo em um diário. O médico discute minhas anotações comigo. Você nunca viu um homem adulto chorar tanto (embora eu chore mais quando o médico sai). Eu não sabia que tinha tantas lágrimas. É horrível, mas, de alguma forma, acho que ajuda colocar no papel.

    O mais difícil de superar é a vergonha. Devo contar que a razão de me encontrar nesta situação é algo que aconteceu em março. Tínhamos acabado de executar o "ódio matinal" (como chamam acordar uma hora antes do amanhecer para atirar preventivamente contra um possível ataque inimigo de homens com baionetas. Uma coisa desprezível). Mal havíamos acabado um rápido café da manhã quando uma granada foi jogada na trincheira. Não tive mais do que um curto segundo para decidir o que fazer, mas em minha memória é o mais longo momento que já vivi. Meu comandante e vários de meus homens estavam sentados nas proximidades. Se eu me jogasse sobre a granada, eles seriam salvos. Seria a coisa honrosa a fazer. Mas eu hesitei e me levantei tarde demais.

A explosão matou todos os cinco homens, jogou alguns sacos podres de areia para todo lado e criou o caos. Fui poupado; recebi estilhaços e perdi minha audição por algumas horas, sofri uma dor terrível e um zumbido nos ouvidos, mas fui poupado.

Sobrevivi, mas meu comandante e amigos se foram. Se não tivéssemos perdido nosso comandante por causa da minha hesitação, não teríamos de marchar de novo tão cedo para nos juntar aos batalhões em Verdun. Muitos milhares tombaram, Evie. Tudo por causa daquele minúsculo momento de hesitação meses antes.

Desde então, só consigo me sentir como um covarde. Falhei completamente enquanto líder de meus homens. Não lhe contei isso antes porque não pude. A vergonha vai além de qualquer coisa que eu possa descrever. São os rostos deles que me assombram à noite, os gritos que ouço enquanto são engolfados pelo gás fantasmagórico. E agora eu os abandonei novamente, no inferno que eles chamam de Verdun, enfrentando todo aquele terror diariamente. Que tipo de líder se estilhaça como vidro e abandona seus homens? A culpa me estrangula às vezes.

Tenho pensado muito em você e em seus diários, em como você costumava carregá-los para cima e para baixo. Agora entendo que podemos nos expressar no papel de uma maneira que não conseguimos em voz alta. Falando nisso: como vão suas colunas? Bem, espero.

As margaridas prensadas que envio em anexo são de minha caminhada diária ao redor do lago. Parecem o sol e me fazem pensar em você.

Sempre seu,

Tom

P.S.: É possível receber visitas, mas vou precisar de permissão, e prefiro que você não peça a seu tio para me procurar. Não nos conhecemos bem e, hoje em dia, não consigo fingir nenhuma satisfação. Tenho permissão para sair da propriedade quase todos os dias, aventurar-me na cidade ou caminhar ao redor do lago. Adoraria vê-la.

Último Natal em Paris

De Evie para Thomas
7 de setembro de 1916

Richmond, Inglaterra

Querido Tom,

Obrigada por escrever, mesmo que eu saiba como deve ser difícil me contar o que você está passando. Suas palavras são muito importantes para mim.

Ainda que eu não possa entender por completo os horrores que você vivenciou, eu me recuso a ignorar a verdade. Vi o filme *A batalha do Somme* na semana passada. Tenho vergonha de admitir que eu vinha evitando-o, temerosa de ver a realidade brutal por mim mesma. Foi chocante – todos deixaram o cinema com olhos vermelhos e sem dizer uma palavra –, mas estou satisfeita por tê-lo visto e por entender um pouco melhor o que vocês enfrentam por lá.

Mesmo que o filme e suas descrições me choquem, não há sentido em fingir que não é verdade. Não se culpe pelo que aconteceu. Nunca se culpe, Tom. A culpa não é de ninguém mais além daqueles que nos levaram a essa guerra. A culpa é deles. E, ainda que eu fique triste em saber da morte de seu comandante e companheiros, pelo menos aquele momento de hesitação salvou *você*, Tom. E só isso já me faria desejar que você tivesse uma vida inteira de hesitações. Um segundo é, muitas vezes, tudo de que precisamos para tomar a decisão certa, ainda que ela não pareça certa naquele momento. Deus faz a sua parte nessas questões. Você sobreviveu por vontade dele.

Soubemos das horríveis baixas em Verdun e no Somme, apesar de os noticiários de julho só falarem em grandes vitórias, bombardeios certeiros e ataques vigorosos contra o inimigo. É terrível saber que você estava entre eles. Muitos não retornaram. Ao mesmo tempo em que me entristece saber de seu sofrimento, também me sinto egoisticamente aliviada por saber que você sobreviveu ao pior e estará longe da linha de tiro por algum tempo.

Tente não resistir aos tratamentos médicos. Eles sabem o que estão fazendo. E, por favor, tente comer. Não consigo imaginá-lo "magricelo". Aquele menino gordinho que roubava o que conseguia alcançar na despensa da cozinha – magricelo? Aquele sujeito fortão cuja risada enchia uma sala e fazia sacudir o candelabro – magricelo? Não posso acreditar. Coma, Thomas, por favor. É preciso. Por mim, pelo menos, se não for por você mesmo. Se você não comer, eu também não vou. E você sabe como sou magra mesmo com apetite. E, se eles não puderem liberar você para voltar ao *front*, se esse for o final da sua guerra, que assim seja. Você já fez a sua parte. Já fez bem mais do que a sua parte.

Fico feliz em saber que você redescobriu os prazeres da escrita – afinal de contas, você teve bastante prática. A pilha de suas cartas está tão alta que não consigo mais mantê-la sob o meu travesseiro (talvez eu não tenha contado que é onde as guardo). Em contrapartida, tenho a impressão de não conseguir escrever nenhuma palavra que preste. Minhas colunas saem dos meus dedos lentamente. É como caminhar pela areia molhada. Minhas palavras afundam uma a uma no papel. É como se tivesse perdido o entusiasmo, e é por isso que decidi escrever para você em vez de terminar a terrível coluna que larguei pelo meio, mas que devo mandar a Hopper amanhã pela manhã. A procrastinação é uma péssima companhia. De fato. E causa dor de cabeça.

Obrigada pelas belas margaridas. Elas me fizeram sorrir – assim como imaginá-lo colhendo flores à beira do lago. Saber que você as viu e pensou em mim... Às vezes é nas coisas mais simples que encontramos os maiores tesouros, não é? Você vai gostar de saber que adicionei os rostinhos solares das margaridas à minha coleção de flores prensadas. Em troca, mando uma violeta, colhida e prensada na primavera. Foi a primeira da temporada. Encontrá-la me trouxe muita alegria e esperança enquanto esperava notícias suas. Espero que lhe dê a mesma alegria e esperança agora.

Também envio outro esboço. Uma tolinha. Não é a coisinha mais querida? Elas aparecem no jardim e cantam uma canção muito doce. Eu esbocei esse bonitinho enquanto ele cantava para a namorada dele no poste da cerca. Espero que a serenata tenha sido recompensada.

    Tome cuidado, Thomas. Eu brinco para tentar animá-lo, mas você sabe que me preocupo muito.

Evie

    P.S.: Diga-me se posso visitá-lo. Se você conseguir permissão, tomo o trem amanhã.

De Evie para Alice
10 de setembro de 1916

Richmond, Inglaterra

Minha querida Alice,

    Como você está? Estou sem notícias já faz algum tempo e, é claro, temo o pior. Pode me dizer onde está? Vai conseguir uma licença? Preciso urgentemente de um abraço de Alice e do som da sua risada. Hoje usei o último sabonete com que você me presenteou no último Natal. Eu chorei enquanto o último pedacinho virava espuma em minhas mãos. Tudo me faz chorar ultimamente.

    O que você sabe sobre a condição de fraqueza emocional? É disso que Thomas se recupera no hospital para oficiais em Edimburgo. Ele parece terrivelmente melancólico. Diz que está magro como um palito e sendo tratado com hipnose. Estou bem alarmada. Talvez você possa me tranquilizar. Gostaria que um de meus primos escoceses fosse dar uma olhada nele. Para dizer a verdade, Alice, quero achar uma desculpa para visitá-los, para que eu mesma possa dar uma olhada nele.

    Mencionei isso a Hopper (que não parece muito compadecido da condição de Tom). Ele diz que Thomas precisa apenas dos cuidados e do tratamento dos médicos e que não tem dúvida de que minha visita o deixará angustiado e saudoso de casa e o deixará com mais dificuldade para se concentrar em sua recuperação e no retorno ao *front*. Você concorda? Não acho que Hopper possa oferecer opinião sobre os efeitos da guerra, já que ele só luta atrás de uma mesa e não pode ter ideia do que Tom está passando. A companhia de Hopper anda me cansando. Ele bebe conhaque demais, solta a língua e fala mal dos funcionários do *LDT*. Não posso nem repetir o que ele diz sobre Jack Davies.

Por favor, escreva logo. Faça-me rir. Preciso me animar. Faça-me sorrir. Lembre-me de tempos mais felizes. Recentemente, vi o filme *A batalha do Somme* e não consigo tirar as imagens da minha cabeça.

Sinto muito a sua falta.

Evie

De Alice para Evie
17 de setembro de 1916

Em algum lugar na França

Minha querida Evie,

Não tema, *mon amie*. Estou viva e bem! Tenho trabalhado em um hospital de campanha no *front* em ▬. Trabalho sem parar. Tenho dor até nos ossos. Isto aqui é um verdadeiro massacre; mais do que em qualquer outra batalha que eu tenha acompanhado, mas eu enfrento cada dia com um sorriso largo, de batom, sussurrando palavras de conforto, tentando brincar quando possível. É difícil, mas já há tanta tristeza por aqui que, sinceramente, alguém precisa estar animado na busca pela vitória.

Além disso, acho que encontrei meu novo chamado. Comecei a cantar canções e cantigas de casa para confortar os rapazes e, uma tarde, uma enfermeira de Nova Orleans me ouviu cantar. Ela me ensinou algumas canções; ela as chama de *jazz*. Parece que fazem o maior sucesso nas casas de dança da terra natal dela. É um novo tipo de música, ainda não popular, ela disse – ainda bem, assim me coloco no limiar de uma invenção! Conseguimos atrair um trompetista para se juntar a nós. Nossa brincadeira só acontece de vez em quando, infelizmente, mas é bem-vinda como chuva no deserto.

Sobre Tom, vá até ele! Pelo que acompanho aqui, o que os homens mais precisam quando estão sofrendo é sentir o amor de uma mulher, é sentir-se cuidados, é saber que o sacrifício deles valeu alguma coisa. A hipnose e os outros tratamentos são bons, mas ele precisa de carinho e de uma razão para ter esperança no futuro. Isso você pode dar em abundância, não pode, minha querida?

Também sinto muito a sua falta!

Alice

P.S.: Sim, são meus os lábios no envelope! Meus beijos!
P.P.S.: Acho que não conseguirei licença até essa loucura no ▬▬ terminar. Eles precisam de todas as mãos que tiverem. Aviso assim que souber.

De Thomas para Evie
19 de setembro de 1916

Edimburgo, Escócia

Querida Evie,

Obrigado por suas palavras gentis. Sobre a visita, não consigo pensar em nada que me deixaria mais feliz, minha querida. Estou sozinho, só me restam os médicos. Perdi amigos demais, minha família. Às vezes me sinto à deriva, mais sozinho do que jamais imaginei ser possível. Seu rosto pode me trazer de volta a este mundo. Vou falar com a equipe imediatamente sobre o protocolo – se você puder e quiser vir tão longe.

Fiz como você mandou e aceitei os tratamentos. Não posso dizer que acredito muito neles, mas percebi que os pesadelos parecem estar diminuindo. Se isso está ou não relacionado aos tratamentos, não tenho ideia. De qualquer forma, ajuda conversar com pessoas que entendem o que eu vi. O médico diz que tenho um caso razoavelmente moderado de neurose de guerra. Devo ficar satisfeito, suponho. Alguns outros estão tão mal que foram mandados para o hospício.

Coloquei sua tolinha sobre a minha cama. Vou pensar no passarinho com a canção dele, cortejando uma namorada. É um pensamento feliz, e esse tipo de pensamento é sempre bem-vindo.

Avise quando puder me visitar. Farei o possível para ter esperanças de que será em breve.

Sempre seu,

Tom

Telegrama de Evie para Tom

```
21 DE SETEMBRO 1916

PARA: TENENTE HARDING, A/C HOSPITAL DE GUERRA CRAIGLOCKHART,
EDIMBURGO
ENVIADO: 11:23                              RECEBIDO: 12:14

ESTAREI COM VOCÊ NA SEXTA. TREM PARTE AMANHÃ PELA MANHÃ.
FICAREI COM PRIMOS EM LEITH. ANSIOSA PARA VÊ-LO. P.S. O
SENHOR TOLINHA CONQUISTOU A NAMORADA. E.
```

De Evie para Alice
28 de setembro de 1916

Leith, Escócia

Minha querida Alice,

Adorei ter notícias suas. Você me faz sorrir com sua positividade inesgotável. Você deve ser a única pessoa que conheço capaz de achar uma razão de sorrir durante este horror. Você é um bálsamo. De verdade. Que música é esse "*jazz*"? O nome é feio! Tenho medo de não mais a reconhecer quando você voltar. Você acha que a vida será a mesma? Não sei como poderemos esquecer estes anos.

Bem. As notícias da Inglaterra. Ou melhor, da Escócia.

Eu vim até ele, Alice, e agora não sei como poderei ficar longe dele outra vez.

Nós nos encontramos no jardim do hospital – um dos lugares mais lindos que já vi. Ele estava cochilando em um banco quando cheguei, com um cobertor sobre os joelhos e o sol da tarde no rosto. Tão tranquilo e, ao mesmo tempo, tão atormentado pelos sonhos dele. O sorriso que iluminou o rosto dele quando me viu – ah, Alice. Não dissemos uma palavra sequer. Ele simplesmente tomou a minha mão quando me sentei ao lado dele, e me pareceu a coisa mais natural do mundo sentir a pulsação dele sob meus dedos.

Ele está muito magro. Muito quebrado fisicamente e atormentado pelo que viu e fez. Os médicos disseram que ele vai se recuperar completamente, o que é uma notícia maravilhosa, mas também fiquei triste, porque isso significa que ele vai voltar à França, e vou ficar sem ele e não sei como poderei aguentar.

Estou aqui há uma semana e espero poder ficar na Escócia até que ele se recupere totalmente, se a Mamãe (e a gerente do correio) puderem ficar sem mim. Estou com minha tia e meu tio em Leith. O motorista deles me leva até o hospital, onde minha prima Angela é enfermeira. Ela tem ajudado muito na organização de meus encontros com Tom. Nós nos encontramos no banco sob um carvalho e conversamos ao som de uma serenata de pássaros nos galhos acima.

Ele melhora um pouco a cada dia, mas fica facilmente cansado e precisa de tratamentos frequentes, de modo que minhas visitas são breves.

É claro que você vai querer saber se houve alguma jura de amor entre nós. Estou ansiosa para saber se ele recebeu a carta de Natal que só mandei bem depois, mas não tenho coragem de perguntar. Ele já tem muito com que se preocupar sem que eu o sobrecarregue com questões amorosas. Tenho a impressão de que, apesar de conhecer Tom por toda a minha vida, só o conheci realmente nestes anos turbulentos de guerra. Você achou que eu estava só entusiasmada quando disse pela primeira vez que o amava (você não disse isso, mas eu sei que pensou), mas alguma coisa mudou, e eu nunca estive mais certa de alguma coisa quanto agora, certa de que o amo com a afeição mais profunda possível.

Eu amo Tom Harding!

Não posso dizer a ele, então partilho meu segredo com as ondas. Elas levam meu amor com a virada de cada maré e o trazem de novo à costa no dia seguinte, junto com os pedaços de madeira e as belas conchas que eu coleto durante minhas longas caminhadas, e a perfeição de cada concha me lembra a importância de ser paciente, me lembra que a natureza vai usar sua mágica e produzir algo lindo no final.

Tudo o que quero é que ele se recupere. Que melhore. Que volte a ser o velho Tom. Fomos frívolos e infantis quando nos encontramos em Londres no ano passado. Agora há uma compreensão tranquila entre nós. Uma proximidade que não tínhamos antes. É isso que me dá o maior conforto.

Como parte do tratamento dele, eles o estimulam a escrever as coisas: memórias, ansiedades, etc. Ele começou a escrever uma pequena mensagem que eu levo para casa depois de cada visita. Sinceramente, não sei como evitar que meu coração exploda.

Tenha cuidado, minha querida. Mantenha essas alegres canções de *jazz* em seus lábios vermelhos e sorridentes. Não posso pensar em ninguém melhor para alegrar as tropas. Você sempre foi uma exibida de primeira!

Com muito amor,

Evie

P.S.: Cuidado com o trompetista. Tenho certeza de que em breve vou saber que os lábios dele deixaram o instrumento e acharam uma nova canção no seu sorriso de rubi!

Último Natal em Paris

De Thomas para Evie
1º de outubro de 1916

Edimburgo, Escócia

Querida Evie,

Gostei de nosso chá com carteado ontem, embora você seja uma trapaceira. Eu tinha esquecido como você é boa! Will não teria aguentado. Por mais brincalhão que fosse, ele era péssimo perdedor, especialmente para a irmã mais nova dele.

Sua amizade significa muito para mim, srta. Elliott. Espero que você saiba disso. Aguardo sua visita amanhã.

Seu,

Tom

De Thomas para Evie
5 de outubro de 1916

Edimburgo, Escócia

Minha querida Evie,

Só posso me desculpar pelo que aconteceu. Meus episódios não costumam acontecer durante o dia, mas, quando ouvi trovões tão fortes... Espero não a ter machucado. Fui tomado por meus instintos e tive de protegê-la. O tremor em minhas mãos parou cerca de uma hora depois de sua partida. O médico diz que tenho de ouvir esses sons mais frequentemente, para não ser tão sensível a eles. Ele está considerando me mudar para outra ala do hospital, mais perto do barulho da cidade.

Se você quiser deixar de vir por um tempo, eu entenderei perfeitamente.

Seu,

Tom

De Thomas para sr. Charles Abshire
10 de outubro de 1916

Edimburgo, Escócia

Caro Charles,

Anexei toda a papelada que você pediu com as necessárias assinaturas. Acho melhor Hopper continuar a gerir o jornal por enquanto, como discutimos. Jack Davies terá de se comportar com ele por mais algum tempo. Vou lembrá-lo de ser educado. Em outro assunto, não posso acreditar que nossa srta. Melro esteja gerando tanta correspondência de fãs. Podemos pensar em ter uma coluna permanente para destacar vozes femininas após a guerra. Algo desafiador e interessante, não "Como fazer um bom peru de Natal" ou "As melhores agulhas de tricô". Evie morreria de tédio com coisas assim.

Espero que você esteja bem, Charles. Estar em casa parece uma memória distante, mas espero que logo se torne uma realidade.

Atenciosamente,

Thomas

De Evie para sua mãe
15 de outubro de 1916

Leith, Escócia

Querida Mamãe,

Algumas linhas para contar que a Escócia é surpreendentemente bela no outono e que tudo está bem.

Tom continua a melhorar em ritmo acelerado – para grande surpresa dos médicos aqui, que o consideram uma espécie de milagre da medicina. Eles dizem que ele estará bem o suficiente para retornar à França em breve.

Eu deveria estar feliz pela recuperação dele, mas fico desesperadamente triste ao pensar que ele será mandado de volta. Fico pensando em desculpas para fazê-lo ficar enquanto ele, em contrapartida, está ansioso para voltar a seus homens. Eu sei que devo admirar a lealdade dele, mas é difícil.

Avisarei quando as datas estiverem definidas, e assim terei uma previsão da minha volta para casa. Tio Boris e tia Isobel mandam lembranças. Eles têm sido incrivelmente generosos, deixando-me ficar e me oferecendo o carro e o motorista para me levar aqui e ali. Você gostaria muito daqui, com exceção das fortes brisas que estragam chapéus e penteados e que às vezes tornam quase impossível andar com a postura ereta. Devemos vir para cá de férias quando estivermos em paz novamente.

Will sempre amou estar aqui, não? Penso nele com frequência, como sei que você também pensa. Ontem vi um jovem de muletas brincando com a filha na praia e pensei no pai maravilhoso que Will teria sido. Sinto uma falta terrível dele. Gostaria que falássemos sobre ele com mais frequência. Talvez possamos tentar quando eu voltar. Olhar fotografias antigas e rir das travessuras de menino dele... Devemos fazer o que for preciso para manter viva a memória dele. Devemos isso a ele, pelo menos.

Sua filha amorosa,

Evelyn

De Thomas para Evie
1º de novembro de 1916

Edimburgo, Escócia

Querida Evie,

Por mais difícil que tenha sido, apreciei nossa conversa de hoje. Lembrar-me de Will, de quanto tudo mudou... De certa forma, suas lágrimas fizeram com que me sentisse menos sozinho. Não sei como agradecer por ouvir minhas histórias terríveis. Você tem um coração de ouro.

Às vezes, mal posso acreditar que você está aqui. Minha mais querida e mais próxima amiga escolheu ficar na Escócia, longe de sua própria casa – por mim. Não consigo imaginar como vou acertar as contas com você.

Sempre seu,

Tom

De Evie para Jack Davies
3 de novembro de 1916

Leith, Escócia

Prezado sr. Davies,

Envio em anexo minha última coluna. Como o senhor sabe, estou visitando parentes na Escócia nessas últimas semanas e estive no Hospital de Guerra de Craiglockhart para visitar Tom Harding, que melhora a olhos vistos. As idas ao hospital me estimularam a escrever sobre a condição de neurose de guerra que é tratada aqui em grande número. Sei que pode ser arriscado para o jornal publicar minha opinião a respeito (já que não é sempre expressa com a timidez esperada de uma mulher), mas creio que seus leitores precisam saber mais sobre essa "condição" – em especial para que, ao entendê-la um pouco melhor, possam ajudar seus entes queridos.

O senhor poderia me escrever sobre o que pensa a respeito?

Devo voltar a Londres em breve, e talvez possamos almoçar juntos e discutir o futuro da coluna. Eu posso não ser uma jornalista de formação, mas me sinto cada vez mais compelida a dizer a verdade sobre aquilo que vejo.

Além disso, ouvi falar que o Exército estaria estabelecendo um corpo auxiliar de mulheres. Talvez eu pudesse finalmente achar uma maneira de ir à França, como discutimos.

Atenciosamente,

Evie

A GUERRA DE UMA MULHER

por nossa correspondente especial em Londres,
Genevieve Melro

"Dormir, talvez sonhar..."

E assim continua. Mês, semana, dia, hora, minuto, segundo... o tempo se arrasta interminavelmente, e as batalhas se sucedem, e nossos homens caem mais rápido que os flocos de neve no inverno.

Nenhum ano desta guerra foi o mesmo. A cada nova batalha, parece que devemos reaprender o significado da guerra. Cada ofensiva traz novos perigos além dos conhecidos rifle e baioneta que nossos homens foram treinados para usar. Agora eles enfrentam gás venenoso, projéteis poderosos, todos os tipos de doença... armas para as quais não houve treinamento. Armas que – em alguns casos – nem existiam dois anos atrás.

E, no entanto, em meio a todos os tiros e bombardeios que são ouvidos por aqueles que vivem na costa sul, trazidos pelo vento que vem da França, há outra arma que nossos homens devem enfrentar, uma arma tão mortal quanto qualquer outra: o desespero.

Durante o mês passado, fui visitante ocasional do Hospital de Guerra Craiglockhart, na Escócia. É um impressionante hospital militar para oficiais que para lá são enviados para se recuperar do trauma da batalha. No entanto, se você os visitasse – como eu o fiz –, teria razões para pensar que esses homens não passam de fraudes. Eles andam sobre as duas pernas sem o uso de muletas. Eles balançam os dois braços ao lado do corpo. Eles não precisam de máscaras para esconder seus ferimentos. Esses homens sofrem de uma maneira totalmente diferente. Eles sofrem em suas mentes. Os horrores que viram e os sons constantes que suportaram noite após noite permanecem com eles, de modo que não conseguem mais funcionar como homens normais. Alguns perderam a fala, tamanha a extensão de sua angústia.

Aqui, no hospital, isso é chamado de "neuroses de guerra". Aqueles que sofrem com a doença são acusados de não ter "fibra moral". Nos mais altos níveis de comando, há uma sensação de que esses homens têm mente fraca. Que não são homens de verdade, digamos assim.

Esses pacientes são uma novidade para os médicos, que os tratam não com remédios, mas com hipnose, banhos quentes e uma partida ocasional de golfe. Embora eu não seja uma especialista e não possa explicar todos os sintomas, o que sei é que esta não é uma doença que possa ser tratada com remédios e um período de descanso. Ela vai muito além do alcance do conhecimento médico normal. Assim como nossos homens não foram treinados para lidar com as novas armas que enfrentam no *front*, nossos médicos também não foram treinados para lidar com essa nova "doença".

Então, o que podemos fazer? Como mães e esposas, irmãs e amigas – o que podemos fazer para ajudar os homens que voltam para nós não com membros quebrados, mas com mentes quebradas? Talvez não possamos fazer nada além de escutar, quando eles são capazes de falar, segurar suas mãos quando elas não param de tremer, entender que o som de um trem que passa ou um estrondo de trovão pode parecer normal para nós, mas para eles é uma lembrança de tudo o que temem e, em um instante, leva-os de volta às trincheiras.

Esta é uma guerra de muitas batalhas, e uma delas é a batalha da resistência. Nenhum de nós estava preparado para que ela durasse tanto. Nenhum de nós tinha as habilidades necessárias para enfrentá-la. E, ainda assim, nós a enfrentamos. De alguma forma, encontramos um jeito.

Portanto, continuem a enviar suas cartas, suas palavras de orgulho, de amor e incentivo e peçam àqueles que vocês amam que contem o que veem e ouvem – não apenas quando estão acordados, mas nas horas silenciosas de seus sonhos. Deixem claro que, aconteça o que acontecer, paras vocês eles continuam íntegros. Deixem claro que, para as pessoas mais importantes, eles serão para sempre heróis.

Até a próxima – coragem!

Genevieve

Último Natal em Paris

De Alice para Evie
5 de novembro de 1916

Em algum lugar na França

Querida Evie,

Finalmente respondo à sua carta. Desculpe pela demora. A horrível batalha da qual falei durou meses, e estive em pé dia e noite, mais exausta do que jamais pensei ser possível. Procure as reportagens sobre as batalhas mais devastadoras e lá estarei, no meio do horror. O ritmo parece agora estar diminuindo, graças ao senhor lá em cima. Ninguém mais poderia continuar neste ritmo.

Quanto ao seu Tom, viu só? Ir até lá foi a coisa certa a fazer. Pobre homem. Parece que ele ficou realmente abalado. Você não pode nem dar uma indireta sobre a carta confessional de Natal? (O que você diz nela, querida? Espero que não tenha sido contida.) Talvez seja uma maneira de tocar no assunto. Não imagino que ele próprio abordasse a questão, ainda que tenha lido a carta, especialmente estando na situação atual. Lembre-se de que ele pediu que você o visitasse – e na Escócia. Isso só pode ser amor, não? Poxa, Evie, talvez você devesse simplesmente dizer a ele. E se ele voltar ao *front* sem saber? Você aguentaria essa agonia? Eu não aguentaria!

Envio abraços para vocês dois. Reze para que eu seja enviada a outro lugar em breve. Sinto meu ânimo se esvair, e isso eu não posso aceitar.

Alice

De Thomas para Evie
20 de novembro de 1916

Edimburgo, Escócia

Querida Evie,

Um jogo de cartas amanhã? Ou um passeio pelo jardim? Não se esqueça de trazer sua sombrinha dessa vez. Meu lenço ainda está encharcado e não vai nos cobrir.

Seu,

Tom

De Evie para Alice
20 de novembro de 1916

Leith, Escócia

Minha querida amiga,

Realmente, você não parece a mesma. Não falou em música nem em homens. Deve ser horrível para você aí, mas pense em todos que você curou com seu belo sorriso e o brilho dos seus olhos. Você é um encanto, e tenho a maior admiração por você.

Tentei várias vezes falar com Tom sobre minha carta de Natal, mas nunca consigo achar o momento ou as palavras certas. Ele ainda parece tão frágil, e eu não gostaria de sobrecarregá-lo com expectativas de amor. Você sabe melhor do que ninguém que não sou paciente por natureza, mas desta vez tenho de ser. Talvez ele lembre melhor quando se recuperar. Ele às vezes parece meio confuso e se assusta com batidas leves ou barulhos altos. A guerra transformou meu leão corajoso em um gatinho. Seria injusto e egoísta sufocá-lo com minhas próprias necessidades. Ainda não, ao menos.

Volte logo para casa. Sinto muito a sua falta.

Evie

P.S.: Você ouviu alguma coisa sobre o Corpo Auxiliar de Mulheres do Exército? Estou fazendo planos para uma aventura além-mar. Estarei no primeiro trem para Dover se tiver a chance.

De Thomas para Charles Abshire
22 de novembro de 1916

Edimburgo, Escócia

Caro Charles,

Mando esta breve mensagem para agradecer os cigarros e o uísque, assim como sua preocupação. Tenho medo de nunca conseguir me livrar da pesada carga que passei a carregar, mas agora me sinto em solo firme novamente. Terá de ser o suficiente por enquanto. Desejaria estar voltando para Londres, certo da vitória, mas fui informado de que devo voltar ao *front* em algumas semanas.

Mantenha-me informado sobre Davies e Hopper. Agradeço sua influência construtiva sobre eles.

Meus melhores votos,

Thomas

De Alice para Evie
1º de dezembro de 1916

Em algum lugar na França

Querida Evie,

Estarei em casa, de licença, daqui a três dias! Será uma visita breve, mas o suficiente para dar uma volta e comer algumas guloseimas de Natal. Coisas que vão levantar meu ânimo. Sim, até eu começo a sucumbir à melancolia que cobre tudo. É tudo desesperador aqui, e ninguém consegue aguentar por tanto tempo sem ser afetado. Fico desesperadamente triste que você não esteja em casa durante a minha estadia, mas não poderia pedir que você deixasse Tom. Imagino que ele precise mais de você do que eu.

Beijos,

Alice

De Thomas para Evie
18 de dezembro de 1916

Edimburgo, Escócia

Querida Evie,

Que maravilha celebrar o Natal com você, ainda que seja sem festa e com uma semana de antecedência. Aquela pequena taverna na cidade era muito aconchegante. Galinha assada e batatas, um gole de conhaque ao lado da lareira. Por algumas horas, pareceu que vivíamos em outro tempo. O tempo antes de tudo isso.

Eu me lembrarei para sempre da primeira risada que dei em muito tempo, da maneira como o fogo da lareira iluminava seu rosto. Como seria bom se eu pudesse engarrafá-la e levá-la comigo de volta ao *front*...

Sempre seu,

Tom

De Evie para Thomas
20 de dezembro de 1916

Leith, Escócia

Meu querido Tom,

Como é insuportável dizer adeus mais uma vez... É como se dançássemos em torno um do outro como folhas de outono, girando e sacudindo até que uma lufada de vento nos manda em direções opostas. Como eu desejaria que ficássemos imóveis por um instante, que os ventos da guerra não soprassem, permitindo que nos assentássemos...

A despedida de amanhã será agridoce: feliz em vê-lo bem outra vez, mas triste em vê-lo partir. É tão típico de você demonstrar tal fortaleza quando outros teriam corrido de volta à saia de suas mães! Você já estará no trem ao ler esta carta, mais uma vez em direção ao sul e aos campos de South Downs e, do outro lado do Canal, à França. Seus homens ganharão coragem ao vê-lo novamente. Não pense que você estará voltando à guerra. Pense que estará reencontrando amigos.

Escrevo de um daqueles pequenos cafés do porto onde passei tantas horas nestas últimas semanas. A vastidão do mar me lembra quão grande é o mundo e quão pouco dele eu conheço. Quando a guerra acabar, quero viajar o mais longe que puder para conhecer aquilo pelo qual vocês lutam

– aquilo que tentamos salvar. Você se lembra de quando mencionei o pequeno livro de viagens de Lillias Campbell Davidson? Eu o achei na biblioteca de Papai e partilhei com você alguns trechos sobre a roupa apropriada para ciclistas: "…faça vestidos de flanela, simples e sem babados ou pontas soltas, para não prender na bicicleta; meias escuras de lã no inverno e de algodão no verão; sapatos, nunca botas…" Tenho o livro aqui comigo. Eu era tão animada na época em que li aquelas linhas pela primeira vez, animação que pareço ter perdido desde então. Não posso deixar a guerra fazer isso comigo, posso? É preciso manter a ideia da aventura na vida da gente, ou, ao menos, a promessa da aventura.

Você queria me dizer alguma coisa quando nos despedimos ontem? Houve um momento de hesitação, e tive certeza de que você queria dizer algo importante. Talvez eu esteja imaginando. Se não estiver e se há realmente coisas não ditas, talvez elas sejam mais facilmente expressas em uma carta. Citando Shakespeare, "peço caneta e tinta e escrevo o que penso".

O proprietário está fechando o café; preciso terminar e fechar o envelope. Amanhã eu deixo a paisagem acidentada da Escócia e retorno para a perfeição engomada de Poplars. Não posso dizer que esteja entusiasmada. Sinto como se um pedaço desta terra tivesse ganhado lugar em meu coração. Espero voltar na primavera, se as circunstâncias permitirem.

Para você, um presente de despedida. Um ostraceiro que desenhei durante uma de minhas longas caminhadas pela areia, na maré baixa, enquanto esperava para visitá-lo. Ele parecia muito paciente, abrindo suas ostras contra as rochas. Imaginei que ele acharia uma pérola, um tesouro. Com um pouco de paciência, todos podemos achar um tesouro. O que você acha?

Feliz Natal, Thomas.

Muito afetuosamente,

Evie

De Thomas para Evie
24 de dezembro de 1916

Em algum lugar na França

Querida Evie,

Já estou acomodado de volta, o quanto é *possível* acomodar-se aqui. Estranho como, depois de apenas alguns dias, já sinto como se nunca tivesse saído. Esta guerra está gravada na composição do meu ser.

Alguns poucos homens olharam para mim de modo estranho quando voltei, mas apenas um disse alguma coisa sobre minha estadia "naquele" hospital. Se eu não fosse tenente, teria acertado um soco na cara do soldado Johnson pelo comentário maldoso. Mas a última coisa de que precisamos é brigar entre nós. Em vez disso, eu o cortei com uma resposta irônica. Ele é burro demais para entender minha resposta, mas muito outros entenderam, e foi satisfatório o bastante.

Agora para um pensamento mais pacífico. Fui colocado aqui sob o cuidado de uma enfermeira, a pedido de meu médico em Edimburgo – o nome dela é Rose Blythe. Ela é gentil, esperta, leve e exala empatia. Suspeito que você iria gostar muito dela. Ela foi instruída a ficar atenta a sinais de regressão em mim. Há pouco tempo eu teria desprezado tal cuidado, mas devo dizer que estou satisfeito com a companhia dela. Muitos outros amigos e camaradas tombaram na terrível batalha que aconteceu durante minha ausência. Sem Rose, eu me encontro frequentemente sozinho.

Obrigado por sua carta, que me fez companhia durante minha longa jornada de volta. Posso imaginá-la no café do porto. Parece o paraíso. Meu mundo ficou menor, não maior, infelizmente. Mas isso vai mudar para mim também, espero. Quando a guerra acabar, gostaria de passar um bom tempo em casa, colocando o negócio nos trilhos, e depois, talvez, viajar um pouco. Uma visita à América ou aos vilarejos maias da Guatemala. Talvez algum lugar das Índias Ocidentais.

Em sua carta, você pergunta pelo que estamos lutando, o que tentamos salvar. Minha querida, é você que tentamos salvar. E cada mulher, criança, parente e amigo que significa algo neste mundo. Proteger o nosso lar e o que é nosso, defender os nossos interesses, o nosso modo de vida. Pelo menos é por isso que eu estou aqui. O argumento absurdo da "honradez" é conversa de homens ingênuos sem muito tempo de batalha, ou, talvez, de alguns poucos verdadeiros amantes da guerra que conheci. Eu já fui um desses soldados ingênuos, assim como nosso querido Will.

Mas estou aqui para salvá-la – assim como você me salvou. Não tenho certeza de poder expressar adequadamente minha gratidão por sua extensa visita. É o que eu tentava dizer quando nos separamos. Como me importo profundamente com você. Você tem sido a melhor amiga que um sujeito poderia desejar, e sou muito grato.

Sempre seu,

Tom

De Evie para Alice
25 de dezembro de 1916

Richmond, Inglaterra

Querida Alice,

Um feliz Natal muito atrasado para você. Você deve ter me achado muito descuidada por tê-la esquecido, mas, veja bem, não esqueci! Meus votos de Natal, embora tardios, são sinceros.

Alice, descobri algo muito perturbador e tenho de contar a você, porque não há mais ninguém a quem eu possa fazê-lo. Quando voltei da Escócia, pressionei Mamãe para falarmos sobre Will. A ausência dele é tão sentida, e eu me sinto terrivelmente triste por não compartilharmos nossas memórias ou olharmos fotos dele com mais frequência. Perguntei a Mamãe se eu poderia ver os pertences pessoais que foram devolvidos a ela após a morte dele. Ela ficou muito nervosa e foi se deitar, alegando uma de suas dores de cabeça. Não é a primeira vez que ela evita o assunto.

Alice, receio ter feito algo terrível. Hoje cedo, enquanto Mamãe estava na cidade, olhei na escrivaninha dela, na esperança de encontrar algumas coisas de Will, e descobri um pacote de cartas. Foram escritas por Will e pela enfermeira francesa dele, Amandine. Não desejo trair a confiança dele até que possa confirmar as implicações dos sentimentos trocados entre eles, mas basta dizer que estou extremamente abalada. Há também uma carta de Will para Mamãe, para ser lida caso ele morresse, expressando os últimos desejos dele. Ele dá um endereço na França para contatar Amandine.

Mamãe nunca mencionou isso. Só posso presumir que ela achou tudo chocante demais para aceitar. Não sei como confrontá-la sobre isso, porque ela saberá que remexi as coisas dela como uma espécie de ladrão. Se eu falar alguma coisa, temo que ela vá proibir que eu interfira, e sinto que devo interferir.

Vou escrever para Amandine nesta tarde, para tentar entender as coisas. Só espero estar fazendo a coisa certa.

Feliz Natal, querida.

Evie

De Evie para Amandine Morel
29 de dezembro de 1916

Poplars, Richmond, Londres SW, Inglaterra

Cara *Mademoiselle* Morel,

Meu nome é Evelyn Elliott e sou a irmã de Will Elliott, com quem acredito que a senhorita conviveu enquanto trabalhava como enfermeira no *front*, antes que ele morresse tragicamente. Recentemente tive acesso a pertences pessoais de Will que foram devolvidos à minha mãe depois da morte dele.

Mademoiselle Morel, escrevo porque preciso saber se o que li nas cartas de Will é verdade. Se for verdade, gostaria de oferecer minha assistência e minhas sinceras desculpas em nome de Will por não ter entrado em contato mais cedo.

Talvez a senhorita pudesse escrever para mim no endereço acima. Desculpe se parece ousado de minha parte, mas, se a senhorita fizesse a gentileza de escrever e, talvez, de permitir que eu a visitasse em Paris em algum momento, quando a guerra acabar, eu me sentiria cumprindo minha obrigação de irmã com Will e com a senhorita, que foi amiga próxima dele.

Espero ter notícias suas.

Sinceramente,

Evelyn Elliott

PARIS

21 de dezembro de 1968

    As gardênias dão um aroma maravilhoso ao quarto. Margaret faz um comentário sobre elas enquanto refresca o vaso com água, retira as pétalas que escureceram e inala o perfume aveludado dos botões.
– Flores de estufa – eu digo. – Privilégio dos ricos.
    É uma extravagância à qual me permito em todos os natais. Uma extravagância que ela adorava.
    Margaret ri e cuida das flores como cuida de mim: gentilmente, respeitosamente e com bom humor. Ela não sabe das memórias que as flores trazem.
    Eu sou o mais paciente que consigo ser quando ela se ocupa de mim. Incomoda-me que deva ficar aqui deitado, com agulhas e tubos. Incomoda-me que não possa ver Paris como gostaria: os cafés, os jardins, uma porção considerável de bife *bourguignon*; caminhar de braços dados com ela ao longo dos bulevares; saborear um *café crème* ou o gosto de anis do *pastis* sob os toldos listrados em vermelho e branco dos cafés de Montmartre. Eu quase esquecera o quanto gosto daqui, quase esquecera o quanto gosto

da vida. Mas desta vez – a minha última – devo contentar-me com Paris vista do meu apartamento, enquanto meu corpo cansado se arrasta e me leva cada vez mais próximo aos meus dias finais. Margaret fala de voltar a Paris na primavera. Eu digo a ela que é lindo e a encorajo a voltar.

– Nós dois voltaremos, sr. Harding!

Meu sorriso esconde o fato de que sei que nunca mais verei a beleza de uma primavera parisiense.

Pelas janelas compridas do quarto, aqui neste apartamento do sexto *arrondissement*, consigo enxergar por cima dos telhados a famosa torre e a vejo desaparecer quando a noite a envolve. Penso em como ela sonhava em vê-la, e em como seu rosto parecia o de uma criança encantada quando a viu pela primeira vez. De certo modo, parece certo que o ciclo se complete – aqui mais uma vez, entre as almas de tantos amigos, a alma de minha vida pregressa.

Disseram que tenho câncer de pulmão. Parece irônico que eu tenha sobrevivido a duas guerras e a vários ossos quebrados. Sobrevivi até à terrível febre espanhola, que varreu os hospitais de campanha ao final da guerra e depois toda a Europa e que quase destroçou o meu mundo. Mas, no final, o que vai me faltar é a habilidade de respirar – a coisa mais natural que um homem possa fazer.

Eu resmungo enquanto Margaret administra várias medicações. Eu não sou um bom paciente, e ainda assim ela faz o que pode para deixar tudo mais leve.

– Termino em breve, e aí o senhor pode continuar a ler suas cartas.

Eu olho mais uma vez pela janela. Não quero estar aqui dentro. Quero estar bebericando *vin chaud* no jardim Lilac do *La Closerie de Lilas*. Gostaria muito de ser o jovem vibrante que um dia fui. Pergunto-me se alguma vez apreciei de verdade o fato de ter boa saúde e a capacidade de respirar sem esforço. A arrogância da juventude não dá importância às coisas. Até que você se encontre em guerra, claro, enfiando a baioneta no peito do inimigo antes que ele enfie a dele no seu.

Ao som do telefone, Margaret sai correndo do quarto. Eu me ergo contra a cabeceira da cama para ver os parisienses lá embaixo. Eles correm, apressando-se a chegar em casa e a se proteger do vento cortante. A voz de Margaret ecoa no corredor, e eu fecho os olhos, esforçando-me para entender o que ela, porém, sem muito resultado. Ouço apenas o nome "Delphine" e o som melódico de um francês passável.

Ao retornar, ela coloca uma bandeja de chá na mesa ao meu lado e me encara com um olhar sério.

– O senhor precisa comer alguma coisa. Já se passaram horas, Tom. E não tente esconder sua comida no lixo outra vez.

– O que ela disse? – eu pergunto, ignorando os bolinhos e o chá.

– Tudo foi organizado conforme planejado – ela sorri. – Delphine está satisfeita que sua viagem tenha sido confortável e espera vê-lo amanhã.

Ela mexe na cortina, puxando-a de modo que caia sem dobras.

– O senhor deve estar ansioso para vê-la – ela acrescenta.

Delphine, o presente que nenhum de nós esperava descobrir.

– Estou, Margaret. Muito.

Ela repara na carta que tenho nas mãos. A última e preciosa carta – aquela que prometi ler aqui, em Paris. Aquela que lerei no final.

– O senhor sempre disse que ela escrevia cartas lindas. Imagino que anseie por saber o que diz – observa Margaret.

Passo as pontas dos dedos no envelope lacrado; sobre a caligrafia elegante dela.

– Esperei muito tempo por tantas cartas dela, Margaret... Posso esperar um pouco mais agora.

Margaret afofa meus travesseiros e diz que voltará daqui a pouco para me ver. Ela sai fechando a porta, deixando-me sozinho com meus pensamentos e com o cheiro de gardênias que me conduzem à primeira vez que voltei para casa de licença e ela usava uma gardênia no cabelo. Ela tinha um cabelo lindo, como uma seda de ébano. Agora parece ridículo que eu não tenha percebido isso antes daqueles dias de outono que passamos juntos. Foi como se naquela semana, pela primeira vez, eu tivesse notado tudo sobre Evie.

Pego o próximo maço de cartas, cuidadosamente rotulado "1917", e deixo que as palavras dela me levem de volta...

PARTE QUATRO

1917

"Ele simplesmente achava que, se pudesse levar com ele a visão do lugar na terra sobre o qual ela andava, e o modo como o céu e o mar o emolduravam, o resto do mundo poderia parecer menos vazio."

– Edith Wharton, *A idade da inocência*

De Thomas para Evie
1º de janeiro de 1917

Em algum lugar na França

Querida Evie,

Feliz Ano-Novo, minha amiga! Espero que você tenha aproveitado a celebração de Natal e a festa de sua mãe. Pensei muitas vezes em você, imaginei-a dançando e divertindo os convidados. Imagino que Hopper estava lá, sendo um chato. Você mencionou que sua mãe planejava convidá-lo.

Estou de razoável bom humor. Acho que 1917 talvez traga coisas boas, e eu volte para casa de vez. No mínimo, pretendo pedir licença novamente daqui a alguns meses.

Por falar em licença, você não acreditaria no que alguns dos homens estão fazendo. Eu peguei o sargento James mascando pólvora, tirada das balas do rifle dele, para ficar com febre. Pouco depois, a enfermeira deu-lhe alguns dias de folga para se recuperar. Eu fiquei furioso! Mas que tipo de homem eu seria se delatasse alguém que precisa se afastar por um tempo? Eu seria visto como o inimigo, e já temos muitos deles. Aprende-se a fechar os olhos.

Você poderia enviar alguns livros? Estou desesperado por novas leituras. As longas horas entre uma operação e outra são tempo demais para ruminar sobre toda essa situação, e prefiro me distrair com boa literatura. Muitos de nós trocam livros entre si, e a enfermeira Rose me passou alguns, mas não podemos carregar todos de uma vez, porque nossas mochilas ficam pesadas demais. Já li *Prester John*, de John Buchan, várias vezes, e dois romances de Nat Gould sobre corridas de cavalos. Eu gostaria de ler outros de Gould e algo do seu William Blake ou Palgrave. Talvez H. G. Wells?

Eu falei do *The Wipers Times*? É um jornal satírico, escrito pelos soldados. Dois homens encontraram uma velha impressora e confeccionaram o primeiro número na cidade belga de Ypres. São notícias das trincheiras, de certa forma. O humor é macabro e muitas vezes satiriza aqueles no comando. Você iria se divertir com a seção "Canto do Cupido", uma página de conselhos para aqueles com "dificuldades sentimentais". Li um poema chamado "Minnie Miadora" que me fez rir (Minnie Miadora é como chamam um morteiro alemão, uma espécie de canhão / arma), mas, embora a revista seja uma maneira divertida de passar o tempo, não é propriamente literatura, se é que você me entende. Preciso de alguns livros de peso e espero ansioso pelo que você enviará.

Fico contente que você tenha voltado aos desenhos. Não vemos muito bichos, como você pode imaginar, e seus pássaros me fazem lembrar de casa. Espero que esteja bem, srta. Evelyn Elliott. Penso em você frequentemente.

Sempre seu,

Tenente Thomas Harding

De Evie para Alice
20 de janeiro de 1917

Richmond, Inglaterra

Querida amiga,

Não recebo notícias suas há tempo demais. Está tudo bem? Tenho várias coisas para lhe contar:

Último Natal em Paris

1. Hopper ficou bem amoroso ao lado da fonte da Trafalgar Square, na véspera de Ano-Novo. Ele me beijou, Alice, e temo também tê-lo beijado de volta. Foi um beijo agradável, como os beijos são, mas não o tipo de deixar as pernas bambas, e, para dizer a verdade, quando fechei meus olhos, só conseguia pensar em Tom e imaginar que eram os lábios dele nos meus.
2. Fiquei de cama com dor de barriga nas últimas duas semanas, e assim consegui evitar Hopper. Ele mandou flores e me desejou uma recuperação rápida. Mamãe já está pensando na roupa dela para o casamento. Mandei uma nota de agradecimento e expliquei que me sentia um tanto constrangida pelo que tinha acontecido. Mais flores chegaram em resposta. O que devo fazer?
3. Escrevi para Amandine Morel, mas ainda não recebi resposta. Você acha que devo escrever de novo ou esperar um pouco mais? Estou terrivelmente ansiosa para ter notícias dela. Mamãe não tem ideia sobre minha tentativa de contatá-la.
4. Thomas contou que tem uma nova enfermeira cuidando dele. Rose é o nome dela. Tenho a sensação de que ela se tornará uma pedra no meu sapato. Ela o "conforta" e empresta livros. Estou verde de ciúmes – principalmente porque sei como você "confortou" os pobres coitados que estavam a seus cuidados e não posso parar de pensar em lábios carmim e canções de *jazz*.

Viu? Estou no meio de uma crise terrível e preciso dos seus sábios conselhos imediatamente. Como eu gostaria de estar aí com você, em vez de aqui aproveitando sozinha o crepitar da lareira. Não tenho ninguém com quem compartilhar esses pequenos prazeres. Todo mundo que eu amo está aí.

Preciso de notícias suas.

Sua amiga,

Evie

De Evie para Thomas
25 de janeiro de 1917

Richmond, Inglaterra

Meu querido Tom,

Um Ano-Novo muito feliz para você! Sinto muito por não ter escrito antes. Eu estive de cama com dores na barriga e cheguei a pensar que ia morrer de tão mal que me sentia, mas fiz um esforço e consegui me recuperar. Na verdade, eu me sinto melhor do que nunca, mas imagino que qualquer um se sinta assim depois de passar tantas semanas na cama.

É claro que Mamãe culpa uma celebração animada de final de ano por minha indisposição. Acabei em Trafalgar Square com amigos e cercada por um bando pouco respeitável de festeiros (longa história). Talvez eu realmente não devesse ter entrado na fonte. Quase tive a impressão de que Mamãe ficou triste com minha recuperação, negando a ela a oportunidade de dizer "eu avisei" quando eu finalmente sucumbisse aos meus excessos.

Enfim, aqui estou, bem viva e com outro ano pela frente. O que ele trará? Que surpresas nos aguardam?

Não há melhor remédio do que achar um envelope com sua caligrafia. Tornou-se um hábito, sabe? Como comer, dormir e respirar – suas cartas e minhas respostas, escritas na escrivaninha de Will, tornaram-se parte da minha vida. Sinto que me tornei irreparavelmente dependente de suas palavras.

É chocante saber o que os homens podem fazer para serem mandados para casa – Alice também me falou sobre ferimentos autoinfligidos: envenenamento por pólvora, mãos levantadas sobre as trincheiras para serem atingidas, tiros no próprio pé. Só um homem desesperado poderia fazer tais coisas. Não posso dizer que os culpe, e fico feliz em saber que você também não pode.

Gostei de saber que você está conseguindo ler novamente. Deus abençoe a enfermeira Rose e a biblioteca ambulante dela. Espero que ela esteja sendo útil na sua recuperação. (Tenha cuidado, Tom. Seria terrível saber que você morreu de um coração partido depois de tudo pelo que já passou.) Para um jovem tão acadêmico, você tem falado pouco de seus livros nos últimos meses. Você sempre foi um leitor tão voraz – a cabeça sempre dentro de um livro. Houve muitos verões nos quais eu tentei chamar a sua atenção dando cambalhotas ou brincadeiras do tipo, e você nunca me notou. Ocupado demais com as aventuras de Huckleberry Finn.

Saqueei a biblioteca de Papai com grande prazer e envio três volumes. Um de cada: Blake, Palgrave e Kipling. Espero que a maravilhosa prosa deles seja mais enriquecedora que o jornal satírico. No momento, divirto-me com o trabalho de uma jovem romancista. Você não a conhece, mas lhe apresentarei quando você voltar.

Quanto aos meus passarinhos, fico contente que você goste deles. Sinto falta da cantoria deles durante esses brutais meses de inverno. Tivemos semanas de fortes geadas e não vejo nem um sabiá desde que consegui sair da cama, apesar de jogar farelo de pão e quebrar o gelo no bebedouro para tentar atraí-los. Estou louca para tirar Ferrugem, a bicicleta, da hibernação e retomar minhas tarefas no correio, mas Mamãe insiste que eu fique em casa até o tempo melhorar. Sinto-me como um animal enjaulado.

Alguma notícia do jornal? Comprei um exemplar recentemente e pensei em você. Infelizmente, minha coluna esteve ausente durante minha convalescença. Aparentemente, os leitores sentem falta de Genevieve. As cartas dos fãs continuam a chegar – a maior parte é de apoio, mas algumas são bem desagradáveis e condenam a própria existência dela! Jack Daniels diz que é bom provocar reações. O sinal de um trabalho bem feito.

Papai acredita que os ianques vão se juntar à guerra em breve. Vão fazê-lo, tenho certeza. Não vejo como o presidente possa evitar por mais tempo. E parece que o relatório de Sir Henry Lawson vai resultar, afinal, na formação de um corpo auxiliar feminino no Exército. Eles precisam urgentemente substituir os homens em funções não combatentes para que possam ir servir na linha de frente e reforçar as tropas. Tantos foram dizimados durante aquelas batalhas sangrentas no verão passado que eles não têm escolha a não ser recorrer às mulheres e permitir que façamos nossa parte. Serei a primeira da fila a me apresentar como voluntária para uma posição na França, se a ideia for em frente.

Escreva logo.

Com carinho,

Evie

P.S.: Não tenho um pássaro pronto, mas prometo mandar na próxima. Talvez uma coruja? Elas são muito sábias. Eu ouço uma piar tristemente na floresta quando não consigo dormir à noite. Infelizmente, ela fica sempre sem resposta.

De Alice para Evie
8 de fevereiro de 1917

Em algum lugar na França

Querida Evie,

Saudações, minha querida. Você tem estado bem ocupada, hein? Saltando em fontes, beijando belos homens e descobrindo segredos de família! Como eu gostaria de estar aí com você. Por favor, conte-me sobre essa carta secreta que você achou. É claro que você deve investigar – se você estiver certa de que ninguém vai sair terrivelmente magoado do processo. Há vezes em que os segredos devem ficar enterrados. Você vai saber a melhor maneira de lidar com isso. Você sempre foi a mais sensata e ajuizada.

Você ainda escreve a coluna? A Evie que eu conheço já teria causado um rebuliço no jornal ou se tornado uma das colaboradoras mais bem pagas, mulher ou não. Eu gostaria muito de ler seus artigos. Você mandaria um recorte ou dois em sua próxima carta?

Você vai gostar de saber (sem se surpreender) que conheci um adorável médico chamado Peter. Ele é de uma família bem rica de Londres – os Lancasters. Você os conhece? Ele sentiu, como muitos de nós, que era seu dever oferecer seus serviços onde eles poderiam ser mais úteis, então está aqui, salvando vidas. Ele é um sonho, de verdade.

Isso me leva ao seu Thomas. Se você não vai contar a ele como se sente e se tem certeza de que ele não a ama, temo que seja melhor seguir em frente. Sofrer por amor não correspondido é a pior coisa. Você é bonita e inteligente demais para isso. Além disso, parece que um cavalheiro perfeitamente adequado está batendo à sua porta. Não podemos mais ser tão exigentes em matéria de amor. Não sobrará homem algum se esta guerra continuar por muito mais tempo. Thomas teve a chance dele. Se Hopper continuar querendo beijá-la, minha sugestão é que você o beije de volta.

Alice

De Evie para Alice
13 de fevereiro de 1917

Richmond, Inglaterra

Minha doce Alice,

Thomas escreve e diz que gosta de mim – como amiga. Gostar de alguém não é o mesmo que amar, é? Ele não me ama. Cada dia tenho mais certeza disso. Já dei muitas indiretas, e ele teve tantas oportunidades de revelar seus verdadeiros sentimentos, mas ele não aproveitou nenhuma. Suspeito que não mais importa se ele leu ou não minha carta de Natal.

Este é um amor pela metade. O pior tipo de amor. Essa nossa "amizade" nunca se tornará mais do que isso, tenho certeza. Eu gosto muito de Tom, mas, sem nenhuma indicação de que ele sente o mesmo, está cada vez mais difícil manter qualquer esperança. Talvez sejam apenas um sintoma da guerra essas fantasiosas noções de romance. Estou cansada de tudo isso; cansada da batalha em meu coração. Devo desistir completamente? Diga-me o que fazer, Alice. Sou incapaz de pensar racionalmente.

E há John Hopper – como você bem lembra – esperando pacientemente nos bastidores, sempre me levando para almoçar, sempre encantando Mamãe e Papai, com aqueles olhos cor de cobre sempre fixos em mim como se tivesse algo importante a me dizer. Ele não me entusiasma, é verdade, mas tem boas perspectivas, e eu sou, afinal, uma mulher que precisa de um marido. Talvez ele não seja um compromisso tão ruim, afinal.

Quanto ao segredo, ainda não recebi resposta de Amandine e me pego imaginando o pior. Paris sofreu aquela terrível epidemia de gripe no ano passado. Talvez ela tenha morrido? Não posso explicar. É como se Will estivesse me forçando a pensar nela. Não sei nada sobre ela, mas ela está em meus pensamentos continuamente.

Notícias terríveis daqui. Algumas apoiadoras do NCF, a organização contra o alistamento obrigatório, foram presas sob a acusação de conspirar para assassinar o primeiro-ministro. Está em todos os jornais. O que mais pode acontecer?

Por favor, perdoe-me por estar tão desanimada. Você sabe como o inverno me afeta. Estarei muito melhor quando chegarem as primeiras flores da primavera.

Pensando em você sempre.

Evie

P.S.: Eu conheço os Lancasters. Família muito agradável. Nada de ruim a dizer sobre eles e, se bem me lembro de Peter, acredito que você pode ter achado seu par, e eu não poderia estar mais feliz por você.

De Thomas para Evie
14 de fevereiro de 1917

Em algum lugar na França

Querida Evie,

Lamento saber que você esteve doente, mas dançar em uma fonte com Hopper (ele escreveu recentemente e mencionou o tempo que vocês passaram juntos) também me deixaria de estômago embrulhado. Talvez você deva melhorar suas companhias. Estou brincando, é claro, mas odeio pensar em você infeliz e acamada. Não a minha pequena e energética Evie.

Hoje à noite me diverti um pouco, para variar – acabei de voltar para a minha barraca depois de um *show* de Elsie Griffin. Ela cantou várias canções, mas a minha favorita foi *Danny Boy*. A julgar pelos aplausos, eu diria que foi a favorita de todos. A mulher tem voz de anjo.

   Ultimamente tenho ouvido poesia ao vivo e visto algumas "peças" (versões menores e pioradas dos originais, mas muito apreciadas no momento atual). Muitos artistas vieram para a França, e parece haver cada vez mais a caminho. Deus os abençoe por arriscarem suas vidas para elevar nossa moral. Realmente ajuda. Meus tremores diminuíram consideravelmente, embora agradeça principalmente à enfermeira Rose. Aquela mulher é só positividade e luz. Um coração de ouro. Mas não tão inteligente quanto você.

   Felizmente ficarei um tempo em uma trincheira de reserva, para descansar do *front*. Tenho tarefas, muita papelada e tal, mas é um alívio descansar e ler os livros que você enviou. Obrigado por eles. Tenho sido voraz – já li dois. Minha mente está faminta por algo além da realidade, da morte e da destruição.

   Sonhei com Will ontem à noite. Não quero entristecê-la, mas, se ele estivesse vivo, as coisas seriam diferentes, de alguma forma. Eu sei que seriam. Seu irmão sabia rir de qualquer coisa, até mesmo das coisas difíceis. Às vezes a presença dele é tão forte que me surpreende lembrar que ele não está aqui. Tenho saudades do meu pai também, mas é diferente, sabe? Nunca nos demos bem, e eu estava acostumado com a ausência dele, por mais triste que seja admiti-lo.

   Feliz Dia dos Namorados. Se estivesse aí, eu a levaria ao Carlisle para comer chocolates e cerejas em calda, talvez dançar depois. Espero que o papel de carta que envio em anexo seja um substituto aceitável, embora suspeite que Hopper esteja fazendo todas as suas vontades e que papel seja um pobre substituto para champanhe e jantares com sujeitos sofisticados.

   Fico feliz que escrever para mim tenha se tornado um hábito. Espero que você não o abandone.

Com afeto,

Tom

   P.S.: O Corpo Auxiliar de Mulheres do Exército iria colocá-la na linha de frente e em perigo. Devo admitir que não gosto da ideia de você se alistar.

De Evie para Alice
15 de fevereiro de 1917

Richmond, Inglaterra

Querida Alice,

Socorro! Hopper me pediu em casamento! Ontem, no Dia dos Namorados. Ele até já falou com meu pai. Estou tão confusa, Alice. Minha cabeça diz sim. Meu coração diz não.

Mamãe está furiosa comigo por não ter aceitado imediatamente. Ela acha indigno que uma dama brinque com o coração de um cavalheiro e diz que eu devo aceitar antes que alguma outra o roube.

Escrevo da minha cama, onde estou fingindo ter uma enxaqueca. Quer dizer, começou como fingimento, mas agora minha cabeça realmente lateja.

O que devo fazer?

Evie

De Evie para Thomas
3 de março de 1917

Richmond, Inglaterra

Querido Thomas,

Desculpe pela demora em escrever para você. Não me sinto eu mesma, ultimamente.

Obrigada por sua última carta e pelo papel. Onde você achou algo tão bonito? Não tenho nem coragem de escrever em cima, de tão lindo. Suas palavras me fizeram desejar perder algumas horas no Carlisle's. Você é um malvado por botar esses pensamentos na minha cabeça, onde não consigo calá-los. Não sei qual das duas coisas me animou mais: cerejas em calda ou dançar.

Que você tenha tempo de pensar em mim – uma amiga tão distante – é um espanto, considerando toda a diversão à disposição das tropas e as distrações adicionais proporcionadas pela enfermeira Rose. Você acha que nos daríamos bem, mas acho que eu só serviria para embaçar a natureza "leve e solta" dela. Além disso, estou horrivelmente desajeitada e magra. Não tenho apetite. Ou talvez eu apenas esteja privada de tudo de que uma jovem mulher precisa para prosperar.

Gostei de saber que você sonhou com Will. Já faz tanto tempo que estamos sem ele, mas ainda me pego procurando por ele no pomar ou nos estábulos. É importante dividirmos a memória dele, você não acha? Na verdade, queria perguntar uma coisa. O que você lembra sobre a enfermeira francesa de quem ele gostava? Amandine Morel. Você se lembra das circunstâncias do retorno dela à França? Lembro que você escreveu que ela teria ficado doente e voltado para a casa da mãe em Paris, mas não recordo se havia outros detalhes sobre a natureza da doença dela. Você vai achar que sou boba, mas tenho pensado muito nela ultimamente.

Fico feliz que esteja aproveitando os livros. Dessa vez, mando um Júlio Verne, o favorito de Will.

Com afeto,

Evelyn

De Alice para Evie
6 de março de 1917

Em algum lugar na França

Querida Evie,

Ora, ora. Então Hopper tomou a decisão. Não estou nem um pouco surpresa, devo dizer. Como ele pediu? Foi extremamente romântico? Por alguma razão, eu o imagino rígido e formal, segurando um conhaque na sala de estar e pigarreando para limpar a garganta. Ele declarou seu amor por você?

Querida, sei que você está confusa, mas você mesma disse que Tom Harding é cego quando se trata de questões de amor. Amizade pela irmã de seu melhor amigo? Sem dúvida. Adoração e amor? Talvez não. Talvez nunca. Afinal, ele não respondeu àquela carta de Natal que você enviou abrindo o coração, não é? Temo que seu Tom mantenha a cabeça firmemente enterrada na areia quando se trata de romance.

O que quer que você pense, não decida seu futuro por capricho. E não deixe sua mãe influenciar demais. Você não é do tipo que faz as coisas apenas pelas aparências, minha esperta e corajosa amiga. Lembre-se de que a escolha é sua, e sei que você escolherá bem.

Bisous,

Alice

De Evie para Alice
15 de março de 1917

Richmond, Inglaterra

Minha querida Alice,

Obrigada por suas palavras. Você tem razão. Não posso esperar por Tom Harding para sempre sem a certeza de que vale a pena, mas, ainda assim, não consigo decidir se aceito a proposta de Hopper, razão pela qual o que acabou de acontecer não poderia ter vindo em melhor hora.

Estou a caminho da França. Alistei-me como membro do recém-formado Corpo Auxiliar de Mulheres do Exército. Tudo aconteceu muito rápido. Escrevi para o Departamento do Trabalho pedindo informações e recebi uma resposta muito rápida (felizmente, cheguei ao correio antes de Mamãe. Ela teria ficado muito interessada no conteúdo daquele longo envelope com selo oficial). Tive de me apresentar ao Conselho de Examinadores para vários exames e passei em todos eles com louvor.

Ah, Alice. Estou tão animada! Finalmente terei algum propósito nesta guerra. Um papel a desempenhar. Tenho até meu próprio uniforme (sendo alta, só precisei levá-lo ao alfaiate para um ligeiro ajuste no sobretudo, enquanto algumas mulheres parecem ter encolhido, com as saias e os casacos pendendo de forma horrível).

As ordens de embarque chegaram ontem à noite. Devo partir da estação Victoria, no *Continental Boat Train*, para Folkstone e de lá navegaremos para Boulogne e, uma vez na França, para nosso QG no *front* ocidental, em Rouen. Eu partirei no final do mês. Em uma questão de dias. Não contei a ninguém, só a você. Mamãe vai fazer um escândalo, e Papai vai tentar me convencer a não ir. Sei que eles ficarão terrivelmente preocupados – especialmente Mamãe –, mas essa é a única – e mais delicada – maneira de não os fazer sofrer com antecedência e de nos poupar de todas as inevitáveis e angustiantes discussões. Muito melhor partir e explicar tudo em um bilhete, não acha?

Pensei em contar confidencialmente a Hopper, mas temo que ele conte para Mamãe ou – pior ainda – tente me dissuadir, então decidi não o fazer. Vou escrever para ele. As explicações são muito mais fáceis quando se tem tempo para pensá-las com cuidado. Talvez a minha ida (fuga?) para a França seja a própria resposta à proposta de Hopper. Tenho certeza do que estou fazendo. Se eu for para a França e viver um pouco, talvez eu esteja mais pronta para a vida de casada quando voltar.

Tempos desesperados exigem medidas desesperadas, e tenho orgulho de saber que, seja qual for o papel a mim confiado, outro homem poderá se juntar aos soldados na batalha. Tenho esperança de conseguir um cargo burocrático ou de operadora de telefonia. No final das contas, minha pequena passagem pelos correios daqui pode ter sido muito útil.

Escreverei mais quando puder. Por enquanto, *Au revoir*!

Sua amiga,

Evie

P.S.: Recebi uma carta ferina de uma mulher que acha minha coluna de péssimo gosto. Devo admitir que sorri ao ler as palavras dela. Ela me deu um bom puxão de orelha. É importante mexer com a alma, não é? E fico feliz que minhas palavras a tenham estimulado a escrever para mim.

Jornalismo não é adoçar as coisas para torná-las mais palatáveis. Conheço alguns que caem facilmente na armadilha da propaganda – mas eu me recuso. Na verdade, espero que meu tempo na França forneça muito mais combustível para jogar nas chamas. Eu ficaria feliz em ler pilhas de cartas indignadas se minhas palavras verdadeiras alcançassem as pessoas.

De Evie para Thomas
15 de março de 1917

Richmond, Inglaterra

Meu querido Thomas,

Uma mensagem rápida para dizer que estou a caminho da França como membro do Corpo Auxiliar de Mulheres. Parto no final do mês. Não adianta tentar me deter. Está feito. Papelada assinada. Uniforme comissionado. Devo passar o resto desta guerra (por mais longa que seja) bem no meio dela. Afinal de contas, há limite para a quantidade de meias mal tricotadas que um soldado pode aguentar. Serei mais útil em outras funções. Espero trabalhar na linha telefônica ou em alguma função burocrática.

Não se preocupe. Não vou espremer meu peito, cortar o cabelo e correr para as trincheiras com uma baioneta. Sei onde está o perigo e me manterei o mais longe possível dele, mas sinto-me febril com excitação e apreensão. Finalmente, verei a guerra por mim mesma e farei a minha parte, em vez de assistir passivamente de fora.

Meus pais não sabem de nada. Pretendo deixar um bilhete que eles encontrarão na manhã de minha partida. Quando for entregue a Mamãe, na bandeja de café da manhã levada por Collins, já estarei no trem para Folkestone. Enfrentarei as consequências quando voltar.

Por favor, pense em mim, deseje-me boa sorte e me coloque em suas orações. Farei contato ao chegar. Quem sabe até podemos nos encontrar sob os estrelados céus franceses sobre os quais você já escreveu tantas vezes. Eu gostaria muito de vê-lo, Thomas. Mesmo com o barulho das granadas em meus ouvidos, valeria a pena ver esse seu sorriso bobo.

Mando mais três romances e um livro sobre pássaros dos jardins britânicos. Achei que você gostaria de ver o quão precisos (ou não) são meus desenhos.

Não se preocupe comigo. Sou como um pássaro migratório, Thomas. Vou deixar a vegetação da Inglaterra por um tempo, mas sei que ela estará esperando por mim, mais bonita do que nunca, quando eu voltar.

Com meus melhores votos.

Sua amiga,

Evie

Telegrama de Thomas para Evie

```
17 DE MARÇO 1917

PARA: EVELYN ELLIOTT, POPLARS, RICHMOND, LONDRES SW
ENVIADO: 10:14                              RECEBIDO: 11:54

VOCÊ É TEIMOSA COMO UMA MULA. NÃO POSSO DISSUADI-LA, MAS
NÃO ESTOU CONTENTE. MUDE DE IDEIA POR FAVOR. SE NÃO, TENHA
CUIDADO. TOM.
```

De Thomas para Evie
20 de março de 1917

Em algum lugar na França

Evie,

Quando li sua carta, fiquei furioso. Tentei me acalmar, mas acabei jogando o capacete de um soldado raso na terra de ninguém. Levou um tiro imediatamente, é claro, e ele teve que conseguir um novo. Não quero você aqui em meio a esse massacre. Não é lugar para alguém como você e não será bom para você. Não é bom para ninguém. Por alguma razão, sinto que preciso protegê-la e não aceito que destrua a bondade pura que existe dentro de você ou que experimente algo horrível só para testar seu espírito. E se algo acontecer com você? Acho que eu não aguentaria, Evie. Conversamos longamente sobre isso em Edimburgo, mas você insiste em se colocar em perigo.

Por favor, diga que sua estadia será curta e, pelo amor de Deus, tenha cuidado com os homens. Eles não convivem com uma mulher de verdade há meses ou, alguns deles, há anos. Mantenha-se alerta. Se você sofrer alguma coisa nas mãos de um dos nossos, garanto que ficarei transtornado e não poderei ser responsabilizado por minhas ações.

Tom

De Evie para Thomas
25 de março de 1917

Richmond, Inglaterra

Caro Thomas,

Sua carta me desaponta. Que você acredite que uma mulher não tem lugar nessa guerra, que você acredite que não conseguirei aguentar as condições da guerra me deixa furiosa. Eu esperava mais de você, mais do que de qualquer outra pessoa.

Essa é a oportunidade pela qual venho esperando. Eu imaginei – desejei – que você ficasse feliz em me ver abrir as asas e alargar minha visão de uma guerra que só conheci através dos seus olhos nesses últimos dois anos. Todos os homens acreditam que as mulheres são incapazes? Será que devo voltar ao tricô para passar o tempo, como uma boa menina?

Você diz que me protegeria, que me manteria segura. Você prefere que eu fique confinada a uma existência enfadonha na qual minha única preocupação seria o chá da tarde ou gostaria que eu vivesse um pouco e progredisse? Se você deseja me proteger, então proteja-me da vida monótona de uma jovem privilegiada que espera pela prisão da vida de casada. Não consigo pensar em nada que me levasse mais rapidamente a uma morte prematura.

De qualquer maneira, está decidido. Vou para a França, e isso é tudo. Talvez reserve minhas palavras para outras pessoas a partir de agora. Detesto imaginar que você destruiria outro capacete por minha causa.

Você e eu falamos de pássaros com frequência. Assim, é curioso que ontem mesmo eu tenha achado estas palavras da *Jane Eyre* da srta. Brontë: "Não sou pássaro; e nenhuma rede me agarra: sou um ser humano livre com uma vontade independente."

Não farei mais comentários.

Evelyn

De Evie para Alice
30 de março de 1917

Richmond, Inglaterra

Minha querida Alice,

Embarco amanhã. Sinto a barriga embrulhada, estou excitada e nervosa. Espero estar fazendo a coisa certa. Tenho certeza de que sim, embora mal tenha podido olhar Mamãe e Papai nos olhos durante o jantar nesta noite.

Enquanto isso, Tom escreveu para dizer como está frustrado comigo. Ele parece achar que a França não é lugar para "alguém como eu", e presumo que esteja se referindo a uma mulher da minha posição. Honestamente, Alice, parece que ele quer me amarrar e me colocar em uma gaiola por segurança. Seria melhor nunca ter mencionado o Corpo Auxiliar de Mulheres para ele. As palavras de cautela dele me incomodam como as de um pai inquieto, e tudo o que quero é me sentir confiante e certa do que faço.

De qualquer forma, partirei amanhã, com ou sem o apoio de Thomas Harding.

Cuide-se, querida.

Com muito amor,

Evie

P.S.: Você pode escrever para mim no endereço indicado no interior do envelope.

De Evie para sua mãe
30 de março de 1917

Minha querida Mamãe,

Esta guerra nos mudou a todos, de muitas maneiras, e espero que um dia você seja capaz de me perdoar pelo que estou prestes a fazer.

Parti para a França. Alistei-me no Corpo Auxiliar de Mulheres do Exército e passei nos vários testes e exames. Estarei baseada no *front* ocidental, perto de Rouen, sob a supervisão de Helen Gwynne-Vaughan. Espero ser designada como escriturária ou operadora de telefone. O *front* precisa de muitos mais homens, e assumir um dos papéis auxiliares liberará mais um para pegar em armas. Quando você multiplica isso pelas milhares de mulheres voluntárias, é possível fazer uma diferença real.

Eu tive que cumprir meu dever. Isso é tudo.

Informei John e prometi dar-lhe minha resposta quando voltar.

Mamãe, eu sei que você pensa com frequência em Will e peço-lhe que considere o que ele teria dito sobre isso se estivesse vivo. Ele teria me apoiado nesta decisão – eu sei que teria –, mesmo preocupado com minha segurança. Peço a você e a Papai que me apoiem da mesma maneira. Will foi incrivelmente honrado e corajoso. Vou para a França em memória dele, tanto quanto por minha própria vontade.

Quando estava vivo, Will sempre dizia que faria qualquer coisa por mim, que eu só precisava pedir. Eu nunca disse o mesmo a ele, e agora me arrependo disso. Se ele tivesse me pedido alguma coisa antes de morrer – ou depois, talvez em uma carta –, eu o teria feito, não importa o quão difícil ou inesperado. Gosto de pensar que eu teria coragem para honrar o pedido dele. Não devemos isso a ele, Mamãe? Não deveríamos cumprir qualquer último pedido que Will nos fizesse, em vez de escondê-lo junto a medalhas, equipamento de críquete e brinquedos de infância? Todos temos segredos, mas alguns não são nossos, e não cabe a nós mantê-los escondidos.

Espero que vocês abençoem a minha decisão e rezem por mim. Escreverei quando chegar à França e mandarei notícias sempre que puder.

Sua filha amorosa, sempre,

Evelyn

De Evie para John Hopper
30 de março de 1917

Richmond, Inglaterra

Querido John,

Por favor, tente não ficar zangado ao ler esta carta. Eu parti para a França. Alistei-me no Corpo Auxiliar de Mulheres do Exército e ficarei baseada no *front* Ocidental, perto de Rouen, sob a supervisão de Helen Gwynne-Vaughan. Espero ser designada como escriturária ou operadora de telefone. Finalmente, tenho a oportunidade de fazer a minha parte e estou imensamente grata e orgulhosa por isso.

Sei que você ficará desapontado com a natureza repentina da minha partida, especialmente por ainda não ter recebido uma resposta minha. Lamento por isso. Não quero brincar com você, mas tenho certeza de que ajudar no esforço de guerra é algo que devo fazer. Mais do que tudo, acredito que vou encontrar a resposta certa para seu pedido de casamento na França. Só por isso, espero ter seu apoio e compreensão.

Jack Davies já está informado. Saberei mais quando chegar à França e receber minhas novas funções. Vou continuar a enviar a minha coluna para você, em primeira instância, como já é nosso acordo.

Mandarei notícias sempre que puder.

Sua amiga,

Evelyn

De Evie para sua mãe
4 de abril de 1917

Rouen, França

Minha querida Mamãe,

Uma mensagem rápida para dizer que cheguei em segurança à França. Podemos ouvir bombardeios e tiroteios ao longe, mas asseguro que não estou em perigo.

Estamos todas animadas, felizes por finalmente fazermos nossa parte (ainda que alguns dos homens sejam céticos quanto à nossa habilidade para substituí-los em qualquer trabalho).

Mande minhas lembranças a Papai e para toda a casa.

Escreverei novamente em seguida.

Sua filha amorosa,

Evelyn

De Evie para Thomas
7 de abril de 1917

Rouen, França

Caro Thomas,

Suspeito que você ainda esteja bravo comigo, mas, caso queira escrever mais uma vez, eu gostaria de informá-lo de que cheguei à França e passarei um endereço de contato.

A viagem foi bem árdua (complicada por um mar agitado), mas estou feliz por estar aqui. Ficarei baseada na cidade de Rouen e fui designada telefonista. Fiquei bem satisfeita. Algumas mulheres foram designadas como assistentes dos oficiais. Outras ganharam postos como jardineiras de cemitério. Dadas as alternativas, fiquei grata por minha posição na central telefônica do Exército.

Estamos instaladas em um albergue horrível, em um campo atrás das linhas de batalha. A situação dos banheiros é particularmente desagradável, mas me recuso a reclamar. Afinal de contas, era isso o que eu queria, estar envolvida nisso tudo – ainda que signifique tomar banho em um galpão improvisado que acessamos através de um porão cheio de carvão. Espero que essa imagem o faça rir. Quem teria pensado que eu veria esse dia?

Sinto-me bem segura aqui, embora ouçamos disparos e bombas a distância, o que é inquietante, para dizer o mínimo. Aquelas que estão aqui há mais tempo garantem que vou me acostumar. Elas dizem que não estão escutando mais nada, embora não possa acreditar que seja verdade.

Se ainda está zangado comigo, suponho que terei de aceitar – mas ficarei amargamente desapontada. Se não, por favor escreva. Pelo menos algumas linhas para falar de seu estado de espírito e de saúde. Além disso, ainda gostaria de saber o que você se lembra de Amandine Morel, a enfermeira francesa de Will. Não posso explicar a razão no momento, mas ficarei grata por qualquer lembrança sobre as circunstâncias em que ela deixou o posto de enfermeira.

Escreverei mais quando tiver chance. Quais são as notícias do *front*? Você pode me dizer onde está? É bom saber que a América declarou guerra à Alemanha. Eu me pergunto quando chegarão as primeiras tropas americanas.

Sua amiga,

Evie

De Alice para Evie
8 de abril de 1917

Em algum lugar na França

Querida Evie,

    Você está na França! Estou dividida entre ficar preocupada com a sua segurança e entusiasmada por você ter finalmente chegado. Eu sei que era o que você mais queria, e você ficará satisfeita em fazer a sua parte agora. Há tanta coisa acontecendo aqui, tantas aflições e desespero, que eu precisava achar uma razão para ficar feliz. Agora achei!
    Estou neste momento na cidade de Clouette e devo ficar aqui por mais algumas semanas. Vou perguntar à enfermeira-chefe se posso conseguir uma transferência para ficar perto de você. Foi esperto da sua parte se alistar bem agora. Isso lhe dará tempo para considerar a proposta de Hopper.
    O dr. Peter foi transferido para outro local, mas ele me escreve quase todos os dias. Nunca conheci um homem que tivesse tanto a dizer, às vezes nossas cartas enchem várias páginas. Eu espero sem nenhum constrangimento pelo correio, seguro minhas cartas com força contra o peito e as levo comigo até poder me debruçar privadamente sobre a elegante caligrafia dele. Ele é o único homem que já conheci que me emociona; fico encantada com a mente brilhante e a paixão dele. Ele é tão nobre, tão determinado! Além disso, é bonito como um príncipe. Quem diria que um só homem poderia ter tantas qualidades? Ah, lá vou eu, derramando-me a respeito dele. Eu acho que estou apaixonada. *Amor*, para valer! Não as paixões tolas que tive antes. Agora eu entendo perfeitamente a diferença.
    Lamento que você e Tom estejam se desentendendo. Tem certeza de que ele não quer simplesmente proteger uma velha amiga? Ele certamente não pensa que você não saberia lidar com as coisas na França só por ser mulher. Não soa como Tom. Mas escute, querida. Você já não pode sentir como esta guerra está mudando você, mesmo em tão pouco tempo por aqui? Imagine o que Tom já viu e fez, tudo o que ele perdeu nos últimos

dois anos. Você pode culpá-lo por querer que você esteja em segurança em casa? Eu também quero que você fique em segurança! Eu entendo por que você precisa estar aqui, como eu, mas não deixo de querer você longe do perigo, por mais egoísta que seja. É por amor, entendeu? Talvez você tenha interpretado mal os sentimentos de Tom. Parece que ele não os conhece. Alguns homens precisam de um incentivo mais óbvio (é por isso que deixei uma pequena nota no caderno do dr. Peter).

Um pequeno conselho antes de encerrar: você não deve ser séria demais enquanto estiver aqui. Não se pode sobreviver aos rigores da guerra sem respirar um pouco de vez em quando, se é que você me entende. Encontre uma maneira de ficar alegre. E faça amizade com qualquer soldado que você encontrar. Eles precisam muito de incentivo agora. Eles não se importam de quais círculos viemos. Essa é a única beleza de todo esse massacre. As posições e as classes estão caindo como folhas mortas. Agora, estamos todos juntos nisso.

Estou muito orgulhosa de você.

Carinho, beijos, amor,

Alice

De Thomas para Evie
15 de abril de 1917

Em algum lugar na França

Querida Evie,

Por favor, aceite minhas desculpas por ter gritado com você. Um cavalheiro não deveria mandar um telegrama zangado para uma dama, muito menos dos campos de batalha.

É claro que não acho que ser mulher a impeça de lidar com isso tudo, nem de fazer reportagens e escrever artigos excelentes. Você parece ter entendido que eu não a considero forte o suficiente para estar aqui. Você é uma das pessoas mais fortes que conheço. Alguma vez a tratei como inferior? Você sabe como minha mãe era inteligente e como eu admirava a coragem dela. Eu vejo as mesmas qualidades em você. Egoisticamente, temo por sua segurança e quero você protegida em casa, mesmo que isso a sufoque de tédio e desapontamento. Assim, pelo menos, não a perderia. Já perdi demais para os alemães.

Em relação a suas perguntas sobre Amandine Morel, sim, claro que me lembro dela. Foi a única garota pela qual vi Will se apaixonar perdidamente, em todos os nossos anos como amigos. Ela era linda, mas também tinha um grande senso de humor. Ela mantinha seu irmão sempre atento. Mas não sei nada sobre as circunstâncias da partida dela. Nosso batalhão saíra em marcha, e os dois trocaram cartas apaixonadas durante algumas semanas antes de Will ser morto. Enviei a notícia da morte dele ao hospital de campanha onde ela estava baseada, mas me foi dito que ela havia ficado doente e retornara para casa em Paris. Ela entrou em contato? Ela está procurando por ele agora?

Espero que você encontre o que procura aqui na França. Se você busca inspiração e quer se livrar de algum mal-estar, há muito aqui para ajudá-la. Estou ansioso para saber como você está se saindo. Espero que continue a escrever para esse grosseirão ridículo, apesar dos insultos não intencionais que dirigiu a você.

Sempre seu,

Tom

De Thomas para John Hopper
28 de abril de 1917

Em algum lugar na França

Caro John,

Revi os documentos mais recentes enviados por Abshire e estou impressionado com os números do jornal. Desde a morte de meu pai,

Abshire copia as informações mais importantes e as encaminha para mim. Bom trabalho. Admito que sou reservado com elogios, mas talvez possamos deixar o passado para trás. Com o mundo em guerra, a família deve ficar unida, você não acha?

Gosto da sua ideia de adicionar outra coluna de guerra de uma perspectiva masculina para fazer parceria com a de Evie Elliott, embora eu sugira que não dê mais importância a ele do que a ela. Ela se esforçou muito para ser reconhecida como uma jornalista de verdade e merece todos os elogios. Ela escreve diariamente para me manter informado sobre as notícias do novo posto dela na central telefônica, em Rouen.

Espero que tudo esteja bem em Londres. Atenção aos zepelins. Cuide-se. Atenciosamente,

Tenente Thomas Harding

De Evie para John Hopper
5 de maio de 1917

Rouen, França

Querido John,

Apenas algumas linhas para dizer que estou bem e para enviar minha última coluna. Devo avisá-lo de que não é uma leitura agradável, por isso entenderei se você e Jack decidirem editá-la ou até mesmo se não puderem imprimi-la na totalidade, embora acredite que vocês não são do tipo que evita a verdade.

Estou chocada e indignada com o que tenho visto aqui. O Departamento de Guerra está fazendo um trabalho notável em retratar esta guerra como uma espécie de alegre incursão ao interior da França. Mas a verdade é que os homens estão desesperados. É como se fosse outro mundo, um mundo de sofrimento, medo e perda inimagináveis. Não o mundo de valentia e patriotismo no qual querem que acreditemos. Nenhum homem viria aqui de bom grado se soubesse a verdade. Nenhum ser humano deveria viver assim. Nunca.

Ouvi dizer que os alemães agora bombardeiam a Inglaterra com aviões em vez de zepelins. Meu Deus, o que mais estará por vir? Talvez eu esteja mais segura aqui na França, no final das contas. Lloyd George terá um trabalho difícil. Não o invejo ao assumir o cargo em meio a tantas incertezas.

Devo encerrar, mas escreverei novamente em breve.

Sua amiga,

Evelyn

A GUERRA DE UMA MULHER

por nossa correspondente especial na França,
Genevieve Melro

"A visão do *front*"

Eu imaginei essa guerra por muito tempo. Eu a via em meus sonhos, em meus pesadelos. Eu a visualizei pelos olhos de familiares e amigos próximos que lá estavam. Principalmente, li sobre ela em reportagens impressas em nossos jornais.

Agora, depois de anos querendo fazer algo mais útil do que tricotar, estou aqui, e esse não parece ser o mesmo mundo que conheço há vinte e três anos.

Nada que eu imaginei poderia ter me preparado para a realidade sombria da guerra, e certamente nada do que li nos jornais se assemelha ao que vejo aqui com meus próprios olhos.

Aqueles que afirmam trazer as notícias estão nos prestando um grande desserviço. Em letras garrafais, em todas as bancas, eles nos falam de "Grandes vitórias" e de "Avanços extraordinários". Eles querem que acreditemos que esta guerra nada mais é que brincadeira de meninos. Lemos sobre atos de bravura e sobre heróis caídos e ficamos sabendo da perda de um ente querido descrito como outra morte digna na caligrafia elegante de um general, seguro em seu *bunker* e bebendo o melhor conhaque francês.

Eles nos enganam. Eles escondem e inventam.

Não existe morte digna. Não aqui. Quando nossos homens caem, eles caem violentamente. Caem na lama espessa onde os cadáveres de centenas de cavalos apodrecem ao lado deles. Que dignidade há nisso? Que dignidade há aqui?

Aqui não há glória. Apenas medo e sofrimento. Homens adultos choram por suas mães e imploram por um fim rápido. Os homens vivem cada dia como se fosse o último, e não é assim que se deveria viver.

Então, o que podemos fazer, além de ignorar os jornais que evitam a verdade?

Podemos encorajar nossos homens a não nos poupar dos detalhes sangrentos. É claro que os censores farão o possível para riscar as palavras brutalmente honestas, mas leremos as entrelinhas. Deixemos que nos digam, se puderem. Deixemos que falem sobre as batalhas mais sangrentas, seja em cartas, seja em poesia ou cara a cara quando voltarem para casa de licença. Deixemos que chorem como bebês em nossos braços, sabendo que eles devem voltar para isto.

Chamamos de desertores aqueles que não conseguem suportar. São fuzilados por um pelotão. Chamados de covardes.

Mas eles são seres humanos – como você e eu – que simplesmente não podem mais suportar este inferno. Os verdadeiros covardes são aqueles que estão na Inglaterra, encarregados das impressoras. Os verdadeiros covardes encobrem a verdade e evitam a realidade desta "guerra para acabar com todas as guerras" antes de afundarem em suas camas quentes. São *eles* que merecem nosso desprezo. São *eles* que deveriam estar envergonhados.

Vamos exigir a verdade. E vamos rezar para que esta guerra termine logo.

Até a próxima – coragem!

Genevieve

De John Hopper para Evie
16 de maio de 1917

Londres, Inglaterra

Minha querida Evelyn,

Antes de mais nada, a título pessoal, é maravilhoso ter notícias suas. A título profissional, incentivei Jack Davies a publicar seu artigo, com todos os detalhes sangrentos. E estou feliz por tê-lo feito, pois despertou um verdadeiro fervor entre seus fãs e um alvoroço nos outros jornais.

Nesta manhã, quando cheguei ao escritório, havia uma multidão de objetores de consciência do lado de fora. Eles pedem para publicar um artigo anônimo apoiando suas alegações e denunciando a guerra. Não posso encorajar potenciais prisioneiros, é claro, então recusei. Pouco tempo depois, chegou a polícia, questionando a mim e aos outros funcionários. Davies ficou furioso, mas eu o lembrei do nosso dever de lucrar com o jornal.

Independentemente disso, acho que o que você está fazendo é importante. Os aspectos mais abomináveis da guerra devem ser tornados públicos. Os cidadãos merecem saber a verdade. Eu sei que você concorda, então peço que você envie outro artigo imediatamente.

Em outras notícias, pego-me pensando se a mulher que mais admiro irá aceitar minha proposta. Espero que você decida em breve, Evelyn. Um homem na minha posição não pode esperar para sempre.

Seu,

John

De Charles Abshire para Thomas
18 de maio de 1917

Londres, Inglaterra

Caro Thomas,

Escrevo para dar notícias preocupantes. Nossas colunas de guerra causaram reações fortes. Há enormes quantidades de cartas, de apoiadores e de críticos. Mais preocupante, no entanto, são as cartas de policiais, advogados e políticos. O *London Herald* também recebeu esse tipo de atenção, e eles também empregam duas colunistas mulheres. Não sei bem o que fazer a respeito. Seu primo parece achar ótima a situação. Ele encoraja nossos colunistas, e isso coloca o jornal em risco de reprimendas sérias com consequências potencialmente caras ou pior – podemos ser fechados.

Thomas, valorizo meu tempo como parte dessa família e me orgulho de ter dirigido as finanças do seu pai por tantos anos, mas não posso aguentar que o jornal seja ridicularizado. Não acompanharei a ruína dele. Tenho apreço demais por você e seu pai, assim como por meu futuro. Por favor, atenção com John Hopper.

Fico feliz que você esteja bem. Espero que volte logo e definitivamente.

Meus melhores votos,

Charles

De Evie para John Hopper
25 de maio de 1917

Rouen, França

Caro John,

Obrigada por sua carta. Estou espantada com a reação causada por minhas palavras. Sinto que o tenha deixado em maus lençóis com a polícia. Mas isso é o que queríamos, não? Você e Davies certamente encorajaram a minha honestidade e a decisão de não evitar a verdade.

Eu já vi tanto por aqui sobre o que gostaria de falar – coisas que creio que o leitor deva saber. Acho difícil limitar minhas observações ao número de palavras permitidas pelo espaço alocado à minha coluna, e fico feliz de escrever tanto quanto possível. Coisas demais foram escondidas do público britânico. A verdade deve ser conhecida antes que outros milhares de homens percam suas vidas em batalhas sem sentido como aquelas do ano passado no Somme e em Verdun.

Emocionam-me, em especial, os cemitérios dos soldados, muitos dos quais estão em Rouen, cidade próxima de vários hospitais. Algumas das mulheres do Corpo Auxiliar têm a função de manter os jardins dos cemitérios. Será que as pessoas aí em casa sabem que este é um trabalho feito aqui – por mulheres – e certamente replicado na França e na Bélgica? Ver jardins tão bem cuidados – e a paz que eles trazem – em meio a tantas atrocidades realmente nos faz pensar. Talvez eu escreva um pequeno artigo sobre isso. Algo um pouco mais leve pode apaziguar os críticos que estão causando problemas.

Enviarei outro artigo o mais rápido possível.

Quanto à minha resposta, espero que você possa esperar mais um pouco. Você tem sido de grande ajuda em meus esforços jornalísticos, e sempre gostei muito de nossos almoços, jantares e conversas. O problema é que não consigo pensar em casamento aqui. O futuro parece intangível quando cada dia pode ser o último. Se você não puder esperar uma resposta, é claro que entenderei.

Sua amiga,

Evelyn

De Evie para sua mãe
15 de junho de 1917

Rouen, França

Minha querida Mamãe,

Algumas linhas para agradecer por sua carta e assegurar-lhe que estou sã e salva na França, além de bem aclimatada ao meu trabalho. Eu entendo que vocês tenham ficado zangados comigo por partir daquele jeito, mas fico contente que agora vocês apoiem – e admirem – minha decisão. A preocupação com meu bem-estar é totalmente compreensível, especialmente porque vocês já perderam um filho. Não pretendo privá-los de outro. Quem ficaria responsável por preocupá-los?

Estamos esperando a chegada das tropas americanas. Muitos creem que a guerra está chegando ao fim, mas não ouso acreditar. Vejo tanto sofrimento, Mamãe, e isso me torna mais humilde. Levávamos vidas tão confortáveis e privilegiadas antes disso... Nada mais será o mesmo, não é? Espero que sejamos transformados por isso, ou não terá valido a pena.

John Hopper escreveu e espera uma resposta para a proposta dele. Ele diz que me admira, mas me pergunto se admiração é suficiente. Serei ingênua por esperar declarações de amor? Admiramos uma pintura ou um vestido – não a mulher que você ama de todo o coração. Algumas vezes tenho a impressão de que Hopper me vê como uma nova peça a ser adicionada à adorada coleção de artefatos egípcios dele. Você e Papai sempre foram tão apaixonados... Eu também quero essa paixão. Você me privaria dessa possibilidade ao insistir em um casamento do qual não estou certa?

Thomas escreve tanto quanto pode. Ele se tornou um amigo inestimável nesses últimos anos, assim como foi para Will por tantos anos. Mamãe, eu sei que você ficará brava, mas não posso parar de pensar em Will e no assunto sobre o qual falei na minha carta anterior. Em sua resposta, a senhora diz que não fez nada além de proteger os interesses da família e me pede que faça o mesmo e esqueça o assunto, mas eu não posso. Eu sei que Will pediu a sua ajuda e imploro que a senhora honre o pedido dele.

Por favor, mande meu amor a Papai. Escreverei novamente em breve.

Sua filha sempre amorosa,

Evelyn

De Evie para Thomas
25 de junho de 1917

Rouen, França

Querido Thomas,

 Você se esqueceu da sua velha amiga Evie? Já faz um mês que não tenho notícias suas e só posso imaginar que você esteja sufocado pelos cuidados e atenção da enfermeira Rose e incapaz de alcançar o lápis. É estranho, mas, agora que estou na França – próximo de você –, parece que nunca estive tão longe. Quando eu estava em Richmond, sentia como se estivéssemos conectados, apesar da distância. Agora, sinto como se tivesse me tornado uma tarefa, um incômodo na sua consciência. Algo que você tem de fazer, em vez de algo que você quer fazer imediatamente.
 Ficaria mais tranquila sabendo que você está com boa saúde, pelo menos. Avise se você não tiver mais vontade de manter nossa correspondência, por favor, assim passarei a incomodar só Alice com minhas reflexões e ponderações. Talvez o jovem soldado irlandês que conheci recentemente aprecie mais os meus desenhos de pássaros. Devo dizer que os irlandeses têm um charme incomum. Sério, não ficaria surpresa se acabasse viajando até Tipperary, apesar de ser tão longe.
 Em outras notícias, agora estou operando as linhas telefônicas. Meu francês enferrujado da escola melhorou muito, e todas aquelas aulas chatas com Madame Hélène finalmente foram postas em prática.
 Talvez você escreva novamente. Do contrário, continuarei apreciando a correspondência dos últimos anos. Você evitou que minha cabeça se tornasse um poço profundo de tristeza e desespero. Você, Thomas Harding, me manteve viva com suas palavras e a promessa de seu retorno. Partiria meu coração pensar que você desistiu de mim agora.
 E obrigada pelas poucas linhas a respeito de Amandine Morel. Ouvir mais uma vez o quanto Will era devotado a ela (e ela a ele) me deixa mais determinada do que nunca a encontrá-la.

Último Natal em Paris

Vou explicar tudo em outra ocasião.
Sua amiga esperançosa,

Evie

De Evie para John Hopper
30 de junho de 1917

Rouen, França

Caro John,

    Não tenho notícias suas há algum tempo, então espero que tudo esteja bem em Londres e no jornal. Envio minha última coluna.
    Talvez você pudesse escrever dizendo se foi publicada e, se sim, qual foi a reação a ela. Não quero causar dificuldades ao *LDT*. Você sabe como sou próxima de Tom Harding. A última coisa que desejo é que minha ambição como jornalista afete as ambições dele enquanto sucessor do pai e o sucesso do jornal.
    Tenho certeza de que você e Jack Davies saberão o que é melhor para todos os envolvidos.
    Com afeição,

Evelyn

A GUERRA DE UMA MULHER

por nossa correspondente especial na França,
Genevieve Melro

"Não há trabalho sem valor"

    Sento-me ao lado de um jovem soldado cuja vida se esvai a cada palavra que escrevo. Ver tantas fileiras de leitos neste hospital de campanha improvisado é como olhar para o fim do mundo. Há menos de dois minutos, um menino – ele acabou de fazer quinze anos – perdeu a luta pela sobrevivência. Ele havia mentido a idade, desesperado para ser um homem, desesperado para se alistar e se juntar à luta. Era um menino com muito pela frente, mas disse que queria deixar sua mãe orgulhosa. Que desperdício, que terrível futilidade.

Quando você vê, de perto, a realidade brutal da guerra, é difícil acreditar que qualquer coisa que você faça – você, uma pessoa insignificante – pode fazer qualquer diferença.

Mas pode.

Como tantas outras mulheres, estou fazendo minha parte aqui com o Corpo Auxiliar. Eu visto o uniforme. Eu sigo ordens. Eu durmo em um dormitório em tão mal estado que não serviria nem de galpão de ferramentas em qualquer outro lugar. Não há nenhum conforto doméstico, e o som distante e contínuo dos bombardeios é um lembrete barulhento do que acontece não muito longe. Às vezes, pergunto-me o que diabos estou fazendo aqui ou como vim parar aqui. Sou apenas uma pequena engrenagem em uma máquina militar muito grande, mas é uma função outrora desempenhada por um homem. Ao assumir o trabalho dele, o homem pode juntar-se à luta. Quando liberados em quantidade, esses homens adicionais são de grande importância. Mas nunca devemos esquecer que também somos importantes.

Nunca sinta que seu papel é insignificante. Nunca sinta que sua pequena contribuição não faz diferença. Ela faz.

Vou continuar a cumprir meu papel aqui na França e, enquanto o faço, lutarei nessa guerra com as únicas armas que me são permitidas: meu lápis, meu papel e minhas palavras.

Até a próxima – coragem!

Genevieve

Último Natal em Paris

De John para Evie
5 de julho de 1917

Londres, Inglaterra

Minha querida Evelyn,

Não pude nem esperar notícias suas, tive que escrever para dizer que a última coluna foi uma sensação – mais uma vez!

Um grupo de leitores zangados estava na porta do jornal na manhã seguinte à publicação. Pelo meio da tarde, já era uma horda. Fizeram piquetes na rua, pedindo aos gritos o encerramento da coluna e a demissão "daquela mulher" que a escreve. Outros gritavam pedindo que fizéssemos algo para acabar com a guerra (como se estivesse em nossas mãos). Não conseguíamos imprimir rápido o suficiente para suprir a demanda. A polícia apareceu, mais uma vez, para acabar com os distúrbios. O lado ruim, depois do incidente, é que recebi um "pedido" beligerante do Departamento de Guerra para que cancelássemos a coluna. Eles disseram que, se não o fizéssemos, o jornal seria fechado.

Ainda assim, gostaria de publicar algumas mais e, depois, encerrar ou mudar totalmente o foco das colunas. Por enquanto, deixe de mandar por alguns meses até passar esse fervor. Nosso objetivo será o retorno de Genevieve Melro no outono.

Estive em contato com Thomas Harding. Ele disse que vocês ainda trocam cartas com frequência. Que sortudo ele é. Eu continuarei a esperar por notícias suas no correio.

Evelyn, eu sei que casamento pode soar como uma coisa impossível de contemplar agora, mas você não imagina como me faria feliz se escrevesse apenas "sim". Eu posso lhe oferecer uma vida muito confortável, uma vida na qual você nunca mais precisaria trabalhar. Imagine como você e sua amiga (Annie?) poderiam se divertir, sair para almoçar e fazer quantas compras quisessem. Que outro homem pode oferecer esse futuro? Que outro homem merece ter a bela Evelyn Elliott ao lado dele? Não consigo pensar em nenhum outro.

Cuide-se. Sinto sua falta.

Seu, com afeto,

John

Telegrama de Thomas para Evie

```
12 DE JULHO 1917

PARA: EVELYN ELLIOTT, ROUEN, FRANÇA
ENVIADO: 18:33                          RECEBIDO: 19:52

FERIDO EM BATALHA. NADA SÉRIO. OPERAÇÃO NA MÃO DIREITA
IMPEDE CARTAS POR ENQUANTO. MANDAREI TELEGRAMA OU ESCREVEREI
QUANDO MÃO MELHORAR. AFETO. T.
```

De Evie para Alice
11 de setembro de 1917

Rouen, França

Minha querida Alice,

Quais são as novidades? Ouvimos falar de muitas mortes na área onde você está, e não consigo parar de pensar em você trabalhando em condições tão terríveis. Espero que você esteja suportando bem.

Há tanto acontecendo agora que não consigo manter-me a par de todas as informações que passam pelas linhas telefônicas. As moças aqui da central realmente sentem que as coisas estão evoluindo para uma conclusão e que chegaremos à vitória em breve. Espero e rezo por isso com todo o meu coração.

John insiste que eu lhe dê uma resposta, e Tom foi ferido na mão direita. Ele diz que não poderá escrever por um tempo, e talvez seja preferível assim. Algumas vezes não tenho energia para escrever a nenhum dos dois.

Tenho pensado com frequência em Will. De alguma maneira, sinto-me mais próxima dele aqui, entendendo um pouco o que ele experimentou. Imagino o que ele diria se pudesse me ver. A irmãzinha dele, no meio disso tudo. Eu lembro que, certa vez, ele me provocou dizendo que eu gostava de Tom Harding. Eu ri da ideia – Tom Harding! Mas ele tinha razão, não é? Talvez eu sempre tenha gostado de Tom. A verdade, Alice, é que, quando recebo algumas linhas de Tom, devoro cada uma com avidez. Ao ler leio as cartas de John, sinto-me sufocada.

Ontem pensei naquela ideia boba que tínhamos de passar o Natal em Paris. Parece impossível agora, não? No entanto, tenho mais razão do que nunca para querer ir. Preciso encontrar alguém que deverá ser a coisa mais preciosa para mim. Mas falarei mais disso quando nos virmos. Não é assunto para carta.

Escreva logo, por favor.

Muito amor,

Evie

De Evie para sua mãe
3 de outubro de 1917

Rouen, França

Querida Mamãe,

Uma mensagem rápida para dizer que estou bem e ainda gostando de meu trabalho na central telefônica. Transferimos dezenas de mensagens por hora. É exaustivo, mas o tempo passa rápido e durmo bem à noite.

Estou bem longe do perigo, apesar de ouvirmos o barulho distante dos bombardeios e o *tá tá tá* dos tiros. Já se tornou tão familiar que às vezes nem os ouço. Não me surpreenderia que eu achasse a tranquilidade da vida em casa bem estranha. Terei de pedir à cozinheira que ande pela casa batendo nas panelas de cobre para que tudo pareça mais normal.

Espero que você e Papai estejam com boa saúde. Parece improvável que eu esteja de volta em casa para o Natal. Será bem silencioso ao redor da mesa neste ano.

Sua filha amorosa,

Evelyn

De John para Evie
10 de novembro de 1917

Londres, Inglaterra

Querida Evelyn,

Não tenho notícias suas há três meses e estou preocupado. Por favor, diga que você está bem. Imagino que esteja bem ocupada aí.

Se você estiver de acordo, gostaria de publicar sua coluna de novo no mês que vem. O fervor diminuiu um pouco, mas a demanda ainda é grande. Todos perguntam quando Genevieve Melro vai escrever algo novo. Agora é o momento.

Ainda tenho esperanças de um casamento na primavera. Sua mãe começou a procurar uma costureira para o vestido. Não vamos deixar as coisas para a última hora, combinado? Espero que você não me desaponte.

Sinceramente,

John

Último Natal em Paris

De Thomas para Evie
1º de dezembro de 1917

Em algum lugar na França

Querida Evie,

Perdoe minha caligrafia horrível. Esta é a primeira vez que tento escrever uma carta desde que minha mão cicatrizou. Eu tinha certeza de que iam me mandar para casa, mas acharam muitas coisas para eu fazer na reserva. Devo admitir que fiquei satisfeito. Sinto-me mais em casa aqui do que em qualquer outro lugar agora. Aqui, com meus homens, meus irmãos de armas. Eles são a melhor família que um sujeito pode desejar. O que há em Londres para mim, afinal?

Charles me informou sobre as coisas no *London Daily Times*. Parece que os relatórios de Hopper divergem bastante dos dele. Enfrentamos ameaças do Departamento de Guerra agora. Estou incomodado com isso, mas não há muito que eu possa fazer daqui, além de fazer ameaças que não posso cumprir. Vou ter que aguentar, assim como faço com esta maldita guerra. Quando voltar para casa, terei de tomar medidas sérias, posso garantir.

Está chegando a época do ano em que começo a pensar no Natal. Vamos fechar os olhos e fingir que estamos em uma festa, pode ser? A minha jornalista notaria cada detalhe, sem dúvida, então vou me esforçar para fazer uma boa descrição. Vamos lá.

O salão de baile brilha com os enfeites, as fitas vermelhas e as pesadas guirlandas. Ainda que o pesar seja perceptível e abafe a alegria no início da noite, o ambiente sombrio vai se dissipando aos poucos com a distribuição das bebidas e com a música que vai tomando a sala. De alguma forma, o espírito do Natal, combinado com a luz da lareira e com os rostos familiares, une a cidade. Por algumas horas, a inquietação diminui, e a angústia interior se dissipa.

No banquete, refestelamo-nos com pato e faisão e saladas. E todos os doces! Bolo de Natal com molho de conhaque, pudim de groselha com molho de amêndoas, castanhas açucaradas. Bebemos vinho quente, cerveja e gim. Ficamos gordos como reis.

No final da noite, você e eu nos sentamos ao ar livre e fumamos juntos no gramado, olhando silenciosamente em direção à França e planejando passar outro Natal lá em breve.

Você vai se juntar ao meu sonho?

Seu amigo,

T.

De Evie para John
20 de dezembro de 1917

Rouen, França

Caro John,

Algumas linhas para desejar Feliz Natal. Espero que ache alguém para dançar com você na fonte, na minha ausência. Mal posso lembrar-me da menina que eu era há um ano. A vida não poderia ser mais diferente, e meu coração, mais pesado.

Está nevando aqui, e o cenário é bonito. Impossível acreditar que o mundo ofereça tantos horrores em uma paisagem tão tranquila. Mande lembranças à minha mãe.

Com os melhores votos,

Evelyn

Último Natal em Paris

De Evie para Tom
20 de dezembro de 1917

Rouen, França

Meu querido Tom,

Outro Natal se aproxima, e lá se vai mais um ano de nossa correspondência. Já deve haver o suficiente para encher um livro.

Por falar nisso, aceite um pequeno presente meu. Um pequeno volume de poesias de W. B. Yeats. Foi deixado por um dos oficiais, e não consigo pensar em mais ninguém que vá aproveitá-lo tanto. "E uma luz suave veio das estrelas e me encheu até os ossos." As palavras dele são tão deliciosas que tenho vontade de comê-las.

Feliz Natal, Tom. Vi uma estrela cadente e fiz um pedido para você.

Sempre sua amiga,

E.

PARIS

22 de dezembro de 1968

 Com alguma dificuldade, acomodo-me na cadeira do café, do outro lado da rua do apartamento. A luz das lâmpadas brilha nas vidraças, reflete nos copos pendurados acima do balcão e se derrama sobre os painéis de madeira escura. É tão aconchegante quanto me lembro, mas não é o mesmo sem ela – não é tão brilhante, não é tão quente, não é como deveria ser.

 Margaret se senta em outra mesa, a alguma distância, e acende um cigarro antes de abrir um exemplar do jornal do dia. Sou grato por sua discrição, por me dar esse raro momento de privacidade, livre de tubos e cuidados e procedimentos. A verdade é que eu não deveria ter vindo. Ao acordar, senti minha fragilidade em todos os ossos e na terrível dor em meus pulmões. Tenho certeza de que Margaret teria insistido para que eu ficasse na cama se meus olhos não demonstrassem desespero com a possibilidade de não encontrar Delphine (e se não fosse Natal).

 – Tom! Você conseguiu!

Último Natal em Paris

A voz alegre de Delphine ecoa atrás de mim como sinos de igreja na manhã de Natal, alegrando meu coração com sua maravilhosa melodia gaulesa. Luto para ficar de pé e cumprimentá-la, mas desisto e afundo na cadeira.

– Por favor, não se levante – ela diz enquanto puxa sua cadeira um pouco mais perto.

– Não creio que possa – eu respondo com um sorriso irônico enquanto olho em seus olhos. Iguais aos de sua tia.

Ela beija cada uma das minhas bochechas à moda francesa e cobre minhas mãos com as dela, com um pequeno aperto.

– É tão maravilhoso ver você, Tom!

– E você, minha querida!

E é maravilhoso de fato. Ela é uma fonte de vida e vitalidade. Um aroma de violetas emana dela, fazendo-me pensar nas cartas perfumadas de violeta.

– O ano foi muito longo, Tom! Estou tão feliz que você veio! O Natal não seria o mesmo sem você e...

O nome flutua para longe, subindo com a fumaça do cigarro que serpenteia das mesas ao lado em direção ao teto. Dou um sorriso fraco, mas ele parece estranho, rígido, como músculos que não são usados há muito tempo.

Trocamos histórias, novidades, lembranças. Quando ficamos em silêncio, observo Delphine limpar o prato de uma generosa fatia de *tarte tatin* e lamento a perda do meu paladar. Nada tem o mesmo gosto desde que ela partiu.

– Você não tocou na sua, Tom. – Delphine aponta para a minha fatia de *tarte*, intacta.

Não quero aborrecê-la com explicações sobre papilas gustativas e um intestino que não funciona bem, ou sobre a dor constante em meu peito. Como Margaret, ela vai tentar me dar conselhos sobre como prolongar esta vida que, para dizer a verdade, não precisa mais ser vivida. Não muito mais, pelo menos. Só o suficiente.

– Eu queria dar-lhe isso.

Empurro um pequeno pacote sobre a mesa. Está embrulhado em um papel laminado dourado.

Delphine sorri, fazendo brilhar um par de olhos azuis que me são familiares. O mesmo azul, passado de geração em geração. Suas próprias filhas os herdaram também.

Ela rasga o papel e engasga ao abrir a caixinha que estava dentro.

– Ah, é lindo!

Ela prende a corrente de ouro em volta do pescoço, passando os dedos pelo amuleto de passarinho que se aninha em seu pescoço.

– Um melro – eu digo. – Pertenceu à minha mãe. Era um dos colares favoritos de sua tia.

Lágrimas brilham nos olhos de Delphine.

– Vou cuidar com muito carinho. Obrigada.

Sorrio de novo, mexo-me na cadeira e pego outro pacote na cadeira ao lado.

– Também achei que você gostaria desses. Alguns livros que pertenceram ao seu pai. Algumas cartas e fotos também. Receio que estejam bem velhos e deteriorados. Parecem comigo.

Ela ri e toca minha mão afetuosamente.

– Você não é velho nem deteriorado. Você é maravilhoso e fascinante.

Ela é tão parecida com a tia que meu coração aperta só de olhar para ela e de ouvir sua visão encantadora e positiva da vida. Meu consolo é saber que nossas memórias viverão através de Delphine e de sua família. Meu consolo é que a encontramos, que juntamos os fios da família.

A carta mais importante eu mantive separada do resto do pacote.

– Esta carta foi escrita por seu pai. Encontrei-a no bolso do sobretudo dele, depois de sua morte.

Faço uma pausa para tossir no guardanapo e, em seguida, continuo com uma respiração hesitante.

– As balas do inimigo encontraram Will antes que ele tivesse a chance de enviá-la. Foi devolvida à mãe dele, junto com seus pertences pessoais.

Delphine pega a carta com delicadeza, vira o frágil papel nas mãos e começa a ler.

Último Natal em Paris

Carta não enviada de Will para Amandine
7 de maio de 1915

Minha querida Amandine,

Vamos ter um bebê? Estou em choque, mas ainda assim muito feliz em sabê-lo. Sempre desejei ser pai. Obrigado por me dizer, apesar de haver pouco que eu possa fazer para ajudar neste momento, preso nesta guerra. Mas uma coisa que posso fazer é mandar parte do meu soldo, e vou fazê-lo imediatamente. Se a guerra terminar logo (como imagino), quem sabe o que o futuro tem planejado para nós? Nunca alguém conquistou meu coração como você, e é claro que vou fazer a coisa certa por você e por nosso bebê.

Se alguma coisa acontecer comigo, por favor escreva para minha mãe, Carol Elliott, na Inglaterra. Conte sobre o bebê. Também vou escrever a ela para que ela saiba o que quero, caso não consiga dizer em pessoa. Tenho certeza de que ela vai ajudar você da maneira que puder. O endereço dela é Poplars, Richmond, Londres SW.

Quero o melhor para você, Amandine. Os momentos que passamos juntos foram irresponsáveis e apaixonados, mas não me arrependo de nada. Saber que uma nova vida cresce em sua barriga me dá a maior razão para sobreviver a esta guerra. Enche-me de uma esperança gloriosa.

Com os votos mais afetuosos e o meu amor,

Tenente Will Elliott

Meus olhos enchem de lágrimas ao ver a caligrafia familiar de Will, e sinto o coração pesado ao pensar em tudo o que ele perdeu por nunca ter conhecido a filha.

– Obrigada – diz Delphine, com a voz embargada. – Vou guardá-la com todo o carinho, para sempre.

Ficamos sentados, em um silêncio confortável, imersos em nossos pensamentos.

Nosso encontro é breve demais – encurtado pelo meu desconforto, que não consigo mais esconder. Delphine promete me visitar no apartamento, e Margaret me leva para casa e me acomoda ao lado da lareira.

Eu cochilo por um tempo, embalado pelo calor. Sonho um pouco. Como sempre, ela está lá.

Ao acordar, pego o pacote final de cartas.

Quanta coisa ainda havia a dizer... Quantas coisas quase não foram ditas...

PARTE CINCO

1918

"Eu o amo não só pelo que você é,
mas pelo que eu sou quando estou com você."

– Elizabeth Barrett Browning

De Evie para sua mãe
2 de janeiro de 1918

Rouen, França

Querida Mamãe,

Feliz Ano-Novo para vocês. Obrigada pelos lençóis e pelo creme para as mãos. Ambos me trouxeram um enorme – e muito necessário – conforto.

Espero que tenham conseguido passar um bom Natal, apesar de tudo. Devo admitir que foi um pouco estranho estar longe de casa. Tive que rir ao me lembrar do primeiro Natal desta guerra, quando uma raposa entrou no galpão do fazendeiro e roubou os melhores gansos. Quase ficamos sem ganso, e aquilo parecia um enorme problema. Eu aguentaria um ano de pratos vazios só para sentar novamente à mesa de jantar com todos.

Fizemos o melhor possível aqui, como esperado. O tempo não está bom. Geadas fortes e temperaturas extremamente baixas. Mal consigo me lembrar de como é sentir calor.

Agora vamos falar de John Hopper. Você o viu no Natal? As cartas dele nunca são muito longas ou descritivas. A última delas (enviada algumas semanas antes do Natal) falava de um casamento na primavera, para o qual ele me informa que você já procura costureira. Estou furiosa com ele por presumir que sabe o que penso, e não estou nem um pouco satisfeita com você por permitir que ele ache isso. Sinceramente, espero que ele não esteja dizendo às pessoas que eu aceitei. Quanto à costureira, francamente, Mamãe. Você sabe muito bem que ainda não me decidi sobre me casar com Hopper, na primavera ou em qualquer outra estação. Sei que estou demorando, mas as circunstâncias são extraordinárias e não se prestam a decisões normais. Como posso pensar em casamento com tudo o que vejo e ouço todos os dias? De qualquer maneira, sempre quis um casamento no inverno, como você bem sabe. Neve salpicando os gramados e cheiro de cravo e canela no ar. Mas chega desse assunto por enquanto.

Quais são as notícias de casa? Ouço poucos relatos pela central telefônica sobre incidentes na frente doméstica. Preocupo-me por vocês estarem tão perto de Londres. Em momentos como este, gostaria que morássemos em alguma parte remota das planícies de Yorkshire ou em algum lugar onde os alemães não pudessem nos encontrar.

Com carinho,

Evie

De Thomas para Evie
4 de janeiro de 1918

Em algum lugar na França

Querida Evie,

Aqui estamos, mais uma vez. Outro ano e ainda em guerra. Não farei muitos comentários sobre isso. Não vale a pena. Só o que podemos fazer é esperar que acabe logo. A chegada dos americanos foi uma bênção. Os mantimentos estão chegando, e agora temos tropas suficientes para fazer uma rotação e permitir que as linhas de frente passem às trincheiras reservas.

Você ouviu falar dos tanques? São outra "inovação armamentista", como os chamam. Na verdade, são apenas veículos de metal blindados – uma forma romboide sobre rodas – e com as rodas cobertas por grandes trilhos que agarram o solo. Em cada lado da coisa estão instaladas armas enormes que lembram canhões. Nós os chamamos de Mark IV. Não são as armas mais eficientes, pois são lentas e pesadas, mas são muito mais destrutivas agora do que quando entraram na guerra, há um ano. Eu vi um deles parar de funcionar no meio da batalha, mas os homens lá dentro estavam protegidos. É conceitualmente incrível. Caixas de metal sobre rodas: a melhor maneira de matar mais. Uma ideia conceitualmente bem sórdida.

Enquanto isso, tudo parece de pernas para o ar no jornal. O *LDT*, embora prosperando em termos de circulação, continua a ser o centro do escândalo. Fico me dizendo que devo confiar em meu primo, mas está cada vez mais difícil. Você ouviu alguma coisa dele diretamente? Eu agradeceria qualquer informação.

Obrigado pela poesia de Yeats. Eu a consumo como um homem faminto e mal posso esperar para voltar aos meus livros em casa. Espero que goste do presente de Natal atrasado que envio. Nunca pensei que o daria a alguém, mas neste Natal, de alguma forma, eu soube que era a hora. O colar pertencia à minha mãe. Ela também observava os pássaros, veja você, e o pendente com o pequeno melro era perfeito para ela. Pelo menos era o que meu pai pensava. Quando meus pais se divorciaram, ela me deu. Eu o carrego desde então, mas acho que é hora que ele adorne um pescoço bonito e esguio, e só consigo pensar em um.

Se você olhar atrás do pendente, verá que eu o gravei.

Seu,

Tom

De Evie para Thomas
10 de janeiro de 1918

Rouen, França

Meu querido Tom,

Feliz Ano-Novo. Como pode ser 1918? Como é possível que esta guerra dure há tanto tempo?

O colar é lindo e devo confessar que você me levou às lágrimas com a adorável mensagem que gravou nele. *Que você voe alto*. Minha nossa, vou cuidar deste colar com todo o meu coração, Tom. Obrigada. Fico emocionada em saber que foi de sua mãe, pois sei o quanto você era próximo dela e o quanto sente a falta dela.

Muitas vezes tenho vontade de reler todas as cartas que você me escreveu, mas é claro que elas estão em minha escrivaninha de casa, amarradas com uma fita vermelha, e eu estou aqui, longe delas. Lembro-me da primeira carta que você enviou, tão esperançosa e ingênua, e tão terrivelmente formal. Era sempre o Tenente Thomas Harding fez isso e aquilo e aquilo outro. Agora, é simplesmente Tom. Melhor assim, eu acho.

Espero que você tenha jogado no fogo todas as cartas que mandei para você, ou que elas tenham se perdido em algum lamaçal. Eu ficaria com vergonha de lê-las novamente. Espero, no entanto, que você tenha guardado alguns de meus pequenos desenhos. No início, eles eram apenas algo para passar o tempo, mas agora eu sinto que há muito mais naqueles passarinhos.

Diverti-me muito ao ler seu relato maravilhosamente descritivo da festa de Natal de Mamãe. Você ainda vai virar escritor, meu querido! Quase pude sentir o gosto do vinho e do pudim de groselha. Li várias vezes suas palavras, como se assim pudesse satisfazer meu desejo por tais iguarias. Mas elas só fizeram meu estômago roncar de desespero e, odeio admitir, fui para a cama naquela noite com um mau humor terrível. Você teria rido ao ver a minha careta.

Fizemos o melhor que pudemos para nos divertir, mas um só golinho de *vin rouge* e quase nenhuma música deixaram tudo entediante. O dia de Natal parece muito com outro qualquer por aqui, não é? Um dia vira outro, e outro, e continuamos em guerra. Mesmo assim, ainda sonho em vagar pelas ruas de Paris. Às vezes, nosso pequeno e bobo plano de viagem parisiense é a única coisa que me faz acreditar que tempos melhores virão. Quando fecho os olhos, sinto o cheiro do café e dos *croissants* recém-assados. Posso ouvir a melodia de um acordeonista à beira do rio. Posso ver o topo da Torre Eiffel perfurando as nuvens acima de nossas cabeças.

Último Natal em Paris

Eu sei que é bobagem minha, ainda mais que Paris já não é a cidade que foi. Bombardeios, gripe e racionamento chegaram à nossa adorável cidade assim como ao resto do norte da França. Talvez Paris não seja mais a cidade dos meus sonhos, afinal.

Lamento muito saber dos problemas no jornal. Eu sei que não ajuda ter toda essa preocupação quando você está ainda em recuperação. Acho que você deveria se orgulhar de seu pequeno jornal, atuando na mesma liga dos grandes, criando manchetes próprias. Tenho certeza de que John tem as coisas sob controle e, sem dúvida, as coisas não estão tão ruins quanto parecem de sua trincheira. Suspeito que seja a distância que o incomoda mais do que qualquer coisa – não estar presente para resolver com suas próprias mãos. Não tema, chegará a hora.

Tudo vai parecer melhor quando a guerra terminar. Vamos sair dessa troca de palavras e preocupações escritas e agir como pessoas normais, civis vivendo uma vida normal de novo, olhando para o futuro e para tudo o que ele oferece.

Escreva logo.

Evie

De Evie para Alice
5 de fevereiro de 1918

Rouen, França

Querida Alice,

Como você está? Aqui vai tudo bem. Fui promovida a uma posição superior. Gosto demais das meninas e tenho muito orgulho do trabalho que fazemos aqui.

Com a promoção, sinto que não posso abandonar meu posto, então renunciei à minha licença e deixei outra pessoa tomar meu lugar. É estranho, mas me inquieta a ideia de voltar para casa. Prefiro estar aqui, mesmo com todo o desconforto e perigos. Temo o que me espera quando eu voltar: Mamãe ainda estará contrariada com a forma como vim para cá, Hopper vai querer me levar ao altar sem nem me dar bom-dia.

Não tenho muito mais para contar, então vou parar por aqui. Hoje faz muito frio, e minhas mãos querem voltar para as luvas. Espero que você e seu médico ainda estejam se correspondendo. Tom me enviou o colar mais lindo como presente de Natal. Esse homem me deixa furiosa.

Beijos para você,

Evie

De Evie para sua mãe
20 de maio de 1918

Rouen, França

Querida Mamãe,

Sinto muito por demorar tanto para escrever. As coisas têm estado muito movimentadas aqui e, frequentemente, estou exausta demais para escrever.

Fiquei sabendo sobre o horrível bombardeio noturno de Londres e rezo para que nenhum de nossos conhecidos tenha morrido ou ficado ferido. Por favor, mande notícias assim que possível.

Fico com o coração apertado ao pensar sobre a guerra em casa; é inimaginável, mesmo depois de ter visto os zepelins surgir do nada em nossos céus.

Sofremos um bombardeio pesado com muitas perdas nos campos e hospitais britânicos em Etaples. Estou muito preocupada com Alice, que esteve estacionada lá há pouco tempo. Não tenho notícias dela há algum tempo, de modo que não sei se já tinha sido transferida.

Anseio pelo fim disso tudo, pelo dia em que poderemos dormir profundamente mais uma vez, sem essas preocupações.

Sua filha sempre amorosa,

Evelyn

De Alice para Evie
22 de maio de 1918

Em algum lugar na França

Querida Evie,

Fui ferida no bombardeio de Etaples – nada muito sério, mas o suficiente para ser mandada para casa, em um hospital perto da costa, para recuperação. Parto pela manhã.

Mandarei mais notícias em breve, mas não se preocupe, querida. Estou suficientemente bem, e tudo está intacto. Tenha cuidado.

Alice

De Alice para Evie
30 de maio de 1918

Brighton, Inglaterra

Querida Evie,

Estou em Brighton, sã e salva. Eles me forçaram a tirar algumas semanas de licença, mas, juro, não há motivo para preocupação. Fui atingida por estilhaços na bochecha e no torso, em várias partes, todos ferimentos relativamente pequenos. A recuperação vai bem. É claro que minha mãe pede que eu abandone meu voluntariado. Ela nunca quis que eu tivesse ido para a França. Não sei como explicar para ela o quão desesperadamente desejo que esta guerra acabe e, ao mesmo tempo, o quanto preciso estar lá. Aqui, sinto-me como um fantasma, como se vivesse uma existência sem cor. Como é estranha essa realidade.

O dr. Peter me envia carta atrás de carta e muitos pequenos presentes. Ah, Evie, ele diz que tem uma proposta a me fazer, mas insiste que tudo tem de ser feito na ordem certa. Que outra proposta poderia ser!? Eu o adoro. Não acredito que esteja dizendo isso, mas talvez eu seja do tipo casamenteira, afinal de contas!

Sofremos mais bombardeios em Londres. Mamãe está aterrorizada. Ela ouviu os estrondos distantes da destruição e viu o céu iluminado pelas explosões. Mais de cem prédios atingidos em uma noite.

Antes de deixar Etaples, o tifo e a gripe atacavam os campos. Por favor, seja vigilante. Dessa vez é muito sério.

Bisous,

Alice

P.S.: Alguma notícia de Tom? E Hopper? Ele respondeu à sua mensagem?

De Evie para Alice
15 de junho de 1918

Rouen, França

Querida Alice,

Como você está? Eu estava preocupadíssima e fiquei muito aliviada ao saber que você está na Inglaterra para se recuperar. Tive uma intuição, sabe? Meu coração me disse que você estava em apuros, e cá estou eu, totalmente incapaz de fazer algo além de escrever, como de hábito. Eu entendo completamente que você queira voltar para cá, mas, por favor, descanse. Promete? Você tem que melhorar, ou o seu dr. Peter não poderá fazer a proposta! Eu não poderia estar mais feliz por você. Tenho certeza de que você vai se adaptar muito bem à vida de casada. Esposa de médico! Sra. Peter Lancaster. Que maravilha. Eu vou ser sua dama de honra, e você vai vestir renda de Chantilly e levar um buquê de flores de laranjeira.

Gostaria de ter boas novidades para animá-la e fazê-la rir (se a risada não lhe causa dor por causa dos ferimentos, claro!). Enfim, não tenho nenhuma. A vida está mais sombria do que nunca aqui. Muito mais perdas a cada dia.

Último Natal em Paris

Em uma reviravolta bem curiosa, a última rotação de enfermeiras colocou no meu caminho uma amiga de Tom. Você lembra que ele havia sido colocado sob os cuidados de Rose Blythe quando voltou de Craiglockhart? Muitas vezes cheguei a pensar que ele gostava dela. Pois ela agora está servindo aqui, em um hospital de campanha perto de nosso pequeno dormitório. Mal pude acreditar quando vi o crachá dela. Ela me disse que Tom não parava de falar sobre mim. Que era Evie isso e Evie aquilo. Ela achava que eu era a esposa dele até que ele a corrigiu! Na verdade, ela é muito agradável. Mais velha do que eu imaginava e (ouso dizer) não tão bonita quanto eu imaginava. Odeio admitir, mas estou bem aliviada.

Anseio caminhar com você pelo monte de Richmond e contemplar os campos em direção a Londres. Posso ouvir o canto das cotovias e uma brisa quente que faz balançar os cachos ao redor de suas bochechas. Você está me contando uma ou outra história boba sobre seu tempo na escola interna da Suíça e como você nunca conseguiu dominar a arte de esquiar elegantemente. Eu enlaço meu braço no seu e descanso minha cabeça em seu ombro. Nós trocamos lembranças e rimos, e eu admiro a aliança em seu dedo.

Não vai demorar. Eu posso sentir.

Cuide-se, minha querida amiga.

Evie

De John Hopper para Tom
17 de junho de 1918

Londres, Inglaterra

Caro Thomas,

Recebi suas sugestões sobre as colunas. Não se preocupe. Tenho tudo sob controle. Não se preocupe com as notícias que você recebeu sobre as mulheres tolas que acabaram na cadeia por tentar promover seus ideais pacifistas. Violet Tillard e as companheiras dela no movimento contra o alistamento não deveriam estar se metendo com política, e elas não estão nos incomodando aqui no *LDT*. Deveriam limitar-se ao tricô e deixar as decisões importantes para nós, homens. Honestamente, na minha opinião, Tillard deveria ter pego mais do que sessenta dias de cadeia.

Quanto a Charles Abshire, ele é o mais aborrecido dos homens e está sempre preocupado sem razão. Se eu fosse você, não tardaria a colocá-lo porta afora.

Lembre-se, primo, de que eu construí minha fortuna com meus talentos. Não há razão para duvidar de mim constantemente. Eu tenho sorte nos negócios. E parece que também tenho sorte no amor, já que planejo um casamento primaveril com a srta. Evelyn Elliott. A mãe dela está entusiasmadíssima. Imagino que você já saiba de tudo, considerando que vocês trocam cartas com frequência. Espero que você fique feliz por nós.

Enviarei mais informações sobre o jornal.

Sinceramente,

John Hopper

De Evie para John
19 de junho de 1918

Rouen, França

Caro John,

Em anexo, envio mais uma coluna. Recebi notícias preocupantes sobre redações sendo invadidas e fechadas e jornalistas sendo julgados e aprisionados. Ainda assim, sinto que devo continuar a escrever a verdade. Não quero, no entanto, colocar o jornal de Tom Harding em risco, então espero que você tenha bom senso.

Deixo em suas mãos, John, e espero que você ache que minhas palavras podem ser publicadas sem serem muito controversas e passíveis de causar mais problemas.

Evelyn

Último Natal em Paris

A GUERRA DE UMA MULHER

por nossa correspondente especial na França,
Genevieve Melro

"Uma luz na escuridão"

Se você passa a noite acordado, saiba que não está sozinho. Centenas – milhares – de mentes inquietas tentam preencher essas horas sombrias. É o pior momento. O silêncio. O tempo para pensar.

Acordo muitas vezes à noite, com a cama sacudida por explosões distantes, e me pergunto: quais vidas foram levadas por essas bombas? Que agonia elas conheceram em seus momentos finais? Que agonia sentirão seus entes queridos pelo resto de seus dias, quando o entregador de telegramas bater à porta com aquela notícia fatídica? É uma dor inimaginável, de certa forma agravada por saber que seus corpos não nos serão devolvidos e estarão para sempre perdidos nos campos da França, e ainda mais grave por estarmos tão distantes e sermos incapazes de imaginar o lugar onde caíram nossos entes queridos. Não em suas casas, não em suas camas nem nos campos nos quais brincaram quando crianças. Não em algum lugar que jamais conhecemos.

Parabéns, então, àqueles que tentavam nos contar e nos mostrar com pincel ou caneta ou lente de câmera, de modo que pudéssemos saber melhor onde lutam nossos entes queridos. Parabéns aos homens e mulheres que faziam o que acham ser seu dever moral, colocando suas vidas em perigo todos os dias para trazer a verdade aos que ficaram em casa. Seus relatos verdadeiros dão algumas respostas às perguntas que nos atormentam: Como? Onde? Por quê? O que enfrentam nossos entes queridos?

Mas o que aconteceu com os bravos jornalistas da linha de frente? Eles também, como nossos homens caídos, foram silenciados. Eles também se tornaram prisioneiros de guerra; prisioneiros da verdade. Caçados.

Aprisionados. Suas palavras silenciadas por aqueles que determinam o que sabemos e o que não sabemos; no que devemos ou não acreditar.

Esta é uma guerra de escolhas, feitas pelos poucos poderosos no controle. No campo de batalha, nos *bunkers*, nos escritórios daqueles que empunham uma arma tão poderosa quanto um canhão – eles decidem, e nós sofremos as consequências, mas não precisamos sofrê-las em silêncio raivoso.

Podemos questionar pelo que lutam, afinal, nossos homens – nossos bravos heróis. Que liberdades temos realmente? Liberdade de pensamento? Liberdade de princípios? Liberdade de expressão?

Peço-lhes, então, que continuem falando. Continuem exigindo a verdade. O que devemos a nossos homens é buscar a verdade da guerra na qual lutaram – e lembrá-los.

Acima de tudo, devemos sempre nos lembrar deles.

Até a próxima – coragem!

Genevieve

Telegrama de Thomas para Evie

```
1º DE JULHO 1918

PARA: EVELYN ELLIOTT, ROUEN, FRANÇA
ENVIADO: 10:23                          RECEBIDO: 11:46

NOIVA DE HOPPER? VOCÊ ESCONDEU BEM. O JORNAL ESTÁ EM PERIGO
POR CAUSA DE SUAS COLUNAS. VOCÊS DOIS PLANEJARAM ISSO TAMBÉM?
ESTOU ENOJADO E FURIOSO. TOM.
```

Último Natal em Paris

Telegrama de Evie para John

```
1º DE JULHO 1918

PARA: JOHN HOPPER, 18 FLEET STREET, LONDRES EC
ENVIADO: 12:39                          RECEBIDO: 14:01

COLUNA DEVE SER SUSPENSA IMEDIATAMENTE. NÃO IMPRIMA A ÚLTIMA.
O QUE VOCÊ DISSE A TOM? CASAMENTO? FURIOSA. EVELYN.
```

Telegrama de Evie para Tom

```
1º DE JULHO 1918

PARA: TENENTE THOMAS HARDING, AMIENS, FRANÇA, 10º REGIMENTO
ENVIADO: 12:39                          RECEBIDO: 14:01

NÃO ACEITEI A PROPOSTA DE JOHN. SEGUE CARTA PARA EXPLICAR.
EVIE.
```

Telegrama de John para Evie

```
5 DE JULHO 1918

PARA: EVELYN ELLIOTT, CORPO AUXILIAR FEMININO, DIVISÃO DE
COMUNICAÇÕES (TELEFÔNICA), BASE HILL, ROUEN, FRANÇA
ENVIADO: 9:30                           RECEBIDO: 10:04

ÚLTIMA COLUNA JÁ IMPRESSA. NAS BANCAS AMANHÃ. PREPARE-
-SE PARA MAIS PROTESTOS E MAIS GLÓRIA TAMBÉM. HARDING SE
PREOCUPA DEMAIS. JOHN.
```

De Evie para John
6 de julho de 1918

Rouen, França

John,

Como você foi capaz? Como pôde dizer a Thomas que iríamos nos casar? Ele se sente traído e desapontado por uma amiga.

Não posso perdoá-lo, John, e certamente não posso casar com um homem que acredita poder decidir o meu futuro e ainda por cima desrespeitar minhas amizades. Certa vez, eu lhe disse que iria encontrar a resposta para sua proposta na França, e de fato encontrei.

Minha resposta é não.

Eu deveria ter-lhe respondido um ano atrás e evitado este infortúnio para todos.

De agora em diante, farei contato diretamente com Jack Davies em relação às minhas futuras colunas. Estou certa de que ele não tem planos de se casar comigo sem meu consentimento.

Evelyn

De Thomas para Evie
15 de julho de 1918

Em algum lugar na França

Evie,

Eu tentei conter minha raiva, acalmar-me, mas não consigo. Sinceramente, Evie! Eu abri meu coração para você nesses terríveis últimos anos. Contei-lhe tudo. Sobre minha confusão, minhas dificuldades, meu desespero. Você sabe sobre meu pai, sobre mim – sabe tudo! Como pôde me trair? Eu a apoiei de todas as maneiras, em todos os seus sonhos. Eu a encorajei a concretizá-los, a pôr em prática seu amor pela escrita. E você usa isso contra mim, da maneira mais cruel possível.

Último Natal em Paris

Tudo está perdido. O jornal, nossa amizade, minha família. Tudo está perdido porque Hopper apunhalou-me pelas costas – com a ajuda de minha mais querida amiga, uma das poucas pessoas com quem me importo neste mundo. Talvez eu estivesse em dúvida quanto à minha posição no *LDT* e aos desejos de meu pai, mas eu nunca deixaria o jornal cair em desgraça. Foi o que você fez por mim, não foi? Você e aquele mentiroso sem escrúpulos. Eu nunca deveria ter confiado nele.

Estou enojado.

Case-se com ele, Evie. Vocês se merecem. Saiam por aí, aproveitando o prestígio, as propriedades e as vidas perfeitas de vocês. Deixe que a guerra me leve. Este é meu lar, agora. No campo de batalha, entre meus homens, que lutam com uma coragem que você nunca verá nesse seu noivo covarde.

Minha vida pode parecer pequena se comparada ao seu glorioso John Hopper, afortunado de aparência e charme, mas eu a vivo com uma paixão que ele jamais entenderá. Deixarei meu pai orgulhoso, assim como meus compatriotas, e nunca me abaixarei por medo. Você alguma vez perguntou ao seu noivo a razão de ele não estar no *front*? Talvez você devesse. A resposta não é, certamente, a que ele lhe disse.

Desejo-lhe o melhor. Mesmo irado, espero que você nunca queime de raiva e desapontamento como eu agora. Sinto muito que tenha chegado a isso.

Adeus, Evelyn.

Tom

De Evie para Alice
28 de julho de 1918

Rouen, França

Querida Alice,

Notícias terríveis. Thomas soube da proposta de Hopper e pensa que eu aceitei. Estou absolutamente <u>furiosa</u> com John. Que direito ele tinha de presumir que eu aceitaria e espalhar que iríamos nos casar? Como pôde fazer tal coisa?

Tom mandou-me um telegrama horrível, seguido por uma carta tão cheia de cólera que meu corpo treme com uma dor física só de lembrar, e temo que tudo ainda vá ficar pior. O *LDT* está sendo temporariamente fechado pela reação extremada aos meus artigos. Tom acredita que John e eu tramamos isso juntos, de modo a derrubá-lo. Ele escreve como se estivesse fora de si, Alice. Nunca o vi tão furioso. O que devo fazer? Estou totalmente devastada com a ideia de machucar Tom e perder a confiança dele. E, apesar de as acusações dele soarem de certa forma absurdas, sinto-me culpada por não ter terminado com Hopper quando tive a chance. No momento em que ele me beijou naquela fonte, eu soube, no fundo, que não havia chance de amor entre nós. Eu gostaria de ter contado a Tom sobre a proposta, em vez de fingir que nunca acontecera. E gostaria de ter dito não ao John imediatamente.

Quando penso em minha última coluna, tenho vontade de me bater. Por que estava tão decidida a dizer "a verdade"? Que diferença isso faz, afinal? Ainda estamos em guerra. Milhares de homens morrem todos os dias. Minhas palavras não fazem nenhuma diferença. Tudo o que conseguiram foi destruir a única coisa realmente verdadeira que já conheci. É como se minha pena fosse uma faca, cortando meu coração com suas assim chamadas verdades e princípios fora de lugar.

Que terrível confusão eu engendrei. Você conhece Tom. Ele é tão teimoso quanto eu. Ele não me perdoará facilmente. Sinto-me tão desesperadamente solitária, e meu coração dói como se tivesse sido fisicamente atacado, enquanto o resto do mundo parece estar encharcado de láudano, sedado e imóvel.

O que devo fazer?

Sua amiga, desesperada,

Evie

Último Natal em Paris

*Nota oficial do Departamento de Guerra
para o Tenente Thomas Harding
30 de julho de 1918*

Londres, Inglaterra

Prezado Senhor,

Enviamos dois avisos para seu estabelecimento, o *London Daily Times*, Fleet Street 18, em relação à natureza incendiária da coluna intitulada "A guerra de uma mulher". Irresponsavelmente, o jornal continuou a publicar difamações antiéticas e ofensivas sobre a guerra e em detrimento de nosso Exército e da Coroa. O risco é demasiado para que possamos ignorar este flagrante desrespeito pela lei. Assim, o *London Daily Times* será fechado indefinidamente, ou até que todos os direitos de propriedade tenham sido entregues ao governo, com efeito imediato.

Atenciosamente,

Almirante Michael Jenkins,
Departamento de Guerra, Whitewall

*De Alice para Evie
1º de agosto de 1918*

Brighton, Inglaterra

Querida Evie,

Tente não se desesperar, meu amor! Os homens ficam facilmente bravos, mas esquecem rapidamente, e Tom é apaixonado por você desde sempre. Vejo isso mais claramente do que nunca, só pela reação dele. Ele vai superar, e o jornal vai sobreviver – assim como a amizade de vocês. Você protegeu os seus interesses, e não há nada errado nisso. Ele faria o mesmo. Além disso, como você poderia saber que Hopper iria *mentir* sobre seu casamento? Falando a sério, ele está tão desesperado? Ainda bem que você nunca respondeu àquele cretino. Ele não a merece.

Com o tempo, Tom vai entender. Deixe que ele se acalme, como você disse, e depois escreva para ele. Acho que chegou a hora de dizer tudo claramente. Até lá, quem sabe você pudesse pedir um período de licença? Imagine se pudéssemos nos encontrar e fazer aquele passeio juntas! Tudo isso vai passar mais rápido do que você pensa. Confie em mim. Vai passar.

Pensando em você.

Alice

De Evie para Thomas
3 de agosto de 1918

Rouen, França

Meu querido Thomas,

Você não mandou mais notícias, então presumo que você ainda esteja furioso comigo. Você *tem* de acreditar em mim quando digo que *não* aceitei a proposta de John. Estou indignada que ele tenha mentido para você e para mim. Uma cobra. Sim, ele fez a proposta, mas eu não dei resposta. Nunca comentei com você porque não havia nada a dizer, já que eu não dei uma resposta a ele.

Estou tão furiosa que poderia gritar. Seria tão bom se eu pudesse falar com você pessoalmente... Se eu pudesse olhar nos seus olhos e explicar. Tenho certeza de que você entenderia. Como você pode esquecer tão facilmente todos os anos de nossa amizade? Eles têm de significar alguma coisa, Tom, certamente.

Último Natal em Paris

Sobre as colunas, eu achei que você acreditava em dizer a verdade. Eu achei que você acreditava em <u>mim</u>. Nenhum de nós queria esta guerra, mas ela me deu uma voz e um sentido que minha vida nunca teve antes. De certa forma, somos todos marionetes, interpretando papéis em uma peça sem roteiro ou direção. Improvisamos. Arriscamos a sorte – não foi isso que você disse certa vez? Escolhas irracionais, mal pensadas, bobas, irresponsáveis. Você também já as fez. Você esquece suas batalhas? Seu impulso natural para proteger um amigo, colocando sua própria vida em perigo? É muito mais heroico do que escrever um artigo de jornal, talvez, mas no calor dos acontecimentos somos todos neuróticos de guerra.

Lamento muito se de alguma forma o magoei ou prejudiquei seu negócio. Machucar você é como machucar a mim mesma, e quero que você saiba da agonia que sinto enquanto tento estruturar meus pensamentos de modo que pareçam ter sentido e ordem. Você – mais do que qualquer pessoa que eu já conheci – sabe onde estão meu coração e minha moral. Eu tentei dar o meu melhor, ajudar os outros, ficar orgulhosa de mim mesma. Eu também queria que você tivesse orgulho de mim. Estou mudada, Tom. Todos nós estamos. Você realmente gostaria que aquela moça espirituosa fosse recolocada nas belas salas da casa dela para passar dias ociosos entre bordados e almoços elegantes? Ou você fica feliz por conhecer uma moça com ambições além do esperado?

Não fui criada para me encolher, medrosa, ao menor obstáculo ou pela demonstração de raiva de um homem. Meu pai teria vergonha de mim se eu o fizesse. Meu querido Will ficaria enojado. Venho de uma família com força de caráter e não irei – nem por você – tomar o caminho mais fácil.

Com ou sem sua bênção e sua amizade, não sou mais a pequena Evie. Continuarei a fazer o que estou fazendo.

Com ou sem sua amizade, vou achar um jeito.

Evie

De Evie para Thomas
20 de agosto de 1918

Rouen, França

Caro Thomas,

    Já se passou quase um mês. Por favor, jogue a sua raiva em mim. Grite, berre comigo. Expresse sua cólera com palavras. Qualquer coisa, menos isso. *Qualquer coisa*, menos esse silêncio terrível.
    Não há nada que eu possa fazer para mudar o que aconteceu, mas *posso* tentar determinar o que acontece a seguir. Para isso, vou engolir meu orgulho e dizer algo que deveria ter dito há muito tempo.
    Ter você por perto todos esses anos só melhorou a minha vida. Você tem sido meu companheiro constante – durante a infância, durante a confusão da adolescência e agora, na idade adulta, em uma guerra para a qual nenhum de nós dois estava preparado. De uma forma ou de outra, você sempre esteve aqui, Tom. Comigo. Para mim. Viver sem a sua amizade o resto de meus dias – sejam eles poucos ou muitos – será como viver minha vida na sombra.
    Não consigo parar de pensar que esta guerra pode acabar tão repentinamente quanto começou. Pode acabar amanhã, assim como as nossas vidas. Se esta fosse a nossa última chance de dizer algo um ao outro, escolheríamos ficar em silêncio? Daríamos as costas e iríamos embora?
    Eu não poderia. Se são estas as últimas palavras que escrevo para você, devo contar um segredo que guardo há algum tempo. Estou apaixonada por você. Eu o amo com cada batida do meu coração e a cada respiração. Eu amo você, Thomas Harding.
    Amo, sempre amei e sempre amarei. Tom e Evie. Não foi sempre assim? Eu gostaria que ainda fosse. Se você pudesse me perdoar.
    Não há mais nada que eu possa dizer. Se você não conseguir responder, saiba que respeitarei sua decisão, mas nunca um silêncio terá sido mais claro ou recebido com maior tristeza.
    Sempre,

Evie

Último Natal em Paris

De Sophie Morel para Evie
1º de outubro de 1918

127 Rue Chanterelle, Paris, França

Cara srta. Elliott,

Obrigada por suas cartas. Por favor, aceite minhas desculpas por não ter escrito antes. Eu não sabia como responder – ou, na verdade, não sabia se queria responder. Foi uma decisão difícil, mas espero que escrever para a senhorita seja o que *ma chère* Amandine teria desejado.

Eu sou a mãe de Amandine Morel. Minha filha morreu ao dar à luz. Ela era tão jovem e tinha tanta *joie de vivre*, tinha tanto pela frente... Sinto a falta dela todo o tempo. O bebê de Amandine, uma filha, Delphine, sobreviveu milagrosamente e está sob meus cuidados. Ela é tudo que tenho na vida, é o que tenho de mais precioso.

Suas cartas, ainda que tenham sido uma grande surpresa, trouxeram-me algum consolo. Fico feliz em saber que minha filha amou um jovem tão encantador quanto o seu irmão William. Amandine falava bastante dele e o amava. Ela temia que a situação dela atingisse a reputação de nossa família, mas acreditava que Will faria a coisa honrada e se casaria com ela assim que a guerra acabasse. Que ela não tenha tido a oportunidade de conhecer essa felicidade é de partir o coração.

Eu não sabia se deveria lhe responder, srta. Elliott. Delphine e eu vivemos felizes juntas, e me parecia que relações familiares na Inglaterra complicariam a vida simples e tranquila dela. No entanto, recentemente descobri um pacote de cartas que Amandine trouxe com ela do *front*. Elas são todas de seu irmão, William. Ele escrevia com grande afeição. Ele era um homem honrado, e suas cartas me garantem que a senhorita deseja ser honrada em nome dele.

Envio uma das cartas. Imagino que a senhorita gostaria de lê-la. Espero que não se importe que eu guarde as outras – e a foto de Will – para mostrar a Delphine quando ela for mais velha.

Em tempos como este, devemos ser cuidadosas com as coisas pelas quais somos mais gratas. Ao ver a foto de seu irmão, reconheci imediatamente a semelhança. Delphine tem os olhos dele. Envio em anexo uma foto dela, para que a senhorita veja com seus próprios olhos.

Desejo-lhe tudo de bom, srta. Elliott, e espero que cheguemos à vitória no próximo ano.

Avec tout affection,

Sophie Morel

De Evie para sua mãe
5 de outubro de 1918

Rouen, França

Querida Mamãe,

Não fique alarmada, mas uma variante violenta da gripe chegou a nosso campo, e fomos colocados em quarentena estrita. As enfermeiras me disseram que é a gripe espanhola, que se alastrou por toda a Europa. Mas estou bem.

Ainda assim, se algo acontecer comigo, imploro que a senhora escreva para Sophie Morel, na Rue Chanterelle, 127, Paris, França, e combine de visitá-la assim que possível. Sophie é mãe de Amandine Morel, e, como tal, é avó da filha de Amandine e Will – Delphine. Anexo aqui uma carta que Sophie me enviou. É de Amandine para Will. Peço que a senhora me prometa, Mamãe. Se esta for a última coisa que peço como sua filha, imploro que cumpra meus desejos e os de Will.

Mandarei notícias assim que souber mais sobre a situação aqui.

Sua filha sempre amorosa,

Evelyn

Último Natal em Paris

Carta em anexo, de Amandine Morel para Will Elliott
1º de maio de 1915

Rue Chanterelle 127, Paris, França

Meu querido Will,

Espero que você esteja bem e que esta carta o encontre em segurança. Como você verá no envelope, voltei a Paris.

Sei que isso será um choque, mas estou grávida, Will, e não há dúvida de que a criança é sua. Não há lugar para uma enfermeira grávida no *front*, então pedi dispensa e voltei a Paris para ficar com minha mãe.

Nosso romance foi breve, mas às vezes me parece que o conheço melhor do que já conheci qualquer outro homem. Nós nos lançamos na paixão, não é? Jamais esquecerei o seu abraço, tão terno, ou os seus sussurros de amor. Não ousei sussurrar em resposta, mas guardo com carinho nosso tempo juntos.

Eu não espero casamento. Entendo que as diferenças entre nós tornam impossível qualquer coisa além de nosso breve romance, mas eu tinha de contar sobre nosso filho. Uma criança nascida do amor é o produto mais maravilhoso da guerra. Nossos futuros estão nas mãos desta criança. Devo escrever de novo quando o bebê nascer? Se você não deseja saber mais nada, diga-me, e não farei mais contato. Entendo que sua posição torne isso difícil.

Paris está mudada. A jornada até aqui foi árdua. Fui interrogada por soldados em todas as cidades. Quase não reconheço a cidade onde nasci. Há refugiados pelas ruas, desesperados por um pedaço de pão. Estou feliz e grata por estar na periferia e longe do pior.

Devo dizer-lhe, *mon cher* William, *je suis amoureuse de toi*. Estou apaixonada por você. Como meus dias são quietos sem você… Suas canções e seu bom humor me deram um prazer indescritível.

Desejo-lhe tudo de bom, *mon amour*, e rezo por sua segurança.

Amandine

De Charles Abshire para Thomas
7 de outubro de 1918

Londres, Inglaterra

Caro amigo,

    Mando uma carta, endereçada a você, que aparentemente se perdeu no correio. Foi escrita pela srta. Evelyn Elliott em dezembro de 1915 e recentemente enviada de volta à casa dela em Richmond. A mãe dela trouxe até o escritório, uma vez que não sabia como fazer chegar a você.
    É impressionante pensar no caminho sinuoso que ela tomou para finalmente chegar até você. Mas o importante é que chegou.
    Espero que você esteja bem. Fala-se que a guerra está, finalmente, terminando. Estamos discretamente otimistas aqui.
    Cuide-se.

Charles Abshire

Carta não enviada de Evie para Thomas
25 de dezembro de 1915

Richmond, Inglaterra

Feliz Natal, querido Thomas,

    Estou sentada ao lado da lareira, esquentando os dedos dos pés, e fico imaginando que você está aqui comigo, esquentando os seus. Preocupo-me com seus dedos dos pés desde que você escreveu sobre eles no ano passado. Então, aqui estamos nós, sentados lado a lado na minha imaginação, no dia de Natal, e tudo parece o mais normal possível. Você e eu e barrigas cheias de ganso assado! O que poderia ser mais perfeito?
    Há algo que devo dizer a você, Thomas, ainda que me amedronte fazê-lo. Ainda assim, a única coisa possível é escrever, porque manter nossas

emoções e nossos sentimentos trancados dentro de nós não serve para nada. Eles devem ser vistos e conhecidos.

A verdade é que estou apaixonada por você, Tom. Perdida e bobamente. Talvez eu sempre tenha estado. Talvez, se tivesse prestado mais atenção, eu tivesse reconhecido os sinais mais cedo. Foi preciso uma guerra e centenas de quilômetros para que eu entendesse como você é importante para mim, Thomas Harding. Você sempre esteve presente, não é? Sempre. Exceto agora, quando anseio tanto em tê-lo por perto e você não está.

Posso ousar acreditar que você também me ama? Você não me deu nenhuma razão para acreditar nisso, então devo me contentar com minha imaginação. Posso ver o futuro espalhando-se à nossa frente, como tinta na água, girando e dançando. Teremos filhos? Seremos felizes? Seremos companheiros na velhice? Na minha imaginação, temos um pequeno apartamento em Paris onde gostamos de passar o verão e o Natal. Podemos ver a Torre Eiffel da varanda. Talvez você me peça em casamento no topo da torre. E é claro que direi sim!

Você entende por que gosto de escrever, não é? Posso tecer uma história com o mais frágil tecido. Posso tecer uma história quando ela nem existe para ser contada. Ainda não, pelo menos.

Então, agora você sabe. Amo você, Tom Harding. Amo, amo, amo.

Ontem à noite, olhei para as estrelas e imaginei que você fazia o mesmo.

Venha, noite gentil, venha, noite amorosa e escura,
Traga meu Romeu; e, quando eu morrer,
Leve-o e o transforme em estrelinhas,
E ele deixará tão belo o rosto do céu
Que o mundo todo se apaixonará pela noite
E não dará atenção ao estridente sol.

Agora que finalmente tive coragem de escrever estas palavras, não sei se tenho coragem de enviá-las a você. Não suporto pensar que meus sentimentos poderão ser uma indesejável surpresa. Odeio pensar em você lendo isso com alarme, sem saber o que fazer. Quase posso ouvir você dizer: "Evie Elliott – apaixonada por *mim*?".

Tenho de ser corajosa e acreditar que seu único sentimento será o de alegria ao saber que meu coração pertence a você.

Querido, nevou um pouco agora. Sentei-me à janela e observei os flocos caírem do céu. Abri a janela e deixei os flocos pousar no papel. Eles – e meu coração – são meu presente de Natal para você.

Feliz Natal, meu amor.

Sempre,

Evie

Telegrama da enfermeira Rose para Thomas

```
12 DE OUTUBRO 1918

PARA: TENENTE THOMAS HARDING, 10º REGIMENTO, AMIENS, FRANÇA
ENVIADO: 14:47                              RECEBIDO: 15:33

EVIE ELLIOTT GRAVEMENTE ENFERMA. PEDE PARA VÊ-LO. POR FAVOR
VENHA O QUANTO ANTES. ROSE BLYTHE
```

De Rose Blythe para Thomas
12 de outubro de 1918

Base Hill, Rouen, França

Caro Thomas,

Envio em anexo uma breve mensagem de Evelyn. Estou com ela aqui. Ela está muito doente, Tom. Ela insistiu para que eu transcrevesse as palavras dela e as mandasse a você.

Sinceramente,

Rose Blythe

Último Natal em Paris

Carta transcrita de Evie para Thomas

Tom,

    Infelizmente, estou muito doente. A doença me enfraquece a cada hora que passa. Eu amo você. Amo tanto, meu querido.

E.

Telegrama da enfermeira Rose para a mãe de Evie

```
12 DE OUTUBRO 1918

PARA: CAROL ELLIOTT, POPLARS, RICHMOND, LONDRES SW
ENVIADO: 09:23                          RECEBIDO: 10:45

SUA FILHA EVELYN MUITO DOENTE. REZE POR ELA. ESTOU COM ELA
DIA E NOITE. ENFERMEIRA ROSE BLYTHE
```

Telegrama de Thomas para Evie

```
12 DE OUTUBRO 1918

PARA: EVELYN ELLIOTT, CORPO AUXILIAR, ROUEN, FRANÇA A/C
ROSE BLYTHE
ENVIADO: 16:55                          RECEBIDO: 17:15

CONSEGUI LICENÇA EMERGENCIAL. SOU UM TOLO. ESTOU CHEGANDO,
MINHA QUERIDA! ESPERE POR MIM, POR DEUS! MEU CORAÇÃO É
SEU. TOM.
```

De Rose Blythe para Alice Cuthbert
13 de outubro de 1918

Rouen, França

Cara srta. Cuthbert,

Estou com uma querida amiga sua, Evelyn Elliott. Sinto dizer-lhe que ela está gravemente enferma com a gripe espanhola. Está febril e aguentando com dificuldade, mas implorou que eu lhe escrevesse dizendo que ela a ama muito e que deseja que a senhorita viva muito feliz com seu médico.

Sinto ter de mandar estas notícias. A doença está disseminada aqui, assim como por toda a Europa. Que tantos tenham sobrevivido aos anos de guerra para serem em seguida levados por uma variante de gripe é especialmente cruel.

Eu ficarei ao lado da srta. Elliott até o fim e peço que a senhorita se una a mim em orações por ela.

Sinceramente,

Rose Blythe

De Thomas para Rose Blythe
13 de outubro de 1918

Rose,

Eles não me deixam entrar. Implorei à sua colega que levasse esta nota até você. Você poderia interceder com seu superior ou outra pessoa? Escalei a cerca dos fundos, mas fui pego. Preciso desesperadamente de sua ajuda. Por favor, Rose. Preciso vê-la. Eu imploro.

Tom

Último Natal em Paris

De Rose Blythe para Thomas
13 de outubro de 1918

Não, Tom. Não é seguro. Você precisa se despedir de outra maneira. Eu sinto muito.

Rose

De Thomas para Evie
13 de outubro de 1918

Minha querida menina,

Sou um farrapo de lágrimas e arrependimento, totalmente devastado. Tentei vê-la, mas fui impedido pela quarentena. Esbravejei como um lunático na barreira – foram necessários três homens para me segurar. Não me importo se contrair a doença. Deus do céu, Evelyn Maria Constance Elliott, eu não sou nada sem você. Nada!

Sua última carta me partiu o coração, e como fui idiota ao não responder instantaneamente. Meu orgulho estúpido não permitiu que o fizesse.

Com mil demônios, Evie. Durante todo esse tempo, eu juro que não sabia. E agora parece tão claro para mim. E Abshire enviou-me uma carta que você escreveu no Natal de 1915. Esteve perdida ao longo desses anos e foi recentemente devolvida à sua casa em Richmond. É um milagre que tenha finalmente me encontrado. A teimosa parede que havia dentro de mim se desfez, e as emoções presas atrás dela se derramaram para fora, incessantemente.

Minha querida Evie. Eu a amei desde a primeira vez que você jogou pedras nas pombas do meu pátio, levantando penas para todos os lados. Eu a amei quando você me vencia nas cartas, e quando cavalgávamos, e quando você lia poesia à luz de velas enquanto seu irmão e eu escutávamos, encantados pela cadência de sua voz. E hoje eu amo a mulher que você se tornou – cheia de alegria e esperança, ansiosa para deixar sua marca no mundo.

Quando Hopper disse que você iria se casar com ele, foi como se uma cortina escura caísse sobre mim e a única corda que me mantinha atado a este mundo triste e mau tivesse sido cortada. Como um tolo, acreditei nele. E agora posso perdê-la. Ser tão cabeça-dura pode ter me custado tudo. Eu deveria saber que você não poderia amar um homem como Hopper. Seu coração é puro demais e você é inteligente demais para ele. Bonita demais. Você poderia me perdoar? Depois de tanto Shakespeare, eu não sou nada mais do que um Romeu bobo.

Esta guerra me transformou. *Você* me transformou – abriu meus olhos para a beleza que ainda existe no mundo, para a esperança que pulsa dentro de nós, aconteça o que acontecer. Você abriu meus olhos para a honra de trazer a verdade para os outros e de dividir o que somos para um objetivo maior. Mais do que tudo, você me mostrou como amar.

Lute, minha querida! Por favor, Evie, você deve lutar com todas as suas forças. Eu lutei, como você mandou. Agora é a sua vez. Lute! Eu não sei como seguir sem você. Dê-nos uma chance de levantar voo, meu amor, como os seus pássaros. Estarei aqui, esperando por você do outro lado.

Com todo o meu coração,

Tom

11 de novembro de 1918, às 11 horas
DIA DO ARMISTÍCIO

"Às onze horas desta manhã chegou ao fim a mais cruel e terrível Guerra já vivida pela humanidade. Espero que possamos dizer, assim, que nesta fatídica manhã chegam ao fim todas as guerras."

– Primeiro-ministro David Lloyd George

PARIS

24 de dezembro de 1968

 Véspera de Natal.
 Sempre foi o dia favorito dela. Ela amava a expectativa do que poderia acontecer – a promessa de coisas por vir.
 Penso em nós naquele segundo Natal após o término da guerra. Natal de 1919. Juntos no topo da Torre Eiffel, como Evie sempre sonhou. É claro que ela sempre imaginou que Will e Alice estariam conosco. De Will nós nos lembramos ao olharmos para as estrelas brilhando no Sena. Quanto a Alice, desejamos boa sorte no nascimento iminente de seu primeiro filho.
 Evie disse que a noite estava perfeita no topo da torre, com a neve caindo ao nosso redor, embora eu reclamasse amargamente do frio. Ela apenas riu e me levou para tomar um *vin chaud* para me aquecer. Não era o vinho que me aquecia, no entanto. Era estar com ela, observá-la, amá-la.
 Foi quando eu pedi que ela fosse minha esposa. Ela disse sim antes que eu tivesse terminado de pronunciar as palavras. "Sim! Sim! Sim!"
 Atravesso o quarto para olhar pela janela e ver a torre novamente. A cada passo, estremeço. Minhas juntas protestam, meus pulmões arranham

a doença que os atinge, e minha força de vontade já foi quase drenada do meu corpo. Não tenho mais prazer com as pequenas coisas das quais sempre gostei. Uma pilha de jornais novinhos, recém-saídos da prensa; a maneira como o sol incendeia o horizonte antes de ir dormir; a tagarelice dos pássaros cantores enquanto saboreio minha primeira xícara de chá pela manhã. Tudo está embotado. Eu quero me juntar a ela, para sempre, como deve ser.

Aproveito a vista da cidade, absorvendo-a uma última vez antes de fechar a porta do quarto e tirar o envelope amassado do meu bolso.

Indo até o espelho, olho fixamente e estudo as linhas do meu rosto – um mapa de felicidade e dor com apenas um destino restante. Com mão firme, visto minha jaqueta do uniforme do Exército britânico, bolorenta pelo desuso, mas de certo modo tão familiar quanto minha própria pele. Depois de apertar cada botão, coloco meu boné. Por um momento, sou tomado por um fluxo vívido de memórias, o barulho da guerra que tanto esforço fiz para suprimir. Quando eles desaparecem, resta uma imagem.

Evie.

Seus olhos brilham de alegria, sua boca tem um sorriso malicioso. "É claro que vou me casar com você, Tenente Thomas Archibald Harding!"

Meu coração dá um salto quando me sento na beira da cama e aperto sua última carta contra o peito.

Com as mãos tremendo, abro o envelope o mais cuidadosamente que posso e desdobro as páginas. Um leve cheiro de violeta flutua no ar ao meu redor. É como se ela tivesse entrado no quarto e se acomodado na cama ao meu lado. Eu ouço sua voz enquanto leio suas palavras e a sinto cada vez mais perto.

1º de novembro de 1968

Meu querido Tom,

Como posso escrever estas palavras – minhas últimas – para você? Como posso verdadeiramente expressar o que foi a minha vida por sua causa?

Ainda assim, preciso escrevê-las. Meu tempo chega ao fim.

Nós nos apaixonamos por meio de nossas palavras, não foi? No mais difícil e escuro dos tempos, encontramos a coisa mais brilhante e bela de todas. Encontramos o amor. Encontramos um ao outro, e por isso serei eternamente grata.

Nunca esquecerei o toque de sua mão quando minha febre acabou. Foi o seu o primeiro rosto que vi ao abrir os olhos. Foram as suas as primeiras palavras que ouvi. Só Tom Harding poderia ter lutado com tanta teimosia para passar pelas barreiras da quarentena. Devemos isso a Rose Blythe. Você sempre disse que nós duas nos entenderíamos, e fico feliz por tê-la tido como amiga por todos os anos desde então.

Quando acordei e o vi ao lado da cama, soube que nunca mais nos separaríamos – e nunca nos separamos. E é por isso que sei que você sentirá a dor de nossa separação tão agudamente. Mas saiba, meu amor, que estarei sempre a seu lado. Estarei sempre aí – cuidando de você, amando você, sentindo a sua falta, esperando a sua volta e, quando chegar a sua vez, não tenha medo. Eu não tenho. Estou pronta para a próxima vida e para as grandes aventuras que teremos juntos, por toda a eternidade.

Espero que você tenha feito o que pedi e levado esta carta para ser lida em Paris. Nosso último Natal lá, juntos, foi um dos mais felizes, não foi? Não sabíamos então dos desafios que nos esperavam no ano seguinte. Ainda bem que não sabíamos que seria nosso último. Teríamos visto as coisas de modo diferente. Teríamos duvidado de cada momento e questionado tudo – foi alegre o suficiente? foi perfeito o suficiente? – em vez de simplesmente aproveitar o momento que vivíamos. E você me proporcionou tantos momentos maravilhosos, Tom. Você me deu a melhor e mais feliz vida que eu poderia desejar.

Nós somos pássaros em voo, você e eu. Vamos agora, juntos, alcançar as correntes de ar e subir.

Feliz Natal, meu querido.

Para sempre sua,

Evie

Último Natal em Paris

– Feliz Natal, Evie.

Minhas palavras são um sussurro que se juntam aos ecos das risadas e do amor, e as mais preciosas memórias da minha vida dançam como flocos de neve ao meu redor, e a melodia delicada de uma canção de Natal sobe da rua lá embaixo...

Noite feliz, noite feliz... dorme em paz...

Eu fecho os olhos. Só por um momento.
Tudo é paz.
Tudo é amor.
Tudo é como deveria ser.

EPÍLOGO

De Delphine para Will Harding, editor do London Daily Times
Fevereiro de 1969

Paris

Querido Will,

 Espero que vocês estejam todos bem e encontrando maneiras de lidar com a morte de seu pai. Eu sinto muito a falta dele, como você certamente sente. Até o apartamento de Paris parece triste, se você entende o que digo.
 Foi um funeral muito bonito, não foi? Richmond iluminada por um sol de inverno perfeito, como Tom teria gostado, com Shakespeare e boa literatura para acompanhá-lo. É um grande conforto saber que ele agora está em paz ao lado de sua mãe. Tom e Evie, novamente juntos. Depois de todos aqueles anos de separação durante a guerra, que maravilha saber que nunca mais se separaram. Mesmo no final, só ficaram separados por algumas semanas. O amor dos dois era muito especial. Um modelo para todos nós, ouso dizer.

Quando seu pai esteve em Paris para o Natal, ele trouxe com ele um pacote de cartas – um volume impressionante de correspondência entre seus pais e amigos deles durante a Grande Guerra. Eu não tinha ideia de que haviam se correspondido com tanto fervor. Você sabia? Ele deu instruções a Margaret para que fossem deixadas comigo.

Depois de lê-las, senti que deveria fazer mais do que as trancar em algum sótão poeirento, e ocorreu-me que o jornal poderia se interessar em publicá-las como uma série histórica. Com sua mãe tendo escrito a coluna para o jornal durante a guerra e as rédeas tendo sido passadas a você por seu pai, o *LDT* parece ser o lugar certo para publicar a correspondência entre eles. É realmente um *insight* fascinante sobre a guerra. Alguns dos assuntos mais pessoais poderíamos, é claro, deixar de fora, apesar de achá-los incrivelmente românticos. Assim como os seus pais!

Espero sua resposta e sua opinião com ansiedade.

Talvez você e sua família pudessem me visitar quando o tempo melhorasse. Por mais que eu adore a época de Natal aqui, sempre anseio pelo desabrochar dos castanheiros na Champs-Élysées. Afinal de contas, quem pode negar a beleza de Paris na primavera?

Com meus melhores votos,

Delphine

FIM

AGRADECIMENTOS

Embora escrever possa ser um processo solitário, nenhum livro está completo sem a ajuda de muitos. É, de fato, um enorme esforço de equipe, e somos muito gratas a todos que fizeram de *Último Natal em Paris* um livro tão especial, especialmente nossa maravilhosa editora, Lucia Macro, que compartilhou nosso entusiasmo desde o início e deu um grande salto no escuro ao nos deixar desenvolver este projeto que parecia impossível!

Muito obrigado à equipe da William Morrow: a editora Liate Stehlik, Molly Waxman, Jennifer Hart, Michelle Podberzniak, Carolyn Coons e todos os envolvidos no *design* da capa, *design* interno, edição e produção.

À nossa incrivelmente talentosa agente, Michelle Brower, que nos colocou em contato há tantos anos e que não hesitou nem um segundo antes de dizer SIM a essa ideia. Obrigada por sua sabedoria e paixão e por ter sugerido que as cenas de Tom em Paris abrissem o livro, tornando-o, assim, muito mais interessante. A verdade é que você torna todos os nossos projetos muito mais interessantes.

Obrigada, também, à nossa incansável agente de direitos autorais, Chelsey Heller, por levar nossas palavras aos leitores de todo o mundo.

Muito obrigada aos nossos primeiros leitores, especialmente à irmã de Hazel, Helen Plaskitt, e ao escritor Kris Waldherr, bom amigo de Heather. Também somos gratas a Brien Brown por ajudar com alguns detalhes históricos importantes. E, como sempre, muito obrigado às nossas famílias e amigos, pelo apoio contínuo e por acreditarem em nós.

UMA CARTA DE AMOR ÀS CARTAS

Nota de Hazel e Heather

Quando começamos este livro, não tínhamos a menor ideia de como seria o processo de escrever a quatro mãos, mas estávamos entusiasmadas com essa nova aventura. E hoje estamos muito felizes por ter aceitado o desafio. Essa é a origem de *Último Natal em Paris*.

Nós nos "conhecemos" pela primeira vez em 2013, apresentadas *on-line* por nossa agente mútua, Michelle Brower, que teve o pressentimento de que essas duas *nerds* de História se dariam bem. Ela estava absolutamente certa. Nós nos demos bem imediatamente e, ao longo dos dois anos seguintes, apoiamo-nos mutuamente em nossas jornadas editoriais. No início de 2015, Heather convidou Hazel a escrever um conto para uma antologia na qual ela estava trabalhando, tratando principalmente dos eventos em torno do Dia do Armistício da Primeira Guerra Mundial. A antologia foi publicada com o título de *Fall of Poppies: Stories of Love and the Great War*, um tributo comovente aos mortos e sobreviventes da guerra. Quando a antologia estava quase concluída, nós duas sentimos que havia muito mais a dizer sobre esse evento que mudou o mundo. Tínhamos outra história a contar.

No final de 2015, a ideia de co-escrever um romance histórico começou a tomar forma por meio de uma longa troca de *e-mails*. O conceito final de um romance, que abordasse todos os quatro anos da Grande Guerra, emergiu em uma tarde, em uma frenética troca de mensagens no Facebook. Dessa troca nasceu *Último Natal em Paris*. As cartas foram parte tão importante da guerra – a única maneira pela qual familiares e amigos podiam manter contato – que pareceu evidente que este livro fosse um romance epistolar. Era a melhor maneira de seguir e entender o coração e a mente de nossos queridos Evie e Thomas.

Quando a guerra eclodiu, em 1914, foi prematuramente declarado que tudo estaria acabado no Natal. Essa foi a premissa para a ideia de um grupo de amigos que faziam planos para o Natal de 1914, cruelmente interrompidos. Quatro Natais passariam antes que a guerra acabasse e os soldados voltassem para casa. Visto que Paris estava sob ameaça de ocupação pelos alemães nos primeiros estágios da guerra, essa cidade icônica e romântica parecia ser o lugar perfeito para os sonhos de viagem de Thomas e Evie. E é claro que nós duas também amamos Paris!

Uma vez escolhido o assunto, tivemos de decidir como escrevê-lo! Como poderiam duas escritoras, vivendo em fusos horários diferentes, em diferentes continentes, escrever um livro juntas? Parece difícil, talvez impossível, mas nós adoramos toda a experiência.

O livro foi escrito por meio de uma literal troca de nossas próprias cartas. Hazel acordava na Irlanda primeiro, escrevia uma carta de um de seus personagens e esperava ansiosamente por uma resposta. Várias horas depois, Heather acordava nos Estados Unidos – entusiasmada – e encontrava a correspondência em sua caixa de entrada. Ela respondia da mesma maneira, enviando as palavras de seus personagens pela internet. O processo tornou-se orgânico, a história fluiu, e, em pouco tempo, tínhamos um primeiro rascunho! A edição, em contrapartida, tornou-se uma operação de precisão militar. Usamos marcações com comentários e fontes coloridas para rastrear cuidadosamente nossas alterações e, de alguma forma, deu tudo certo.

É claro que ter um parceiro de redação exige muita confiança e comprometimento. Também tivemos de navegar as pressões de nossos projetos individuais de escrita e das demandas das crianças e da vida familiar ao longo do caminho. Frequentemente, uma de nós contatava a outra para explicar um atraso – seja porque as crianças estavam doentes, ou o ar-condicionado estava quebrado, ou surgira alguma outra crise. Os bate-papos por Skype e Google Hangouts tornaram-se reuniões semanais para aprofundar a trama e os arcos dos personagens.

Então, finalmente, encontramo-nos! Quando *Fall of Poppies* foi lançado, em março de 2016, Hazel viajou para os EUA como parte da turnê do livro. Nosso primeiro encontro cara a cara foi em um quarto de hotel em Connecticut (em meio a muitos gritinhos), e, depois de vários dias de viagens de trem, passeios de carro, eventos, coquetéis e risadas, tornamo-nos as melhores amigas.

Escrever este romance fez com que ambas desejássemos retornar à palavra escrita à mão. É somente por causa da sobrevivência das cartas escritas durante a guerra que podemos compreender tão plenamente o impacto do conflito sobre aqueles que o viveram. Pouco depois de começar, Hazel recebeu um pacote de cartas escritas por sua bisavó para seu filho, Jack, durante a Segunda Guerra Mundial. As cartas haviam sido devolvidas, endereçadas à "Mãe" depois que Jack desapareceu em ação. Ele nunca foi encontrado, e a família ainda não sabe o que aconteceu com ele. Ter acesso a esse pedaço de história de família é incrível, e ver a efusão de emoções e os pequenos fragmentos da vida cotidiana da época é realmente um privilégio.

Escrever é frequentemente um processo solitário, por isso foi maravilhoso compartilhar esse processo com outra pessoa. Este livro foi um desafio em muitos aspectos, mas um prazer total em muitos outros. E a melhor parte? Ao escrever "Fim", não concluímos apenas um livro, mas também ganhamos uma amiga incrível no caminho.

PESQUISANDO A GRANDE GUERRA

    Escrever sobre um evento tão monumental quanto a Grande Guerra era uma perspectiva assustadora, para dizer o mínimo. Desde o início, no entanto, sabíamos que queríamos retratar o evento pelos olhos de um soldado no *front* e de uma mulher na Inglaterra. Além de escrever sobre a guerra nas trincheiras – um tópico bastante conhecido –, estávamos interessadas em explorar alguns dos aspectos menos conhecidos da guerra, como o papel da imprensa e da propaganda junto ao público britânico, a importância do serviço postal, os papéis das mulheres além da enfermagem, a melhor compreensão psicológica do fenômeno da neurose de guerra e do transtorno de estresse pós-traumático, assim como o impacto da epidemia de gripe espanhola, que matou mais pessoas do que a própria guerra. Talvez uma das dificuldades ao escrever sobre um evento como este seja o grande volume de material disponível. Onde você começa e onde você termina? O que você deixa de fora e o que inclui? Há uma quantidade extraordinária de material de fonte primária sobre a guerra, documentado – é claro – nos milhares e milhares de cartas enviadas de e para o *front*, bem como no legado deixado nas fotografias, na poesia e nos livros escritos na época. Ter acesso a esses relatos em primeira mão foi inspirador e comovente e realmente nos ajudou a entrar na mente de nossos personagens.

Especialmente úteis foram *Testament of youth*, de Vera Brittain, *Letters from a lost generation: First World War letters of Vera Brittain and four friends*; *Letters from the trenches*, de Bill Lamin; *Letters and news from the trenches and the home front*, de Marie Clayton; *The lengthening war: the Great War diary of Mabel Goode*, de Michael Goode; *The First World War galleries*, de Paul Cornish; e *War in words*, do cabo Daniel W. Phillips.

O *Imperial War Museum* de Londres foi de muita ajuda. Heather foi até lá na esperança de ver os artefatos ao vivo. Reverentemente, ela percorreu o museu lendo cada placa, tirando fotos e fazendo anotações e comprando mais livros do que cabiam em sua mala. Ela também visitou vários memoriais na França.

Para aqueles que ficaram em casa, como Evie, a guerra foi frequentemente apresentada com narrativas que não refletiam o que realmente acontecia nos campos de batalha. No primeiro dia da Batalha do Somme, por exemplo, houve 60 mil baixas britânicas, mas a imprensa relatou o evento como "um dia de promessa" e afirmou que "as coisas estavam indo bem para a Grã-Bretanha e para a França". A propaganda de guerra tornou-se uma coisa natural na Inglaterra, à medida que os departamentos governamentais tentavam controlar o que o público via. Na verdade, as cartas do *front* passavam por forte censura, tornando difícil para qualquer pessoa saber o que estava realmente acontecendo. É comum que haja esse tipo de repressão de direitos e convulsões sociais em tempos de guerra, mas a Primeira Guerra Mundial marcou a primeira vez que isso ocorreu em escala tão grande na história ocidental.

Os papéis das mulheres mudaram dramaticamente durante a guerra, à medida que elas assumiam as vagas deixadas pelos homens. Em 1917, o Corpo Auxiliar de Mulheres do Exército (mais tarde denominado *Queen Mary's Army Auxiliary Corps*, Corpo Auxiliar do Exército da Rainha Mary) foi estabelecido para liberar os homens das tarefas administrativas e de apoio, a fim de aumentar os números no *front*. Mais de 57 mil mulheres serviram em funções culinárias, mecânicas, clericais e outras entre janeiro de 1917 e o fim da guerra, em novembro de 1918. O desejo de Evie de escrever sobre a guerra foi inspirado pelas poucas corajosas jornalistas que, de fato, chegaram ao *front*, especialmente Nellie Bly, que reportou do *front* oriental para o *New York Evening Journal*. A romancista Mary Humphry Ward também fez um "*tour*" VIP pelo *front* ocidental como convidada do Departamento de Guerra. Seu relato do que testemunhou, *England's effort*, publicado em 1916, foi escrito a pedido do ex-presidente Roosevelt, a fim de encorajar o envolvimento americano na guerra.

Um dos pontos mais pungentes – e trágicos – que encontramos repetidamente em nossas pesquisas foi o quanto o mundo esperava que a Grande Guerra fosse "a guerra para acabar com todas as guerras". A história, como sabemos, acabou sendo outra. Nas comemorações de seu centenário, a Grande Guerra voltou aos noticiários e, de repente, cem anos já não parecem tanto tempo assim. Escrever *Último Natal em Paris* durante este período único de reflexão e lembrança tornou toda a experiência particularmente comovente e, como escritoras de temas históricos, somos muito gratas pela oportunidade de escrever esta história agora.

FATOS INTERESSANTES SOBRE A GRANDE GUERRA

- 38 milhões de soldados e civis morreram em todo o mundo durante a Primeira Guerra Mundial.
- A inteligência francesa lia, classificava e enviava 180 mil cartas escritas por soldados a cada semana.
- Florence Marie Cass, uma telefonista, foi uma das muitas telegrafistas e telefonistas que receberam a Ordem do Império Britânico por mostrar "grande coragem e devoção ao dever" durante a Primeira Guerra Mundial.
- A escritora americana Edith Wharton visitou hospitais militares no *front* ocidental e também visitou campos de batalha como Verdun. Sua arrecadação de fundos para refugiados rendeu-lhe uma condecoração como Cavaleiro da Legião de Honra em 1916.
- Um terço da população do planeta foi infectado durante a epidemia de gripe espanhola, que atingiu cerca de 500 milhões de pessoas.

- 140 milhões de meias foram entregues às tropas britânicas, assim como 50 milhões de pares de botas.
- 80 mil mulheres britânicas e mais de 35 mil mulheres americanas e canadenses trabalharam como auxiliares de enfermagem, motoristas de ambulância, cozinheiras, telefonistas, escriturárias e outras funções diversas durante a guerra.
- Para evitar as bolhas, os soldados urinavam nas botas para amolecê-las. A urina também era um bom antisséptico que impedia a enfermidade conhecida como pé de trincheira.
- Mais de 95% de todos os soldados nas trincheiras contraíram piolhos.
- Somente no *front* ocidental, 250 mil cavalos morreram em combate.
- Mais de 100 mil pombos-correio foram usados para retransmitir mensagens e conseguiram atingir seus alvos nove de cada dez vezes. Papagaios foram mantidos na Torre Eiffel para alertar os soldados sobre a aproximação de aeronaves. Eles podiam localizar os aviões antes dos vigias humanos.
- Os fotógrafos oficiais de guerra foram instruídos a não tirarem fotos que fossem consideradas muito perturbadoras. As fotos que eles acreditavam ser muito negativas eram destruídas.
- Os soldados foram proibidos de carregar qualquer tipo de câmera para o *front*, embora alguns desobedecessem e tirassem fotos com uma *VPK- -Vest Pocket Kodak*.
- O fotógrafo oficial britânico Geoffrey Malins fez um filme chamado *A batalha do Somme*, que vendeu 20 milhões de ingressos em seis semanas, em 1916.

ORIENTAÇÕES DE LORDE KITCHENER PARA AS TROPAS BRITÂNICAS

Este documento deve ser considerado confidencial por cada soldado e deve ser mantido em seu Livro de Pagamentos por Serviço Ativo

Você é enviado ao exterior como soldado do Rei para ajudar nossos camaradas franceses contra a invasão de um inimigo comum.

Você irá realizar uma missão que exigirá coragem, energia e paciência.

Lembre-se de que a honra do Exército britânico depende de sua conduta individual. Será seu dever não apenas dar exemplo de disciplina e perfeita firmeza sob o fogo, mas também manter as relações mais amigáveis com aqueles que você está ajudando nesta luta.

As operações nas quais você está envolvido ocorrerão, em sua maior parte, em um país amigo, e a melhor maneira de servir ao seu próprio país é demonstrar, na França e na Bélgica, o verdadeiro caráter de um soldado britânico.

Seja sempre cortês, atencioso e gentil. Nunca faça algo que possa prejudicar ou destruir propriedades e sempre considere o saque como um ato vergonhoso.

Você com certeza será bem-vindo e recebido com confiança; sua conduta deve justificar esse acolhimento e essa confiança. Seu dever só poderá ser cumprido se você estiver com boa saúde. Portanto, mantenha-se constantemente em guarda contra quaisquer excessos.

Nesta nova experiência, você pode encontrar tentações tanto no vinho quanto nas mulheres. Você deve resistir às duas tentações e, ao mesmo tempo que trata todas as mulheres com perfeita cortesia, deve evitar qualquer intimidade.

Cumpra seu dever com bravura.

Tema a Deus.

Honre o Rei.

Kitchener
Marechal de campo